漫娱图书
SINCE 2009
古 人 很 潮 MOOK 系 列

满目群星尽闪耀

古人很潮 编著

长江出版社
CHANGJIANG PRESS

漫娱图书

目录

致 仰望群星者：

年轻的孩子，从古至今，曾有无数人同你一样仰望过万古星辰。

你来自一个渴望征服日月天地的古老民族，它漫长的历史足以追溯到炎黄时代，大禹治水的隆隆震颤在你的血脉深处奔涌，后羿弦上那支利箭一直飞到烈日当中去。你的祖先们亲手驯服了激流、山摧与烈日，从此开疆辟土，灯火蔓延，照亮大地：

我俯瞰着你们的变迁，部落延出城邑，城邑变成封国；

我见证着你们的故事，蚕丝织出服章，礼仪取代蒙昧；

我见过无数文明兴起破灭，唯有你们始终屹立在东方。

一个民族需要涌现多少秉承信念的星火，才能点燃五千年长存不熄的文明？

或许从这书中的几笔你能窥见答案。

约公元1636年，「千古奇人」徐霞客撰成《徐霞客游记》。

公元1405—公元1433年，郑和七下西洋。

约公元1220年，响当当一粒「铜豌豆」关汉卿诞生。

约公元1762年，曹雪芹定稿《石头记》前八十回。

公元1768年，王贞仪生于安徽。

公元1279—公元1368年
元朝

公元1368—公元1644年
明朝

公元1644—公元1911年
清朝

中国历史群星闪耀时

公元前221年，秦始皇嬴政统一六国，建立大秦帝国

霍去病反击匈奴，饮马瀚海，开拓河西走廊。

汉武帝刘彻罢黜百家，独尊儒术，开创汉武盛世。

约公元前1046—公元前771年
西周

公元25—公元220年
东汉

约公元前2070—公元前1600年
周

......**夏**

公元前770—公元前476年
春秋

东周

秦

汉

约公元前1600—公元前1046年
商

战国
公元前475—公元前221年
齐、楚、燕、韩、赵、魏、秦

公元前221—公元前207年

西汉
公元前206—公元8年

公元七○一年，盛唐诗仙——李白坠入凡尘。

公元七五五年，安史之乱，太守颜真卿文人守城，二十四郡唯一一门忠骨。

公元1037年，中国人的精神偶像之一——苏轼诞生。

约公元1113年，王希孟完成《千里江山图》。

约公元1088年，沈括著作《梦溪笔谈》问世。

公元618—公元907年
唐朝

公元902—公元979年
十国

公元960—公元1127年
北宋

五代十国

宋朝

公元907—公元960年
五代

公元1127—公元1279年
南宋

公元78年，『科圣』张衡诞生

公元690年，武则天代唐，武周代唐，武则天成为中国历史上唯一一女皇帝。

公元627年，玄奘西行，开启19年的取经之旅。

公元265—公元317年
西晋

晋朝

公元304—公元439年
十六国
混战

曹魏

公元618—公元907年
唐朝

公元220—公元280年
三国

东晋
公元317—公元420年

宋、齐、梁、陈
南朝

蜀汉

公元420—公元589年
南北朝

隋朝
公元581—公元618年

孙吴

北朝
北魏、东魏、西魏、
北齐、北周

第一卷

意气荡尽九州
四海同咏昌时

致 探索群星者：

旷古岁月里，一瞬而过的威严流星，那是嬴政统一的大秦。

他以十年战火扫平六合，将裂变的大地熔铸成完整的家国天下。天崩地坼，百代皆行泰法。统一家园，成了你们共同捍卫的底线。

闪烁着锋芒，徐徐划破长夜的启明星，那是刘彻掌中的强汉。韬光养晦的眠龙自汉武帝手中苏醒，灭胡的欢呼声从长安一路震彻狼居胥山。虽远必诛，成了你们共同许下的誓言。

长夜坠下星火，爆发出日月同辉的光芒，那是武曌统治的大唐。她立下一尊无字碑，功过任凭后人说。万国来朝，成了你们共同守望的理想。

帝王如云烟消失，人们仍仰望星辰。千年的长吟、旷古的回响、暴雨中的反抗……五千年生死与共，你们的根脉深深扎于东方。

过去，扎根于大地。未来，向群星生长。

年轻的孩子，你亦是星火。

来路被群星照亮，未来终将抵达霄汉——

愿你此生，所有仰望，终得回响。

星辰来信——紫微帝星

所有的往事，都始于几个农民挖井时不经意挥下的那一铲。

那时，距秦始皇作古已经过了两千年之久，伤心秦汉经行处，宫阙万间都做了土，农民们在秦皇陵东侧打井时挖出了一些陶俑残片，当地人众说纷纭。在考古队抵达现场之前，没有人知道，这些陶俑残片既不是古庙里的塑像，也不是前人留下的瓦窑，而是秦朝工匠们古老的手笔。

车士、武士、军吏……当陶俑被一个个复原，秦史逐渐变得有迹可循，八千多个千人千面的凝固身影，在地下世界静静守护着他们唯一的主人——秦始皇嬴政。

汉武安邦、盛唐风流、宋音青绿，历史每段岁月都鲜活得画面欲滴，秦朝却蒙着一层厚厚的灰尘。

作为华夏历史上第一位皇帝，嬴政的人生如此波折：邯郸质子、少年君王、君临天下，这个人始终活得像一道孤独而漆黑的影子。

直至今日，他的地宫仍然完好地沉眠于地下，世人不曾看见始皇帝在棺椁中的真容，却纷纷忍不住猜测：在生命慢慢滑向油尽灯枯的时候，曾经叱咤风云的千古一帝，心中究竟会作何感触？

无人知晓，沙丘那夜，病榻上的嬴政曾经梦入骊山陵。

这是嬴政四十九年生命的最后一刻，行宫内铜灯将熄，病痛如同一袭轻薄帷幔，轻轻笼罩在他枯槁沉重的身体之上。

当嬴政再次睁开眼，他已然置身于偌大的地陵之中。

宫观百官，奇器珍玩，陵内奇景与地上宫殿相同，以人鱼膏引燃的青铜烛台久久不灭，以水银为百川江河大海，粼粼照出漫天群星银河[1]。

难道朕已不在世上了？不，刚统一的江山摇摇欲裂，朕不能弃大秦于不顾！嬴政大步穿行于这场缥缈的梦中，却看见一尊尊泥俑与铜像都静止不动，隔着生死，与他对望。

这些陪葬品既熟悉又陌生，就像是帝王生涯的一幕幕倒影。

1　出自《史记》：以水银为百川江河大海，机相灌输，上具天文，下具地理。以人鱼膏为烛，度不灭者久之。

精巧的青铜水禽，它们弯曲着优美的脖颈，尖喙衔起虫虾，定格在离开水面的前一刻。当嬴政的手慢慢抚过一只黄金凫雁，他倏忽想起自己的童年：那个瘦弱的九岁质子，刚刚随母亲从赵都邯郸抵达秦咸阳城，第一次看到秦宫内表演水禽戏的那天。

"政儿，玄鸟乃是秦国崇尚的图腾，你是我大秦王室的子孙，是未来的秦王。"

春秋战国的惨烈乱世，整整持续了五百多年。

转眼只剩七大国鼎立：秦、赵、韩、楚、燕、魏、齐，它们被合称为"战国七雄"，而地处最西边的大秦经过商鞅变法，实力逐渐凌驾于东方六国之上。

后人以"奋六世之余烈[1]"来形容秦国发展史，这句话并不夸张。"六世"指的正是秦王政的祖辈六代，竟没有一代昏君，尤其是活了七十四岁高龄的太爷爷秦昭襄王，老爷子采用"远交近攻"战术，连年出兵，大大削弱了六国实力。

然而，父王的长寿通常意味着太子的短命，秦昭襄王的长子就这样被熬成了老太子，最终郁郁逝世。次子安国君意外上位，成了新太子，他就是嬴政的爷爷。

同样狂喜的还有安国君的儿子们，这意味着他们也有机会成为秦王。不过，安国君有多少儿子呢？

二十多个。

嬴政的父亲名叫异人，他排行居中，最不受重视，早早就被打发到赵都邯郸当了质子，过着"车乘进用不饶，居处困，不得意[2]"的失意生活。

后来，大商人吕不韦称其"奇货可居"，他决定扶异人上位。两人一拍即合，吕不韦用重金收买安国君最宠爱的华阳夫人，请她收异人为养子，异人遂改名"子楚"，继续蛰伏于赵，待回秦后争王储之位。

作为异人的长子，嬴政出生于赵国邯郸。

---

1 出自贾谊的《过秦论》。
2 出自《史记》：子楚为秦质子于赵。秦数攻赵，赵不甚礼子楚。子楚，秦诸庶孽孙，质于诸侯，车乘进用不饶，居处困，不得意。

赵姬，这并非他母亲的真名，而是意为"赵国的女子"。她原本是吕不韦的妾姬，后来在宴会上子楚对她一见钟情，吕不韦便将赵姬送给子楚。嫁过去之后，赵姬很快就有了身孕，她在满城动荡中诞下一个婴孩，取名为政。

秦国王室乃嬴姓赵氏，这孩子被称为赵政。

——这便是嬴政的记忆里，长辈们曾对他讲过的赵国往事。

可是，该如何形容自己印象里的童年呢？是尚在襁褓时，每逢深夜聆听着兵乱之音，却不敢啼哭出声的惊恐吗？还是从记事起，父亲将自己和母亲抛在邯郸城，母子俩孤苦伶仃、受尽欺负的屈辱回忆？

嬴政出生于秦赵结束长平之战的第二年。

在这场战役中，秦将白起坑杀赵军四十五万，大获全胜，而赵国几乎家家户户都丧子丧夫，"杀秦人！杀秦人！"的悲愤嘶吼声一浪高过一浪。

在惊心动魄的杀声浪潮中，异人一家成了众矢之的，一家三口心惊胆战地居住在邯郸城的破落小巷内，如同层层骇浪中飘摇的孤舟。

长平之战结束后，秦昭王于次年兵分三路围住邯郸。愤怒的赵人决定杀掉城内的质子，吕不韦暗中闻讯，连忙拿出六百金贿赂守城官吏，子楚与吕不韦一起跳上马车，竟丢下妻儿，径自回国去了。

那年，嬴政三岁。

父亲落逃的这段往事，成了这孩子心中最深的阴影。城内四处战乱，所幸还有母亲气喘吁吁地抱着幼子，不断逃跑藏身。仗着阔绰的母家，母子俩这才得以苟活，开始长达六年的相依为命生涯。

"秦夷留下的孩子！"

"还敢反抗？打死你！"

质子的儿子当然也是质子，年幼的嬴政时常被小巷里的孩子们追打。

起初他被群殴得鼻青脸肿，后来他能与对方打个平手，到最后，小巷里所有孩子都沦为他的手下败将。

他还没尝到天真烂漫的滋味，就已被迫学会诸多狠厉的手段。直面着刀锋长大的孩子，只能紧紧握住刀锋以求生，秦赵关系尚未缓解，年年都能在城里瞧见被赵人杀掉的秦兵，鲜血在市井淌成河，时刻提醒着九岁的孩子，这里不是他的家乡。

他素未谋面的故乡，在最西边的秦都咸阳。

母亲说，倘若父亲安然无恙逃出邯郸，或许终有一日，他会想办法接妻儿离开这里。对于那个人，嬴政谈不上思念，只是想，倘若那人如愿成为太子，自己未来是不是也能当秦王？

王，意味着什么呢？

小巷里打架斗殴的生活，让九岁的嬴政心中有了个模模糊糊的答案：打败所有人，你就成了王，当所有人都不敢违逆你，你手中就有了特权，那就是王的权力。

愿意和嬴政一起玩的小孩，只有同为质子的燕公子丹。当嬴政将这个结论告诉好友时，他却只看清燕丹脸上苦涩的笑意："阿政，我们当真还有回国的那一日吗？"

"没关系，"少年嬴政一字一顿，沉声回答，"回得去，回不去，我都要当王。"

燕丹神情错愕，望着好友，半晌说不出话。一个背井离乡的孩子与秦王的宝座，两者间的距离究竟有多远？

或许，并不遥远。

秦昭襄王五十六年秋，远在咸阳宫的老爷子驾崩，安国君继位为王，华阳夫人劝其立子楚为太子。王宫内的权谋之争渐渐尘埃落定，子楚向东眺望，终于想起远在邯郸为质的妻儿。

在秦国要求下，赵王派人护送赵政母子归秦 [1]。

满面风霜的母亲牵着儿子的手，登上归秦的马车，经过数月颠簸，马车终于徐徐驶入黑旗飘扬的咸阳城。

布衣少年一步步穿过宫门，不禁被宫廷的金碧辉煌所撼动，最让他不能忘却的一幕，便是宴会上乐师悠悠击起秦筝，白鹤与凫雁翩翩起舞——

鹤唳高庭，雁鸣金殿，这一切都让少年感到震撼，快意在他心中飞旋，再想想不堪回首的小巷生活，自己如今才算是真正飞出了囚笼。

1　出自《史记》：秦昭王五十六年，薨，太子安国君立为王，华阳夫人为王后，子楚为太子。赵亦奉子楚夫人及子政归秦。

多年后，当执掌天下的始皇帝偶然想起童年事，心中不禁感慨：那些被迫起舞的白鹤与凫雁，只不过是畏死罢了。禽鸟因畏死而成了人们的取乐之物，可万物谁不是死亡的奴隶呢？

后来，安国君守孝满一年，却在加冕三天后暴病驾崩，子楚迅速当上了新王，他任吕不韦为自己的丞相。

彼时，刚刚回宫一年的赵政母子，并未在这座华美的秦宫内感受到多少温暖。嬴政归秦后才知道自己多了个弟弟。

早在他们母子俩受苦的时候，父王子楚却在秦国享受着荣华富贵，宠妃为他诞下另一个儿子，取名成蟜。

这个孩子与他性情隐忍的兄长不同，他自幼生长在锦衣玉食的环境里，受到长辈们宠爱，言谈举止带着嬴政所不能比肩的高高在上。

与养尊处优的弟弟相比，生于市井的赵政如同一株野草，华美的衣裳披在少年瘦弱的肩头，大臣们不禁暗暗发笑。

赵姬神色窘迫，父王沉默不语。哪还有想象中一家三口团圆的场面呢？

那些轻慢的恶意在宫廷里暗流涌动，群臣轻描淡写的话语中暗含嘲讽："这个孩子，不会是秦国未来的王。"

嬴政沉默着攥拳。

从那天起，阴戾好斗的公子政发生了变化，他在宫里与成蟜一起读书学习，击剑骑射，少年勒马的英姿渐渐有了真正的王室风度，让成蟜望尘莫及。

就在嬴政迅速成长的同时，秦王子楚的身体也在迅速衰弱。

或许是历史催促着这孩子踏上成为君王的道路，又或许亲情在他这一生终究太过奢侈。三年后，子楚溘然病逝，满宫风雨，哭声哀恸，十三岁的嬴政成为新的秦王。一只宽厚的大手拍了拍少年的肩膀，嬴政转过头，看见吕不韦眼中深沉的哀色。

从十三岁继位到二十二岁掌权，史书仅用一句"王年少，初即位，委国事大臣"来形容，因秦土年少，诸事需交给仲父吕不韦来办，嬴政在宫里形同傀儡。

该如何形容这段岁月呢？是无数次深夜里的辗转反侧吗？还是深深幽宫内与母亲渐行渐远，周围却无人可供诉说的孤独？

儿子继位后，赵姬成了尊贵的太后，相国吕不韦常常出入宫廷，二人竟开始幽会，嬴政对此浑然不知。

他只是隐隐觉得，不知为何，他们母子的感情渐渐疏离了。

日月如梭，秦王政渐渐长大，吕不韦意识到这段关系的危险：年轻的王逐渐展现出惊人的政治才能，等到大王亲政那日，或许便是他遭殃的那天。

吕不韦思来想去，决定为赵太后献上门客嫪毐，拔掉其胡须伪装成宦官，送入宫中代替自己。

赵太后对嫪毐十分依赖，在他的建议下，她以"风水不佳"为由搬离咸阳城，搬到旧都雍地去居住，意图与情郎偷偷厮守。离开咸阳后，这两人愈发肆无忌惮，赵太后竟为嫪毐生了两个儿子。

某次酒宴上，嫪毐与大臣起了争执，他醉意上头，竟脱口而出："我是秦王的假父，你这卑贱之人也敢顶撞我？！"

那大臣连忙跑到咸阳宫，将他们偷情之事告诉秦王政[1]。

东窗事发。

那时，嬴政即将在蕲年宫行冠礼。

他早已不是昔日那个孤独的少年国君，在数年隐忍中，他长成了一位性情深沉的青年君王，并且开始逐一铲除威胁：秦王政八年，王弟成蟜谋反，嬴政出兵诛杀成蟜，至于成蟜手下的士兵，皆因连坐法被处死[2]。

对于弟弟的背叛，嬴政稍感心寒，却并不意外。

他疑心重重地怀疑过任何人，但唯独没想过，就连母亲也会背叛他。

当日，大臣战战兢兢地复述嫪毐对太后说过的话，"王即薨，以子为后"，意思是"等秦王政死了，就让咱们的儿子当秦王吧"！

当时……母后作何回答？

母子俩这些年的渐行渐远，猝然浮现出最荒谬的答案，他却突然冷静下来，冷得只

1　出自《史记》：始皇九年，有告嫪毐实非宦者，常与太后私乱，生子二人，皆匿之。

2　出自《史记》：八年，王弟长安君成蟜将军击赵，反，死屯留，军吏皆斩死，迁其民于临洮。

剩下一片灰暗的死寂。

在大臣畏惧的注视下，年轻的秦王政面无表情地吩咐："冠礼照常举行。"

——嫪毐只不过是个狂妄之徒，清醒后担心被杀，必叛乱。

秦王政九年四月，秦王抵达雍城举行冠礼，居于蕲年宫，嫪毐果然利用太后玺发动兵变，妄图攻入宫内。秦王政早在此地安插了三千精兵，霎时之内，短兵相接，叛军大败，嫪毐仓皇落逃。

嬴政眼神沉冷，缓缓下令："全国有生擒嫪毐者，赐钱百万。杀之，五十万。"

不出数日，嫪毐被逮捕，车裂处死。

王弟倒戈、仲父背叛、母后私通……在母亲撕心裂肺的哭喊声中，嬴政命人将她的两个私生子装进麻袋活活摔死。赵太后几度哭晕过去，口中嘶吼责骂着秦王政的残忍，而嬴政只是静静注视着自己的母亲，一字一顿开了口，嗓音低哑如冷风："就让她在雍地的萯阳宫居住吧，不准回咸阳。"

儿子流放母亲，此乃被天下人唾骂的大罪，纵然后来他为了维持名声而迎母亲回咸阳，母子二人的关系也再回不到从前了。

只不过，每当秦王政路过那道巍峨的宫门，他总在耀眼的天光下再次想起，归秦那日，母亲的身影在逆光下是那么慈爱又温柔。

秦王政十年，嫪毐受审时牵出吕不韦的所作所为，面对这位曾经的师长，嬴政下令将其流放到荒凉的蜀地。眼见君臣关系已无法修复，吕不韦饮毒酒自尽，也算给自己选了一个体面的死法。

一切都结束了。

群臣朝拜，山呼海啸，青年嬴政一步步接近王座，旋身落座，将杀气腾腾的目光投向东方六国。

栩栩如生的兵马俑，列成坚不可摧的方阵，它们被工匠细细地涂上精妙的色彩，复刻出那些被六国畏惧的虎狼之师。当嬴政慢慢走过帝陵时，兵俑们神情肃静地伫立着，仿佛正接受着君王的检阅，这一幕让他想起自己的青壮年岁月——挥师扫灭六国那十年。

那年，当嬴政将所有大权收拢在自己掌中，再次眺望八百里秦川时，他这才真正体会到了王权带来的沉重与兴奋感。

当他迎着乱世呼啸的风，站在大秦权力顶端时，历代秦兵的厮杀声从腥风里传来，他听见他们高唱着《无衣》，举戈席卷整片大地——

一统天下，一统天下！

这是先王们跨越了七百年的宏愿。

早在少年苦读时期，嬴政就读过关于祖先的屈辱史：嬴姓一族曾是商朝开国功臣，后来周朝灭商，他们追随旧主发动叛乱，不幸惨败，一夕间沦为卑贱的奴隶，被周天子发配到最西边，不仅与蛮夷为邻，还要为天子养马。

因此，秦人经常被诸侯蔑称为"秦夷"。为讨好周天子，秦人祖先尽心尽力地放牧养马，终于得到一小块封地，他们以封地为氏，从此号称"秦嬴"。

纵然如此，这支部落仍然是贵族们眼里不入流的附庸，秦人祖先们沉默忍耐着。直到周幽王被西戎所杀，西周灭亡，东周建立，秦襄公因护送周平王迁都有功，终于受封诸侯，建立秦国。

"如果你能赶走犬戎，这块封地就归你所有！"周天子许诺。

从此以后，代代秦王以东进为目标，不仅攻下了戎人占领的地盘，还将土地扩张到关中东部，成为春秋五霸之一。

从一支被流放的奴隶部落发展为一个乱世称霸的大国，这样就够了吗？

不，还不够！那时，距离秦王政的年代足有四百多年的秦德公曾高声立誓："我大秦后世子孙，应当饮马于河！"

到秦孝公这代，他任用商鞅变法，推行"杀一人换一爵"的军功爵制，将大秦变成一台残酷的战争机器，东方六国被不断削弱实力，需合纵才能与秦国抗衡。

待秦王政正式掌权后，他所见的战国天下，已成为一盘待收割的残局。

秦灭六国之战，正式开始了。

秦灭六国不过短短十年，而记载秦王政扫六合的史书文字，总共加起来也只有六百字而已。然而，这短暂如流星的六百个字，如同六百灿烂而血腥的变徵之声，夹杂了六国子民灭亡时的斑斑血泪与绝望嘶吼。

并韩、灭赵、淹魏、攻楚、伐燕、服齐。

六国的悲歌，秦朝的序章。

秦王政十九年，秦兵灭赵，嬴政亲自前往邯郸，回到昔日那条破旧小巷，下令将那些欺负过他们母子的仇家全部坑杀[1]。

面对六国子民的敌视，而嬴政只觉得他们可笑。

五百年的大乱世，难道是寡人与历代先王带来的吗？不，分明是国土分裂造成的！是周天子分封诸侯带来的恶果，倘若七国不迎来统一，乱世将永远不能终结！

大国小国，征伐无休，寡人以战止战，从此四海皆成一家，再也没有战争！再也没有像朕这样饱受战争之苦的孩子！

坑杀仇人后，嬴政回到咸阳，却听闻母亲猝然去世的消息。

嬴政缓缓仰头，朝着高天眺望，那些童年记忆忽而变得悠远，在白鹤与凫雁振翅之间，纷纷从他的生命里飞远了。

多年后，他再次想起秦王政二十年的刺秦之事，策划者正是自己儿时最好的好友燕丹。

燕丹曾来到咸阳城为质子，却因"秦王之遇燕太子丹不善[2]"含怨逃归燕国。或许在当年重逢时刻，秦王政也曾亲口对好友说起过统一大愿，他转过头，却只看清燕丹眼底的惊惧。

---

1 出自《史记》：秦王之邯郸，诸尝与王生赵时母家有仇怨，皆阬之。秦王还，从太原、上郡归。

2 出自《史记》：秦王之遇燕太子丹不善，故丹怨而亡归。

"秦王政，你理想中的那个天下，究竟是什么模样？！"

罢了。世人皆站在自己的对立面，不缺燕丹一个。

公元前221年，齐王不战而降，软弱的对手不值得尊重，嬴政轻描淡写地下令，将齐王幽禁在松柏林中，活活饿死。

至此，天下尽归大秦。

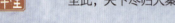

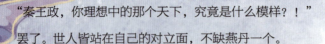

文官俑

低眉颔首的文官陶俑，它们头戴长冠，身穿长襦，官服褶皱清晰可见。这些陶俑腰间挂着书刀和砥石，以恭迎的姿态等待着嬴政自地陵内路过，仿佛随时准备在简牍写下新的篆文，将秦律推行到全天下。

"朕为始皇帝，后世以计数，称二世、三世乃至万世，传之无穷！"

在秦朝横空出世之前，从来没有一个王朝能拥有如此广袤的国土，以往天子们将自己的江山分封给诸侯，最终使得诸侯们互相攻伐，掀起数百年的大乱世。

秦朝，绝不会再踏上历史覆辙。

始皇嬴政推行三公九卿制度，并将天下划分为三十六郡，自上而下形成一套精密的政治体系，构成他心中的至高理想：统一王朝。

放眼所及，皆为秦土。

作为新时代的开辟者，嬴政近乎狂热地燃烧着自己，"上至以衡石量书，日夜有呈，不中呈不得休息"，他在称帝短短十一载做出了太多改革：

书同文、车同轨、行同伦、统一度量衡……

我们脚下的国土太过辽阔，我们口中说着不同的方言，但只要笔尖书写着同样的文字，我们的灵魂就永远不会失去交流。曾经四分五裂的华夏，自秦朝开始成为密不可分的整体，不论秦短暂与否，"家国统一"的意识都深深扎根于一代又一代人心头。

对于始皇嬴政来讲，扫六合的功绩还远远不够。

凶悍的匈奴人在北方威胁着大秦，野蛮的百越部落占据着南方沿海一带，嬴政将目光投向版图，他眼中仍然烈火灼灼。

不灭他们，怎能算是山河统一？

始皇二十八年，嬴政派秦兵五十万，深入气候恶劣的丛林，与百越部落交战五年，终于将沿海一带收入囊中，岭南从此归华夏所有。

始皇三十二年，嬴政派大将蒙恬北击匈奴，使其退走七百余里，整整十年不敢南下，蒙恬遂驻守在边关，督军修长城：昔日秦、赵、燕三国的城墙被劳工们以血汗相连，筑成一条银龙般的长城。

两千年来，历朝历代，修长城的叮叮当当之音不曾停歇，但使龙城飞将在，不教胡马度阴山[1]。无论战火在边陲燃烧多少回，无论外敌入侵华夏多少次，长城在，家国就在，龙魂在，反抗声就永不熄灭。

岁月滔滔，朝代向前，多少英雄横戈跃马，多少豪杰逐鹿天下，最不能忘记的是王朝尽头，始皇帝那一抹孤独的身影。

是他将陈旧生锈的战国亲手敲碎，熔铸成四海一家的新时代，漫长的战火与侵袭，皆不可分割这片大地。

青铜马车

嬴政走向地宫尽头，他看见一辆熟悉的青铜马车，久久地屹立不动。

它能否载着自己冲破生死的界限，抵达阳世，再看看大秦帝国？始皇帝大步登上马车，他隐约听见青铜车前传来一声马儿的响鼻之音。

统一天下之后，嬴政以为大秦帝国必将冉冉升起。

精通法律的秦吏们乘车抵达各郡，他们以强硬而严酷的手段废除六国法律，将秦律

1　出自王昌龄的《出塞》。

实施到全天下，却引起了六国遗民的恐惧。

原来，秦用短短十年诛灭六国，却无法以短短十年令人心顺服，连年的徭役与战争，更是让百姓们叫苦连天：修长城、平百越、击匈奴……天下苦秦久矣。嬴政急于将统一思想传播到天下人心中，但只引起了恐慌与不解。嬴政推行政策后的最终效果，需要用漫长的时间来验证。

但历史并没有留给大秦帝国更多时间。

始皇三十四年，始皇帝心中仅存的期望，终于被彻底粉碎。

嬴政此时四十七岁，他的身体已不再健康，对于民怨声不禁愈发焦虑。但不论如何，平南越与击匈奴，还是给帝王带来了新的信心，他在宫中大摆宴席，七十多位博士上前祝寿，仆射周青臣进颂："陛下以诸侯为郡县，人人自安乐，无战争之患，传之万世！"

嬴政龙颜大悦。

却不料，周青臣的话语引来六国博士们不满，齐国博士淳于越悠悠站出，公然地请求陛下恢复分封制："做事不效仿古人却还能长久的，我从未听过。今日周青臣当面阿谀奉承，加重陛下的过错，不是忠臣啊[1]！"

话音回荡，殿里鸦雀无声。

怒火自嬴政心底不断翻涌，好似有一把陈旧的古刀，铿然将他与天下人分隔开来，正当他欣欣然大步迈向新时代的时候，那些顽固不化之人竟纷纷后退，背叛了大秦！

——再后退，还能退到哪里去？退回那场乱世，继续经受战乱摧残吗？继续在那些无休无止的血雨里哀号悲哭吗？

嬴政从未感到如此失望。

孤独的始皇帝不再奢求天下人的理解，他决然下令"焚书"，强行抹去民间反对声，帝王与他的百姓彻底决裂。

反秦之音，窃窃不绝，帝国如同一辆愈发失控的马车。

无边的焦虑让嬴政开始渴求长生，只要长生不死，自己便可永远治理大秦，将这辆

1　出自《史记》：始皇置酒咸阳宫，博士七十人前为寿……博士齐人淳于越进曰："臣闻殷、周之王千余岁，封子弟功臣，自为枝辅。今陛下有海内，而子弟为匹夫，卒有田常、六卿之臣，无辅拂，何以相救哉？事不师古而能长久者，非所闻也。今青臣又面谀以重陛下之过，非忠臣。"

马车的缰绳牢牢攥在掌中。他渴望方士们能带回不死药，然而这些狂妄的神棍竟敢议论他的过失，脚底抹油，逃之夭夭！

始皇三十七年，嬴政决定再次巡游天下。

细算已是第五次巡游，浩浩荡荡的车队沿驰道驶向远方，宣扬威仪，震慑逆贼。嬴政坐在颠沛的马车上，回望咸阳最后一眼，他想起童年初入咸阳的那份震撼。

许多年前，他只是一个随母亲归秦的落魄少年，许多年后，他已成了这片大地唯一的主人。

时间何其仓促啊，四十年峥嵘跌宕，足以将一个孩子变成垂老的君王，而今他看遍了最壮阔的山河风光，却仍然深深依恋着这片大地。

此时的嬴政并不知道，这是他生命中最后一次巡游。

初冬十月出发，他踏过皑皑白雪，见过融融春光，也曾射杀过海里的大鱼，却终究没能求得梦寐以求的长生药。

炎炎七月，御驾抵达平原津，多年积劳终于使得嬴政病倒在半路。

在嬴政人生的最后一程，御驾车队缓缓停在沙丘宫。

病榻上的始皇帝不甘就此离去，他不允许任何人提及死字，群臣莫敢言后事[1]。日复一日，随着疾病愈发恶化，嬴政终于开始遥想地下陵寝的模样：到了另一个世界，自己是否还能像生前那般，守护着深爱的大秦帝国？

这是嬴政昏睡前心中浮现的最后一个想法。

骊山陵

地宫内。

嬴政想起自己此生最后的愿望，正是这份过于强烈的执念，使他冥冥中于梦中踏入这座地宫，追忆起自己的一生。回过神时，他发现青铜马车竟缓缓剥落铜锈外壳，载他

1　出自《史记》：至平原津而病。始皇恶言死，群臣莫敢言死事。

而起，腾云踏雾，朝着地宫之上的漫天银河而去。

一刹间，群星铺开，薪火相传，代代王朝，熠熠不灭——

始皇帝的身影乘着青铜马车，如长星般划过历史长空，他身后熠熠点燃的是十四年光辉，它的光亮如此短暂，它的余晖又如此漫长，那是名为"家国统一"的信念，贯穿了华夏两千年。

过去与未来，交汇于秦朝十四年。

汉武安邦、盛唐风流、宋音青绿……从此以后，历史每段岁月都鲜活得画面欲滴。

传说沙丘那夜，弥留的陛下最后一次转醒，围在病榻旁边的李斯等人惊讶地发现，陛下沉郁的病容已变得释然。他平静地命人写下遗诏，让长子扶苏赶回咸阳主持丧事，随后安然合眼，再也没有醒来。

那夜坠龙于野，四方隐隐响起长吟。

好在岁月漫长，终将有人读懂那位帝王孤独的心声。

这一夜，当嬴政的魂灵在地宫内再次睁开眼时，他看见陶俑百官徐徐弯腰行礼，他听见青铜骏马扬蹄嘶鸣，而他亲手触摸过的那只黄金凫雁，正舒展翅膀向南高飞[1]。天下最耀眼的烈火正烧灼着地下世界，即将迎来一场最盛大的裂变，灿烂辉煌的大秦帝国，正朝着它的皇帝迎面苏醒过来。

---

1 出自《三辅故事》：传说楚霸王项羽入关中，曾动用三十万人盗掘秦陵，在挖掘过程中，忽有一只黄金凫雁从陵墓中飞出，向着南方消失在天际。

刘彻

LIU CHE

文 明戈

秋风客至
荡平边夷匈胡

后元二年，初春。

五柞宫的梧桐树刚刚抽出枝芽，冰雪消融，新绿盎然，一切都象征着新生与希望。

刘彻最爱趁此时节前来游览，这一年他照例在此，只不过他没再看到满目春意，因为这位九五至尊的帝王，已经走到了生命的尽头。

伴随着一枚小小梧桐叶展开嫩叶，刘彻重重叹息一声，几乎没有力气再睁开眼。

"陛下，您想说什么？"仆人小心问道。

刘彻的手滑到身侧，慢慢地，一笔一画写着。

"这是……"仆人细细辨认着。

窗外乌鸦啼鸣，日薄西山，伴随着夕阳最后一丝余晖落尽，刘彻的手垂了下来，五柞宫传出震天哀哭。

作为一名合格的传奇人物，出生自然要和其他人有所不同。刘彻出生前，母亲王娡便做了一个异梦——太阳飞来进入怀中。

"赤阳入怀"，这是何等荣耀？

他父亲刘启知道后不由喜上眉梢，连连道："此贵征也。"不过还没等他生下来，汉文帝刘恒就驾崩了，刘启忙着继位成了汉景帝，也忘了太阳这回事儿，不仅立了庶长子刘荣当太子，还给刘彻起了个名叫刘彘[1]。

彘是什么意思呢？《小尔雅》里写得清楚：猪也。

堂堂太阳之子成了刘小猪，王娡很不开心，如果按照剧情正常发展，刘彻这辈子就和皇帝没什么关系了，不过历史就是由无数个阴谋阳谋下的机缘巧合构成的。

此时刘彻的姑母馆陶公主想让女儿陈氏做皇后，于是向刘荣之母栗姬提亲，没想到栗姬厌烦极了馆陶公主，断然拒绝，王娡见状伸出了橄榄枝——既然陈氏日后一定要做皇后，那让我儿子变成太子娶她不就得了？

这两位母亲谁占的便宜更大暂且不提，总之在她们各有所图的合力运作下，刘彻命运的齿轮悄然改变了。

---

1 出自《汉武故事》：（王娡）得幸，有娠，梦日入怀。景帝亦梦高祖谓己曰："王美人得子，可名为彘。"及生男，因名焉。是为武帝。

前元七年，汉景帝废刘荣为临江王，立刘彘为皇太子，并改名刘彻。

这一年刘彻七岁，彼时他还不太懂什么是权力纷争，不懂为什么姑母看到自己总会高高扬起下巴，不懂为什么母亲总念叨他的名字得来不易，自己总要被敲打知恩念恩。

刘彻一次次被用力按着后脑勺低下头来，小小的拳头却在宽大的袖子里使劲攥着。

"讼伏羲以来群圣，所录阴阳诊候龙图龟册数万言，无一字遗落。至七岁，圣彻过人"[1]。

——彻，智慧通透也。他书读得极好，过目不忘。这分明是他用自己的努力换来的名字，和姑母有什么关系？

景帝后元三年，就在刘彻行冠礼的十天后，父亲景帝驾崩，刘彻随即登基，这一年他十六岁。

当那枚象征天子威仪的冕旒戴到自己头上时，刘彻瞥见了大长公主与太皇太后嘴角不加掩饰的笑——他哪是什么真龙天子啊，分明是她们一手扶植起来的傀儡。

刘彻继位后，窦氏母女只手遮天。大长公主尊为窦太主，凭太后许可，甚至享有在御道行走的特权。

刘彻意欲崇儒，推行建元新政，窦太皇太后因为崇尚黄老之学，生生逼死新政成员赵绾、王臧[2]。在强大的外戚压力下，刘彻权力甚微，大小情况皆需奏事东宫。

其实这件事换个角度看，不论是否被垂帘听政，从名义上来说刘彻仍旧是这天下的主子，只要想得开就行。

不过刘彻"想不开"。

尊严二字，是流淌在他的血液里的性格底色，堂堂刘姓江山，凭何要外戚呼风唤雨？

在他那双尚还青涩的瞳孔中，隐约透出灼灼燃烧的燎原烈火来。

王太后见状立刻告诫："汝新即位，大臣未服，先为明堂，太皇太后已怒。今又忤长主，必重得罪[3]！"

现在刘彻刚登基，地位不稳，想直接翻脸根本没有胜算。

1　出自《太平广记》。

2　出自《汉书》：年冬十月，御史大夫赵绾坐请毋奏事太皇太后，及郎中令王臧皆下狱，自杀。

3　出自《资治通鉴》。

他能做的只有隐忍蛰伏，暗自扎根。等到自己的实力足够强，才有可能完全掌握朝纲。

从帝王的角度，最大的屈辱是权不在己。而从国家的角度，最大的屈辱是俯首称臣。

匈奴，这个大汉王朝的宿敌，像一头虎视眈眈的兽，一直蛰伏在北方。

当年汉高祖刘邦率三十多万大军迎击匈奴，后被冒顿单于围困于白登山七天七夜。那时汉朝刚刚建立，秦末以来的长期战乱让中华大地千疮百孔，百废待兴，根本没有力量反击。为了百姓有休养生息的机会，刘邦低下头，选择了将公主嫁给单于，屈辱和亲。

"长城以北，引弓之国，受命单于；长城以内，冠带之室，朕亦制之。使万民耕织射猎衣食，父子无离，臣主相安，俱无暴逆[1]。"汉朝与匈奴签下如此合约，结为友邦，约为昆弟。

盟约说起来好听，可实际上汉朝每年要岁奉匈奴大批棉絮、丝绸、粮食、酒，献上财宝与女子，双方来往的国书，匈奴方规格要高于汉朝，就连双方君主的称呼，匈奴都要胜过大汉皇帝。

在匈奴面前……汉，抬不起头，也不敢抬头。

所幸这种卑躬屈膝，为汉朝换来了相当长一段时间的和平，使得大汉有机会积蓄国力，甚至出现了"文景之治"——"京师之钱累巨万，贯朽而不可校。太仓之粟陈陈相因，充溢露积于外，至腐败不可食[2]。"

只是这集中之卵的太平安逸蒙住了许多人的双眼，以至于到了刘彻继位之时，不少人依然是主和派。

建元六年，匈奴再次派人吵吵嚷嚷来要求和亲。

朝堂之上，主战派与主和派唇枪舌剑，吵得不亦乐乎，二十一岁的刘彻剑眉紧蹙，面色差到极点。因为他已经听出了这次讨论的大势所趋，是再一次对匈奴让步。

刘彻凝眸看着文武百官，嗓音愤怒而压抑："再韬光养晦几年自是可以……不过跪久了，可就站不起来了！"

退朝后，刘彻气得几乎砸了砚台。他一日未曾忘记自己要夺回皇权的目标，可这泱

1　出自《史记》。
2　出自《史记》。

決大汉呢，还记得当初汉高祖为何忍辱低头吗？

刘彻大口深呼吸着，颓然弯着腰。半晌后，他微微抬起下颔，案上从未撤去的边防地图陡然映在他墨黑的眸子里。

四年前，他曾派张骞出使西域，想联合大月氏共同围击匈奴。因为当年冒顿单于之子——老上单于杀得大月氏片甲不留，还摘了他们国王的脑袋做成酒杯，日日欢饮。

可刘彻没想到，大月氏被迫离开了故国后，跑去中亚安了家，如今乐不思蜀，根本不想复仇。

刘彻眨了眨眼，那张图上的匈奴军旗随之闪烁了几下。他面色阴郁地活动了下肩膀，随后重新挺起腰杆站直。

同年，太皇太后离世。随着窦氏势力的逐渐倒台，刘彻大刀阔斧地开始了变革。

对内，刘彻废除了"黄老学说、无为而治"治国的思想，罢黜百家，独尊儒术，并集合霸道王道的治国方针。为了避免再次出现"七国之乱"的现象，刘彻推行了号称"史上第一阳谋"的推恩令，改变过去诸侯王传位给嫡长子的固有传统，强制诸侯王把土地均分给所有孩子，从而将各个封国的面积化整为零，使诸侯国实力逐渐不足以与朝廷抗衡，加强中央集权。

对外，刘彻提出了"大一统"的思想。当年秦王扫六合，统一的是全国，令华夏有了自己的国家。而现在，刘彻的大一统，是要让"汉为天下宗，操杀生之柄，以制海内之命，危者望安，乱者卬[1]治。"

其实早在刘彻即位之始，他便已经下定决心，要让大汉"王者无外"。这些年间，他下令鼓励养马，征调士卒巩固边防，提高军人待遇，甚至两次出兵闽越试水，都是在为有朝一日，有能力与匈奴正面开战做准备。

现在，刘彻只待一个机会。

元光二年，主战派的王恢向刘彻提出了"马邑之谋"。

虽然匈奴与大汉一直有和亲之约，但匈奴贪图财富，仍常来边境骚扰。

当时边界有个商人叫聂壹，王恢提议由他来与军臣单于交涉，以马邑全城的牲畜财

---

1 卬：通"昂"。

物作饵，引诱匈奴派兵来抢，届时汉军埋伏在附近，等单于一到便可瓮中捉鳖。

刘彻听后，眼里泛出惊喜的光来。

许是因为他已经等太久了，久到他恨不能即刻手刃单于，久到他忽略了这计划是否周密。

六月，马邑县令按照计划将一枚囚犯的首级悬挂于城门之上，冒充是自己被斩首，军臣单于收到使者信号后，率十万兵马进军。待军队行至离马邑百余里的地方，他忽然发现沿途有散落的牲畜，却无人在其间放牧。军臣单于生疑，随即俘获了雁门尉史，严刑逼供下，尉史招出了汉军全部计谋。

军臣单于勃然大怒，立刻撕毁与大汉和亲协议，更加频繁猛烈地进攻大汉边塞，烧杀抢夺，奸淫掳掠。

"报——上郡遭敌！"

"报——定襄遭敌！"

"报——上谷遭敌！"

面对匈奴数不胜数的大力来犯，主父偃跪在地上，言辞恳切："皇上，大汉之和平得来不易，匈奴已然盛怒，还请皇帝为边关百姓考虑，遣人和亲吧！"

韩安国颔首一同劝阻："'马邑之谋'时老臣便说，高祖之英武圣明，尚且被围于平城七日，况如今乎？再者兵马一动，天下骚动，皇上三思啊！"

严安随之附和："王恢已经下狱自杀，为两国之好大汉安宁，臣万请和亲！"

"臣，万请和亲！"

朝堂之上，百官齐声高呼。

"好好好……你们一个个，真是我大汉赤胆忠心的好官！"

刘彻看着下面乌压压跪倒的一片，眼中闪烁着暴怒的寒光，赤目圆睁。

"夷狄之人，贪而好利，被发左衽，人面兽心！"

"呵，两国？"刘彻怒极反笑，眉间的锋芒瞬间凌厉了数倍，他挥开长袖大手猛一拍龙椅，"这是两族！"

刘彻声若滔天惊雷，震得人头皮发麻，久久回荡在安静的大殿上。

"你们要和亲是吗？高皇帝遗朕平城之忧，高后时单于书绝悖逆，七十年的耻辱，大汉忍了七十年，不是为了用我汉族女子的韶华，续这苟且偷生的国命！

"今日匈奴侵我上谷郡，明日是哪儿？洛阳？长安？还是候骑至雍，火照甘泉？到那一日，胡人铁蹄践踏的，非我大汉王朝。胡人亡的，乃我大汉民族！"

刘彻的目光扫过百官，双眸仿佛燃烧着炽热的焰火，这焰火翻滚呼啸着穿过肃穆朝堂，穿过锦绣山河，穿过烽烟四起的长城，烧在匈奴磨牙吮血、狂狞大笑的边疆。

刘彻从金銮御座起身，他抬眸睥睨，威震四海的天子之姿压得无人敢言。

"卫青，公孙敖，公孙贺，李广听令！"四位将军抱拳颔首，跪拜于地。

"朕命你们四人各率一万大军，自上谷，代郡，云中，雁门四路出兵，北击匈奴！"

这次战役，是自汉初以来，汉军反击匈奴的第一战。

对于率兵的人选，直到出军前的最后一刻，仍有人颇有微词——卫青，这可是个从未上过战场，出身低贱的毛头小子。

不过众人没想到的是，就是这个只被刘彻一人看好的"愣头青"，成了四队兵马中唯一大获全胜的将军。面对变幻莫测的天气和复杂的地形，卫青一路直捣匈奴祭天圣地龙城，并成功斩杀匈奴数百战士。

次年，卫青领三万骑兵出雁门，长驱直入，再斩匈奴数千人。

卫青的接连胜利，给了大汉一针强心剂，也令刘彻紧绷的弦终于放松下来。

没错，刘彻在朝堂上是凌厉沉稳乾坤在握的帝王，可背地里，他知道，他手中的牌是孤注一掷提拔的将士们，赌注，则是大汉的千里江山。

他绝不能输。

两次败仗后，军臣单于怒发冲冠。毕竟匈奴向来把汉军当作不堪一击的蝼蚁，被任抢任辱的虫反咬了两口，单于发誓要报复回来。

元朔二年，军臣单于率匈奴军大举入侵上谷、渔阳。先破辽西，劫掠两千余百姓，辽西太守战死。

面对匈奴的狼虎进攻，刘彻运筹帷幄，不退反进。

他派李息从代郡出击，又命卫青进攻匈奴盘踞的黄河河套地区。在汉军迂回侧击战术下，单于王庭被迫失去与白羊王、楼烦王的联系，匈奴军死伤两千余人。随后汉军南下包围二王，再捉匈奴数千人，夺牲畜百万，彻底控制了河套地区。

紧接着，刘彻火速下令于此修筑朔方城，修复当年蒙恬所筑的防御工事，建立起反击匈奴的前方基地。

次年冬天，军臣单于去世，太子于单逃入汉境投降。

大汉终于扭转了被匈奴压着打的局面，进入全面反攻时期。

也许是因为上天听到了刘彻一直以来的切切祈祷，在元朔六年，老天爷又送给了他一位年轻的战神——霍去病。

"弯弓辞汉月，插羽破天骄[1]"，这个年仅十八岁的小将，在定襄北之战中独率轻勇骑八百，弃大军数百里，直捣匈奴虎穴，斩敌两千。多少老将都无法做到的战绩，他一个第一次带兵的少年竟然轻轻松松完成了。

当霍去病抹了一把脸上的血污，抱着头盔站到刘彻面前复命时，众人都在惊异是巧合还是运气，唯有刘彻透过霍去病锐利狼性的眼，看到了和卫青一样的天赋。

刘彻是伯乐，而霍去病是他的千里马。

在刘彻的绝对信任与重用下，元狩二年春，霍去病率一万骠骑出陇西，"逾乌鳌，讨遫濮，涉狐奴"，六战破五国，并在皋兰山下重创匈奴，累计斩敌八千九百六十人。同年夏季，霍去病再攻祁连山，斩匈奴军首级三万二百级。

终于，在元狩二年的第一场雪染白长安前，汉军像一柄劈天斩地的利剑，打通了整个河西走廊。

伴随着片片鹅毛大雪洒在未央宫的沧池，天空中传来匈奴的悲歌——"失我祁连山，使我六畜不蕃息；失我焉支山，使我嫁妇无颜色。"

刘彻接住一片皎白，看着它在掌心融成水珠，随后紧紧攥住。

如今大汉与匈奴已然彻底攻守易形，可刘彻并不打算就此收手。

只要匈奴一日未灭，它便一日是大汉的隐患，为了子孙万代，他绝不能停止征战的脚步。

1　出自李白的《塞下曲》。

休整两年后，刘彻再命卫青与霍去病各率骑兵五万，深入漠北，歼灭匈奴主力。

起初，大漠是匈奴的绝对主场，塞外像充斥着漫天黄沙的骇人迷宫，汉军谈之色变，匈奴如鱼得水。因着这位帝王的坚持，汉军才一步一步走入大漠，征服大漠。这一次，大汉的尖刀破开浑天沙尘，直插匈奴心脏。

霍去病封狼居胥，禅于姑衍，登临瀚海。

匈奴像曾经弃国的大月氏般，落荒而逃。经此一役，"是后匈奴远遁，而漠南无王庭"。

刘彻得知消息后，一连道了三个好。"我大汉山河，谁还敢来犯！"

解决匈奴危机后，刘彻又将目光投向其他方向。

他消灭南越，设置南海等九郡，随后又陆续平定西羌、东越、西南夷等，不断扩大中原版图，"所辟疆土，视高、惠、文、景时几至一倍[1]"，使中华后世"千万年皆食其利"。

与此同时，借由之前打通的河西走廊，汉朝与西域的文化经济交流日益频繁。

"商胡贩客，日款于塞下"。大宛的汗血宝马，涂林安石国的石榴，波斯的地毯等都通过丝绸之路源源不断涌进长安，汉朝的铸铁凿井等技术，也都传了出去。

值此，大汉成为真正意义上的世界强国，而汉民族，也傲骨铮铮，再无畏惧地屹立在华夏大地上。

如果当时，一切都停在那里就好了……

五柞宫里，病重的刘彻躺在榻上，一点一点回忆着当年的事。

刘彻忽然想起了元鼎四年，汾阴出土的那枚宝鼎，当时满朝都欢称是祥瑞之兆，他也欣喜，决意完成代表治定功成的泰山封禅盛典。

或许这不是什么祥瑞，而是上天暗示自己莫再冒进，应功成身退呢？

多年用兵耗空了大汉的国库，以至于后来"城郭仓廪空虚，民多流亡"，"天下虚耗，人复相食。[2]"可他并没有止步，而是继续将兵锋移至更远的地方。国内因此农民起义不断，匈奴却经过十几年的"休养息士马"，重新蠢蠢欲动起来。

---

1 出自《汉书》。

2 出自《汉书》。

对了……匈奴……刘彻双眼望着窗外扑棱棱飞过的鸟，张了张苍白的唇。

"仲卿，去病……老天爷怎么那么早就把你们带回去了？"

"匈奴……匈奴还没杀完啊……"

刘彻胸口忽然痛得厉害，他闭上眼，思绪乱飞，脑子乱成了一团糨糊，无数零碎纷乱的记忆涌入脑海，走马灯一般闪烁着。

"据儿，你仁恕温谨，朕相信你日后必定能安定天下，成为一个好君主。可现在汉家庶事草创，加四夷侵凌中国，朕不出师征伐，天下不安啊。我儿，辛苦的事交给为父来做，你留得轻省，不亦可乎？"

那仆人听刘彻口中喃喃胡语，吓得连忙去叫太医。那前太子刘据，不是早就死在征和二年的巫蛊之祸里了吗？

刘彻双手紧紧揪住胸口，似乎喘不过气来，他额上全是冷汗，艰难发声："朕不该做那求仙的荒唐事，这封《轮台罪己诏》，是朕写给天下百姓的认罪书……"

太医匆匆跑来，为刘彻号了号脉，随后面露难色地摇摇头。

"弗陵，有霍光他们在，诸事无妨。"刘彻一边不住胡念，一边大口喘息着。突然，他重重吐了一口气，整个人猝然泄了力。

肝藏魂，肺藏魄，最后一口气吐出去，人也就走到头了。

"陛下，您还有什么要说的吗？"仆人小心问道。

刘彻双眼紧闭，手滑落到身侧，慢慢地，一笔一画写着。

点，点，提，横折，长长的一撇……

"这是……"仆人细细辨认着。

——那是大汉的"汉"。

刘彻这一生，既是杀伐果决的持剑者，也是痛失爱子的父亲。既是气吞山河霸主，也是勇于认错的君王。

"世宗光光，文武是攘。威震百蛮，恢拓土疆。简定律历，辨修旧章。封天禅土，功越百王[1]。"

1　出自《艺文类聚》。

刘彻以赤阳入怀的神话来到人间，最终活成了史书里的太阳。

从最开始的"寇可往，我亦可往"，到后来的"犯我强汉者，虽远必诛"，再到汉宣帝定胡碑上的"凡日月所照，江河所至，皆为汉土"，是他一步步用铮铮的铁与血雕刻出汉族的风骨。

是他把"汉"，书写成一个符号，让它光芒万丈，响彻世界。

岁月轮转，烽火终熄。五柞宫外的太阳落下了，可穹庐之上，浩瀚的历史宇宙里，仍有一颗炽热如阳的恒星滚烫地发着光。

它跨越几千光年的距离，仍在今日用星芒普照华夏，以绝对的光亮，让我们挺直腰杆。

汉武大帝之辉，永悬不落。

武则天
W U ZF TIAN

文
明戈

千古女帝
映日月同辉

无名小女

"你这狗鼠辈[1]杨氏，何时滚出我武家？"武惟良和武怀运围着她与杨氏，指指点点骂道。

她已经数不清这是母亲第几次被他们辱骂了。

两位族兄口中的武家确实厉害，家主武士彟，也就是她的父亲，当年从事木材买卖发了家，因为意外结识李渊，又在他起兵反隋时资助钱粮衣物，鼎力相助，所以以"元从功臣"的身份封成了应国公。

后来武士彟娶了相里氏，按照街坊邻居的话来形容，相里氏有个争气的好肚皮，一下生了两个儿子。武士彟后娶进门的杨氏，虽然身为贵族后代，相比之下却没那么"好运"了，接连生的三个都是女儿，她就是其中之一。[2]

在古代人的眼中，男子文能提笔安天下，武能上马定乾坤，女子能做什么？嫁作人妇，相夫教子。仿佛注定不会留下一字一句的她们，史书连名字都没来得及写下。

因此她出生后不久，武家为了讨个吉利，便一直给她穿男儿衣服，将其扮作男孩。时值袁天罡来到家中拜访，乳母将她抱出，让其看相。

袁天罡见后面色一惊，惊叹道："此郎君子龙睛凤颈，贵人之极也。"随即他走到身前细细观看，再次感叹："可惜是个男孩，若是女子，实不可窥测，后当为天下之主矣！"[3]

天下之主？这话听来太过荒唐，在场之人没一个当真的，武士彟也只当她是个有富贵命的小千金，哈哈几声一笑而过。

她的确是锦衣玉食长大的，不过这仅局限于父亲在身边时。武士彟意外去世后，无儿傍身的杨氏和身为女娃娃的自己，就成了武家男孩儿追着打的老鼠。

"还有小儿你，还不早早嫁人，莫再吃我武家粮！"武惟良[4]朝着她一努下巴，白眼

1　狗鼠辈，唐时骂人话。

2　出自《资治通鉴》：武士彟娶相里氏，生男元庆、元爽；又娶杨氏，生三女，长适越王府法曹贺兰越石，次皇后，次适郭孝慎。

3　出自《旧唐书·方伎·卷二百一》：乳母时抱则天，衣男子之服……后当为天下之主矣！

4　武则天的族兄。

翻到了天上。杨氏听罢叹了口气，带着十一岁的她转头要回房间。这小丫头却是秀眉皱起，攥了攥母亲的手。

"娘，我们离开这儿！何苦听他们叫骂，人在哪儿不能活？"

她的声音稚气未脱，但语气坚定。

终日被人落井下石，杨氏其实早就想走了，只是迫于生计，一直没下定决心离开。许是年幼女儿的骨气鼓舞了杨氏，杨氏思索片刻，终是点了点头，收拾行囊带着女儿们离开了荆州。[1]

星海横流，岁月如驰，随着日子一天天过去，她出落得愈发明艳。

其容何所似？一枝春雪冻梅花，满身香雾簇朝霞[2]。她杏眼双瞳剪水，盈着似雾秋波，一颦一笑顾盼生姿，美得动人心魄。

而美人的容颜就像深巷里的酒，是藏不住的。

贞观十一年十一月，唐太宗驾幸洛阳宫，武家次女"容止美"的名声，乘着秋风传入了他的耳朵。

翠云峰的落叶洒遍了洛阳城，在漫天纷飞的秋叶中，她莲步轻移，跪在李世民面前。忽然，耳边一缕发丝散落，她抬手轻挽，纤纤玉手可生花，慵懒随意，媚态天成，李世民当即封她为五品才人，赐号"武媚"。

武媚回到家中同母亲告别，母亲不喜反悲——一入宫门深似海，自己女儿这种美人儿，万一落得个红颜薄命的下场……杨氏拿起帕子啼哭起来。

武媚替母亲擦了擦眼泪，朗然安慰道："天子圣明，我入宫侍奉岂知非福，何必作儿女沾襟之态？"[3]

杨氏错愕抬头，看着女儿毫无惧意的眼。

武媚双眸透彻而清亮，腰挺得笔直。

1　出自白寿彝的89版《中国通史》。
2　出自韦庄的《浣溪沙》。
3　出自《旧唐书·卷五十一》：见天子庸知非福，何儿女悲乎？

武媚是带着不服进宫的。

年少时武家兄长们的嘲讽，这么多年来一直萦绕在她的耳侧。身为女子便不能出人头地，凭什么？

所以武媚不怕进宫，哪怕她知道伴君如伴虎，哪怕当今圣上，是经过那场众人畏而不敢言的"玄武门之变"出来的狠角色。既然现今要求女性必须依附男人，那她便嫁个最顶尖的人物，日后再找机会乘东风而上。

可惜武媚入宫后，李世民一次都没召过她侍寝，反倒是一同入宫的徐慧[1]像登上了青云梯一般，接连高升。

这时碰巧李世民得到一匹好马，名叫狮子骢，无奈性子蛮烈，没人能驯服，李世民很是头疼，侍奉在侧的武媚见状，主动走上前一步。

"妾身能制服它。"

李世民听后很是惊讶，一个弱女子，岂能驯服烈马？

武媚继续道："妾身需要三件东西，一是铁鞭，二是铁棍，三是匕首。先用铁鞭抽打它，若它不服，便用铁棍敲它的头，若它还不服，便用匕首割断它的喉管，杀了它[2]。"

"杀了它？"李世民眸色幽深。

"马是用来骑的，若驯服不了，留着无用。"武媚声音清脆，字字掷地有声。

李世民微微垂下头，第一次认认真真看着这个记忆中娇弱的美人儿。武媚一双杏眼依旧漾着秋波，可李世民明明白白看见那温柔背后，盛大的倔强与野心，像那匹不受规训的狮子骢。

"汝不若小女子。"李世民留下一句夸赞，大踏步离开了。

---

1 出身长城徐氏，妹妹为高宗婕妤，也有文采。当时人们因为徐氏姐弟三人文采出众，将他们比作汉朝班氏。
2 出自《资治通鉴》：太后怒曰："……妾能制之，然须三物，一铁鞭，二铁杖，三匕首。铁鞭击之不服，则以其首枉杖，又不服，则以匕首断其喉。"

武媚本想借机让皇上注意到她，可惜她努力错了方向，李世民喜爱的是像长孙皇后那般贤良淑德的如水女子，水利万物而不争，只默默流淌。

至于生杀予夺、掌握大权的，该是男子，该是皇上。

此后一连十一年，武媚都未得宠，身份一直停留在最初的才人。

贞观二十二年六月，太极宫后苑的荷花开得正盛，长安城碧蓝如洗的日空中，一颗太白星赫然出现。

太白星即启明星，紫薇星则代表帝王，古语有云"太白起，紫薇落"，太白骤现，这可不是个好现象。

此日后，大唐天象更加异常，太白星屡屡昼见，太史观星占卜，得卜象——"帝传三世，武代李兴"，加之先前民间便广传《秘记》，"唐朝三代之后，女主武王将取代李氏据有天下[1]"，李世民慌了。

同样慌的，还有武媚。

深夜寝宫中，武媚抱膝蜷坐在榻上，朱唇惨白，冷汗沁透了里衣。

彼时的她不知道命运给自己安排了什么剧本，哪怕她再倔强倨傲，面对自己是皇上身边唯一武姓女子的现实，也不得不胆战心惊。李世民当年可以为了皇位弑兄杀弟，如今因为天象屠尽武姓又有何不可？

"喀——"

一道刺眼白光闪过，终于，皇帝的铡刀落了下来。喷溅而出的温热鲜血为皇权又镀上一层暗红，而地上滚动的，是那乳名为"五娘子"的，大将李君羡的头颅[2]。

至于武媚，李世民几乎没放在眼里——区区一个五品才人，岂能覆了朕的江山？

很快，大唐的日头东升西落，划过皇帝病重时乱成一团的太医院，划过太子李治炽热的眼，划过含风殿传出的国丧哀哭，落到长安感业寺的老槐树上。

武媚身着一身尼姑服，仰头望着赤色日落。

1　出自《旧唐书·李君羡传》："太白数昼见，大史占曰：'女主昌。'又谣言'当有女武王者'。"
2　李君羡，唐朝将领，曾任左武侯中郎将、华州刺史，封爵武连县公。

一年前她因女儿身逃过一劫，还不等她庆幸，一年后她便又因为这女儿身，不得不守着太宗的亡魂在寺庙度过余生。

佛香袅袅飘来，落在她泛灰的衣服上。此时她却愈发真切感受到，权力面前人命的轻贱，与男子掌控下女子的悲哀。

难道自己要在这儿枯坐一生吗？伴随着阵阵响彻云霄的钟声，武媚蓬勃不屈的心不断横生出新的枝芽，瞬时，她想起了当年那道炽热目光。

看朱成碧思纷纷，憔悴支离为忆君。

不信比来长下泪，开箱验取石榴裙[1]。

青灯素案，皓腕轻提，红笺小字，诉尽离别意。

憔悴佳人的朝暮相思，无人能不为所动，祭奠行香那日武媚桃面旁的斑驳泪珠[2]，更是颗颗落到了李治心里。

永徽二年五月，李治孝服期已满。

残阳如血，太极宫上空层叠绣出的绯红晚霞，为武媚铺成了十里红妆。武媚步步端庄，再次踏入宫门。她深知这是命运给她的第二次机会，如何造化，全靠她自己。

熔金余晖落进她的双眼，映得她的眸子如野豹般灼灼发亮。

日月凌空

身为女性，权力的巅峰便是皇后。

如今的皇后王氏与唐朝皇室为旧亲，唐高祖之妹同安公主乃她的叔祖母。这次武媚回宫，幕后极力促成的主谋便是王皇后，因为此时萧淑妃宠爱正盛，无子嗣的王皇后急需武媚这颗棋子，与之制衡。

聪明如武媚自然深知自己不是王氏的朋友，一切都是利益使然。于是她回到宫中后，

1　出自武则天的《如意娘》。
2　出自《资治通鉴》：忌日，上诣寺行香，见之，武氏泣，上亦泣。

把自己浑身的锋芒都藏了起来，对各宫下人极好，在王氏面前卑身屈体，听凭调遣，王氏因此特别喜爱她，帮她美言争宠[1]。

武媚趁此期间光速打败了萧淑妃，更是诞下龙嗣，等王氏反应过来时，武媚已独得恩宠，并被拜为二品昭仪。

圣宠面前，哪有永远的敌人？如武媚先前所料，王氏与萧淑妃这对曾经不共戴天的仇人，飞快结为同盟，开始联手对付她。

奸诈诡计，恶语逸言，手段层出不穷。但李治满心满眼都是武媚，面对两人跳梁小丑般的出出好戏，只信武媚一人。

可这信任，纯粹是因为爱吗？武媚不觉得。

她看着躺在身侧酣然入睡的李治，手指轻轻划过他高挺的鼻梁。后宫名曰皇帝的后花园，可实则政治权力的第二博弈场。

当今萧淑妃身后是兰陵萧氏，其家族在南朝刘宋时期以军功起家，后于齐梁掌国一百一十二年，隋炀帝的皇后萧氏，就出身于此。

至于皇后身后的太原王氏，乃西魏重臣的后裔，关陇贵族军事集团的代表。关陇集团始创于贺拔岳，通过北魏北周与隋的步步崛起，到唐朝时势力已经极其庞大，李世民和李治的继位，背后都离不开以长孙无忌为代表的关陇集团。

李治继位后，长孙无忌以"元舅"身份辅政。永徽四年，他在审理房遗爱谋反案时，因与吴王李恪有旧怨，便污蔑其谋反借机诛杀，后又将与自己不和的江夏王李道宗，驸马都尉执失思力流放岭南。

因此武媚清楚，自己对于李治来说除了是爱人，更是战友。李治需要用自己制衡王皇后，对付权倾朝野的关陇集团。

黑夜中，武媚眨了眨眼。既然如此，自己何不乘风？

永徽五年，武媚生下了长女安定思公主。小公主很可爱，下人总能在门外听见武媚抱着她逗弄的笑声。

这天，王皇后前来看望小公主。不承想王皇后探望完，前脚刚走，后脚小公主的死

1　出自《资治通鉴》：武氏巧慧，多权数，初入宫，卑辞屈体以事后；后爱之，数称其美于上。

讯就传出了宫门。

"什么？皇后竟敢因妒杀子！"李治闻讯勃然大怒。

皇后的"毒辣"给了李治一个正当理由，他当即决意"废王立武[1]"。

次年，中书舍人李义府站了出来，第一个支持废王立武，李治和武媚很欣喜，重重奖赏了他。有了第一个，便会有第二个第三个，于是许敬宗，袁公瑜等大臣也都纷纷站队，开始支持立武媚为皇后。

不过武媚毕竟是先帝才人，于情于理说不通，因此仍有不少大臣反对。正当李治犯难时，元老李勣[2]站了出来，只用一句话便扭转了局面——"此陛下家事，何必问外人？"

同年十月，李治亲下诏书："王皇后、萧淑妃谋行鸩毒，废为庶人，母及兄弟，并除名，流岭南。"[3]

七日后，李治再下诏书："武氏门著勋庸，地华缨黻，往以才行选入后庭，誉重椒闱，德光兰掖……遂以武氏赐朕，事同政君，可立为皇后。"

十一月初一，册封大典。武皇后着深青色翟鸟纹祎衣，头戴凤冠，踏着正和之乐玉步而出，文武群官及番夷之长，奉朝于肃义门。

诗咏关雎，雅歌麟趾，天下共祝，百官齐贺。

武媚垂眸俯视，削葱般的手指逐渐收紧。终于，她成了一人之下，万人之上的皇后。

是夜，李治面上带着酒后的红晕，凝眸看向武皇后。

"媚娘，这后位你可喜欢？"

武皇后柔声："自是喜欢。"

"媚娘，你心中可有朕？"

武皇后怔了一下，疑惑回望向李治热烈灼人的眼，随即别过头，纤长的睫毛覆了下来。

"当然。"

对于李治的发问，武皇后只觉得荒谬。说到底，这吃人不吐骨头的皇宫里只有权力

---

1 出自《新唐书·后妃传》：昭仪生女，后就顾弄，去，昭仪潜毙儿衾下……而帝愈信爱，始有废后意。

2 为凌烟阁二十四功臣之一。早年从李世民平定四方，后来成为唐王朝开疆拓土的主要战将之一，曾破东突厥、高句丽，功勋卓著。

3 出自《资治通鉴》。

的联合与分裂，哪有什么真情？身为帝王，他不可能不懂这个道理。

武皇后没有过多心思考虑这些儿女情长的事，她牺牲了那么多才有如今的地位，若只为了情爱那就太可笑了。

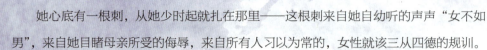

她心底有一根刺，从她少时起就扎在那里——这根刺来自她自幼听的声声"女不如男"，来自她目睹母亲所受的侮辱，来自所有人习以为常的，女性就该三从四德的规训。

这些镣铐将女性锁得太紧，紧到她们忘了自己与男子皆为母胎所生，自应生而平等。

因此在她当上皇后回家省亲时，她一改旧俗，单独宴请女性乡亲，依次听取她们的意见，还为八十岁以上的老妇封爵，后来又请禁止天下妇女为俳优之戏，让她们远离下九流的职业。更是将各级宫女性别意味明显的名称，如"御女""采女"等，变为偏向功能性的"侍栉""侍巾"。

在她与李治携手解决了长孙无忌这一隐患，沉重打击了关陇集团后，武皇后逐渐意识到，要想在朝中拥有更大的话语权，就得培植私人势力。

于是在显庆四年，武皇后主导重修《氏族志》。以往各大门阀士族互相联姻，结成的权力网牢不可破，而新《氏族志》的一个重要原则便是"皇朝得五品官者，皆升士流"[1]。大批寒门子弟得以被列入士族之中，而这些新兴的寒族势力，也成了支持武皇后的重要力量。

武皇后羽翼渐丰，李治却突然倒下。次年十月，他风疾发作，以至于不能处理朝政，因为武皇后"素多智计，兼涉文史[2]"，一切便由她暂代处理。

权力的天平已渐渐偏移，但李治不是傻子，他能看出武皇后在布一盘大棋。

麟德元年，李治听从上官仪建议，起草废后诏书。

武皇后借由眼线得知消息后，立刻跑到李治面前自诉。美人泫然欲泣，依旧是当年在感业寺的动人模样。

她晓之以理，动之以情，李治终于不忍上前握住她的手道歉："我初无此心，皆上官

1　出自《旧唐书》。

2　出自《旧唐书》。

仪教我。"[1]

武皇后恭敬地走出李治寝宫，转身那一刻，委屈的面容瞬时静如平湖，晚间的风将她面上未干的泪痕吹得冰凉。

她大半生都在为把命运握在自己手中而努力，可她在宫里苦苦挣扎了二十几年，如今在皇帝面前，他随手一张纸，就能变成埋了她的棺材板。

武皇后仰头凝望夜空良久，此刻，她对权力的渴望到达了顶峰。

——月，为何不可与日同辉？从这天起，她不再掩饰自己的勃勃野心，她靠着先前积蓄的力量，不断排除异己，扫清政治障碍。

"若狠辣是通往权力道路上的必要一环，那不止男人可以，女人也可以。"

武皇后那双柔若无骨的纤手开合起落，尽是杀伐果决，冷酷狠戾。

既然上官仪想将她贬为庶人，那便找理由诛了他全族。

左威卫大将军郭广敬与上官仪交好，那就贬官外放，右相刘祥道，也一并改任司礼太常伯。

她指尖的利刃寒光闪闪，刀刀直斩帝王权。

李治大权凋零，朝政开始由武皇后掌控。

李治每每上朝，武皇后"垂帘于后，政无大小皆与闻之。天下大权，悉归中宫，黜陟、生杀，决于其口"[2]。

麟德二年，李治封禅泰山，在那场本应只有男子参加的禅地大典中，武皇后取代了公卿，充当亚献。

自此，大唐日月同辉，二圣临朝。

1　出自《资治通鉴》。
2　出自《资治通鉴》。

上元元年，李治称天皇，武皇后称天后。

时至今日，李治已经完全无法制约武天后，她如今的地位，是在传统规矩的桎梏下，女性展翼的最高处。

可武天后并不满足于此。她一袭雍容华服，伸出手从龙椅上缓缓摸过。如今她已是五十岁，岁月在她的眼角深深刻下了几笔，却也在她眼底写满睥睨天下的雄傲。

……谁说这规矩，就不能被打破了？

武天后不是脑袋空空只逐权力，她用她卓越的政治才能，证明了自己可以驾驶好大唐这艘巨轮。

她重视农业生产，奖励"田畴垦辟，家有余粮"者，惩罚"为政苛滥，户口流移"者，又召农学家们编写农书《兆人本业》，颁行天下。除此以外，她还建言"十二事"：息兵、广言路、杜谗口、父在为母服齐衰……

随着李治的眩晕症愈发严重，他也愈发依赖武天后。

上元三年，李治终于打算彻底逊位，让武天后摄政。

这一惊人之举自然引得众官反对，为首的便是宰相郝处俊。武天后得知后召集大批文学之士修书，先后撰《列女传》《内范要略》《臣轨》等，且密令这批学者参决百官疏奏。有了这批"北门学士"，宰相的权力被成功分割，她通往至尊之位的阻碍又少了一重。

弘道元年，患病多年的李治走到了生命的尽头。

贞观殿里，他吃力抬眼，最后一次望向那个熟悉的女人——这个当年在自己父亲身边侍奉，眼睛里写满不服的倔强少女，如今已是不怒自威、冷漠狠戾的天后。

李治轻声开口："媚娘，高处不胜寒啊……"

丁巳日晚，唐高宗薨，将皇位传于皇太子李显，命宰相裴炎、刘齐贤、郭正等协助理政。

新帝即位，是为唐中宗，尊武天后为皇太后。

李显显然对武太后摄政十分不满，风风火火开始组建起了自己的政治班底。不过他是个糊涂皇帝，在打算重用韦后亲戚时，竟说出"我以天下与韦玄贞，何不可！而惜侍中邪[1]"这种把江山送给老丈人的混账话。

武太后听下人汇报完，拢了拢自己鬓边花白的头发。

"传旨下去，皇帝才不配位，即刻废黜为庐陵王，迁房州。"

武太后转而立第四子豫王李旦为帝，是为唐睿宗。

流水的傀儡皇帝，铁打的摄政太后，其实全天下百姓都知道是怎么回事，只不过百姓自知生活富足，所以没必要管上头的事，而试图出头的宰相和英国公都被杀鸡儆猴，因此百官也闭了嘴。

不过这终归是李氏的江山，面对这位临朝称制的武姓外戚和屡屡让权的正主李旦，李家的儿子们纷纷坐不住了。

"毒妇武氏，滚出我李家！"琅琊王李冲、越王李贞开始举兵起义，反对武太后。

武太后看着那些揭竿而起、怒不可遏的男儿，忽然觉得眼前有些恍惚——这一幕她好像在十一岁时见过。

当时是谁说这话来着？哦对……是她的哥哥们。

那自己后来怎么样来着？

好像是……如他们所愿了。

武太后想到这儿，忽然"噗"的一下笑出声来。一旁摇扇纳凉的婢女不解，手上也不敢停，只投去疑惑的眼神。武太后闭上眼，笑声却是越来越大。其声爽朗异常，又宛若带着旧时的悲凉。

武太后慢悠悠抬袖掩了嘴，睁开眼睛。她含笑的眸子里，闪过一道死神般的刀锋。

"让我滚？那就别怪我把李家，变成武家了。"

武太后火速出兵镇压起义军，李冲李贞皆死于战场。除此以外，纪王李慎、鲁王李灵夔、韩王李元嘉、霍王李元轨、江都王李绪等或死于流放，或被逼自戕，或被斩首示众，李唐宗室几乎凋零殆尽[2]。

---

1 出自《资治通鉴》。

2 出自《资治通鉴》：唐之宗室于是殆尽矣。

现在，武天后距离那个宝座，只差一步了。大唐毕竟是李家建立的，欲以武氏取而代之，名不正言不顺。

她差的那步，叫"天命"。武天后凤眸微挑，周身端的是凛然不可逆的霸气。

"我此生通往何处，唯我自己说了算！"

"除此以外，男人不行，皇权不行，就算是天，也挡不了我！"

于是在这片"天命"的声讨中，泱泱洛水里浮现出一枚刻着"圣母临人，永昌帝业"的白石；东魏国寺僧人法明，称太后乃弥勒佛下生，应作为天下主人；四夷首领、沙门、道士等皆请求改国号为周……

载初元年九月九日，武太后登上则天门楼，大赦天下，易唐为周，享尊号"圣神皇帝"。

当皇帝的冠冕戴在她头上的那一刻，标志着她成功打破了千年来男子为王的穹顶。她用自己的亲身经历证明——

帝王，只是一个身份，而不是一种性别。

无字归西

一年前，她为自己千挑万选了一个名字，武曌。她忽然想为自己起名字，除了替称帝做准备，也是想给自己一个归属。

这七十六年间，她最开始是野花般的武家小女，后来是沉沦后宫的武媚，再后来是李治的妻子武皇后，再再后来是天后，太后……似乎没有一个名字能真正代表她自己。

于是她造了这个字，"曌"，既是日月当空，又是阴阳为空，正合她的生平。

比起历史上大多数皇帝来说，武曌是个不错的皇帝。她大开制科，创建武举，开启试官制度，承袭"以农为本，厉行节约，休养生息"的治国方略，军事上破吐蕃，收复龟兹、碎叶等安西四镇，设安西都护府。在她的统治稳定后，全国上下安居乐业，人口激增，衣食丰足，文化高度繁荣，可谓"政启开元，治宏贞观[1]"。

除此以外，武曌加强女性教育，扩充博士数量和教授范围，让女子也可学习经史子集等，并在宫中设立从正九品一直到正一品的女官，女官中最为出名的，便是有"执笔丈量天下事"之称的上官婉儿。

在这段女帝凌空的日子里，武周的女子灿烂而美丽。只是没有人能一直站在山巅，哪怕是这位敢与天争的勇士。

时间像一位公平的掌舵者，时辰一到，便将人渡往河对岸去。

神龙元年，武曌病重，在集仙殿卧床不起，身旁照料的只有张易之与张昌宗兄弟。

武曌先前就十分宠爱他们，宠爱到二张开始插手朝政，可即便是这样，武曌病重后也只把二人带在身边，任由他们借机只手遮天。

正月二十二日，宰相张柬之等人发动政变，佯称二张谋反，率禁军五百余人包围集仙殿，诛杀张易之与张昌宗，逼武曌退位。

武曌看着窗棂上的血，面色十分平静，仿佛一切都在她的预料中。

你看，权力的更替就是要流血，李显上位要流血，李世民上位也要流血，可为什么独独她上位流的血，便要淌成满地的"阴险毒辣"四字呢？武曌对众人点点头，退了位。李显很开心，他没想到二张这么容易除掉，皇位来得这么容易。

是啊，怎么会这么容易呢？武曌摆了摆手，让这一屋子乌泱泱的人退下去，别扰了自己休息。染血的窗外，两只雀鸟叽叽喳喳吵闹着，仿佛回到了孩提之时。

神龙元年十一月二十六日，这位传奇般的女帝，永远闭上了眼睛。

历代皇帝多爱为自己歌功颂德、树碑立传，求圣功煊赫光耀千年。武曌为李治立了"述圣碑"，亲撰五千余字碑文，黑漆碑面，字填金粉，光彩夺目。

可她给自己立的，是块"无字碑"，其上无一痕一语。

她不述功绩，功过是非任由后人评说，因为她这一生已经活得足够热烈精彩。

她对封建社会男权的挑战，对自由人生的勇敢追求，都已透过史书，在此后的数千年里，以铿锵巾帼的姿态嘹亮呐喊着，激励无数女性破阵高歌。

1　出自郭沫若的《咏武则天》。

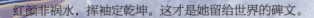

红颜非祸水，挥袖定乾坤。这才是她留给世界的碑文。

武曌不知道，在这片她早已化为星光的中华大地上，后人赋予了她最后一个，也是最为世人所知的名字。这个名字来源于她作为帝王的最后一个尊号——"则天大圣皇帝"。

她不是一袭红妆武媚娘。

她是千古帝王武则天。

千霄凌云平四海
行山跨海昭万世

第二卷

致 追逐群星者：

你知道吗？当人类追逐着星辰的时候，星辰也在指引着人类。远辞故国的人们曾经遥望我，我也曾指引他们的征伐和旅途，照耀他们生命最明亮的瞬间。

我曾见过少年骠骑在大漠深处驻马扎营，摘下头盔，朝我抬眼。往昔百年屈辱史，被冠军侯手中的长锋豁然划破，封狼居胥，饮马瀚海。若干年后，年轻的将军溘然长逝，这里永远赞颂着天才将星的传说。

我曾见过玄奘法师艰难跋涉的孤影，他抬头仰望繁星，于绝境悟得信仰。僧人辞别长安，一去十七年，西行五万里，他以微躯涉险阻，辗转异国，参得真经。风沙尽头的足迹，跨越时间和空间，在文明之间凿穿一条熠熠长河。

我曾见过郑和舰队远渡大洋的征途，那是一个身披龙鳞的耀眼朝代，大船驱散海雾，郑和航海的壮举比哥伦布提前了半个世纪，他的声音跨越世界，向列强高声宣告："畏服大明者，需循礼安分！不服大明者，必耀武慑之！"

五千年的战鼓，五千年的信仰，五千年的征途。生命如蚍蜉换了数代，你们望我的奕奕目光却一如当年，说耀武怀柔，说永承万世，说这是你们古老的誓言。

山川有尽，理想无涯。书信那头的旅人，若你整装待发，向光前行——

我将在光年之外，永远指引着你。

星辰来信——启明星

霍去病
HUO QU BING

文
清秋桂子

少年将军
斩胡封狼居胥

很多年前大汉的长安，在富贵迷人眼的长安有过一个少年，朝气蓬勃，意气风发，他身后的显赫荣光让无数出身名门的贵族子弟为之艳羡嫉恨，他身上的明亮张扬在引人注目之际又刺得人睁不开眼，恍若长安最璀璨的光尽落那抹青葱身影里。

但是一开始，一切并不是这样的。

在霍去病出生时，他的命运与显赫二字毫不相干，甚至可以用低微形容，他母亲一家只是平阳公主府的奴仆，奴仆之子未来也只能是奴仆，他似乎注定要屈居人下，饱受奴役地度过一生。

可命运的轨迹永远是那样出乎意料，机遇巧妙地落在了这家人头上。建元三年，身为霍去病姨母的卫子夫凭借美貌得到了贵人的青睐，那人是当朝天子，汉武帝刘彻。[1]

卫子夫的得宠彻底扭转了这个家族的命运，一家人脱了奴籍，一跃成了当朝显贵。

这样的翻身总是受人非议的，没了饥寒潦倒的窘困，随之而来的是明嘲暗讽的奚落，幼时的霍去病没少遭那些贵胄的轻蔑冷眼。少年人总有几分血气在骨子里，被欺负了，就挥拳打回去，纵使被打得头破血流，也硬气地不曾认过输。

后来，就没人再敢跟他动手了，倒不是他打架多生猛，而是他那荣登后位的姨母和一战封侯的舅舅卫青，震得长安满城权贵不敢动弹。没人想到，这个靠着外戚身份上位的奴仆之家里，竟然真的有人能一举创下不世之功。

要知道，那时国家已经饱受匈奴侵扰之辱六十余年了。自汉高祖刘邦以来，匈奴人奔袭南下，如过无人之境地烧杀抢掠，猖狂作乱。

昔日汉高祖刘邦陷于白登之围七天七夜，粮尽援绝，几乎全军覆没，朝廷被迫忍气吞声，以公主和亲，用财帛消灾，一次次妥协换来的却是愈加频繁的进犯和无休无止的"敲诈"。

高祖后，历经孝惠、文景，几十年来的忍辱负重不断积压，直至武帝，仇恨与屈辱终于让这个王朝无法再继续忍耐下去，汉武帝撕下了多年来粉饰太平的表象，正式举起了开战的旌旗。

可要成就大业谈何容易，年轻的帝王满怀盛气，迎来的是现实残酷的闷头一棒。元光二年，精心备战的"马邑之战"失败，直接开启了边境经久不息的拉锯战。

1　出自《史记》：建元二年春，青姊子夫得入宫幸上。

汉武帝又如何咽得下这口气，元光五年，朝廷再度北伐，分兵四路出击匈奴，这场战斗的结局却是三路战败。

匈奴一如从前，席卷如风，来去自如，打得汉军毫无招架之力。四万精兵，折损几近半数，军需钱粮耗费诸多，朝中怨言不断，投降求和的声音沸反盈天。

但汉武帝并未放弃他的宏图大略，大汉忍受耻辱已经够久了，祖辈积累了几十年换来与匈奴一战的力量不是用来继续求和的。

所幸，堆积的战报中，还存下了一份捷报，那是此战唯一的胜利，汉军千里奔袭，长驱直入，直捣匈奴祭祖的茏城，斩首数百人，扬长而去。[1]

汉武帝的目光落于奏报之上时，有那么一瞬的恍然，自开国与匈奴打了多少年了，兵败失利，任人掠取无数次，这竟是第一次获胜！

此战带兵的将领卫青是卫子夫的弟弟，是他力排众议所亲命的将军，他一向相信自己的眼光，可这份惊喜仍远远超出他的意料。

帝王忽然大笑了起来，双眸从深处燃起了火光，他胸中的意气刹那间似要冲上九霄，他看到那堵拦在他面前密不透风的墙终于有了裂缝，如他一直坚信的那样，匈奴人不是无法战胜的。

那晚，汉武帝在殿中坐了一整夜，他看着曙光一点点穿破云层，随着旭日升腾而上，洒满了整个长安。

桀骜的少年在舅舅的功勋之下有了横行的底气，但扬眉吐气的霍去病忽然对这些意气之争没了兴趣，在舅舅荣耀的背后，他看见了更加重要的东西和更高远的天空。

他望向他的舅舅，说道："有朝一日，我也想跟舅舅一样，驰骋沙场，建功立业。"

霍去病的目光过于纯粹，是少年人特有的那份意气，明亮，锐利，又满是勃勃的生机。

卫青看着少年笑了，拍了拍少年的肩，说男儿当如此，语气里是说不出的欣慰。十来岁的少年郎，有的是旺盛的精力和洋溢的憧憬，他习武练弓刀与骑射，飞扬于校场。英姿焕发的少年深得汉武帝的欣赏，不知怎么，他仿佛能从霍去病身上看见自己年少时的身影。

---

[1] 出自《史记》：元光五年，青为车骑将军，击匈奴，出上谷……青至茏城，斩首虏数百。

于是他将霍去病带在身边亲自教导，他教少年兵法，少年却说，用兵在于胸中谋略，何必学古兵法。[1]

汉武帝也不恼，眼中的笑意竟是越发深了，璞玉之质，浑然天成，他的直觉告诉自己，这次他也不会看走眼。汉匈之战，一将难求，他相信少年这块璞玉，定能琢磨出同样的光彩。他毫不掩饰自己对霍去病的看重，当霍去病在他面前激昂地请求随军出征，他挥手便给了霍去病八百人，任命他为票姚校尉，让他跟着卫青上了战场。

那年霍去病不过十八岁。初出茅庐的少年没有在意旁人的议论，帝王也不过问少年要如何领兵服众，他相信这块璞玉唯有在瞬息万变的战场上磋磨才能见真章。

领兵的卫青什么都没想，八百人的队伍，在十万大军中，还不需要他特意去部署。主力部队前进时，卫青只叮嘱了外甥，老实待着别乱跑，好好跟着大部队就行了。

荒漠的风吹在少年的脸上，带着几分粗砺的炙热，他眯着眼，嘴里答应着舅舅，眼神却望向宽阔无边的沙场，任那风灌满了衣襟，点燃了胸口的豪情，也唤醒了血液里的斗志。

那场战斗一如既往的凶险，汉军分三路兵马前行，卫青北进深入数百里，与匈奴主力迎头厮杀。同年四月，卫青再次率军出兵定襄，前将军与右将军部遭遇匈奴主力，溃不成军，右将军赵信率残兵投降，唯有卫青斩杀数万敌军。

松了一口气的卫青回营时，却不见了霍去病的身影。在卫青快急疯了的时候，营地之外忽然人声鼎沸，大队人马回营，他于夕照余晖之下看见为首的少年，笑得张扬又灿烂。

卫青从未想过外甥亲率八百骑兵突袭敌军大营，斩获两千余匈奴敌首，杀了匈奴单于的祖父辈和一连串官员，俘虏一干匈奴头领人物。[2]

卫青擅奇袭，用兵虽凌厉，却是以兵团为主相互配合，断不会做出以八百人突击敌后的事来。

是啊，不过八百人啊！

卫青猛地惊醒了过来，望着少年那张狂的笑脸，胸前忽地涌起了无法言说的感慨。

---

[1] 出自《史记》：票骑将军为人，少言不泄，有气敢往。天子尝欲教之孙、吴兵法，对曰："顾方略何如耳，不至学古兵法。"

[2] 出自《史记》：去病年十八，为侍中，善骑射，再从大将军击匈奴，为票姚校尉，与轻骑勇八百，直弃大军数百里赴利，斩捕首虏过当。

待霍去病行至跟前时，卫青毫不犹豫地给了这不知天高地厚的小子两下，澎湃的热意褪去，剩下的是一阵后怕。

然而当战报递至千里之外汉武帝的案头，天子振奋得浑身颤抖。这块璞玉所绽放的光芒，远比他想得要更加耀眼，这是一把更锋利的刀，刀锋所过之处战无不胜、所向披靡。

这把刀，终将为他劈开一片宏图，直刺入匈奴的心脏。

那年的长安，鲜衣怒马的少年，不再居于长辈光环下，迎来了属于自己的荣耀。

那是十八岁就勇冠三军的冠军侯！

无论多快的刀，终是要试练才能知其锋芒几何。

汉武帝深谙这个道理，他将目光投向了河西的版图，那里蕴藏着他壮阔的雄心，当西行十三年归来的张骞将西域那片陌生又广阔的景象带回长安时，引发了天子心中无限的畅想，他做了一个极为大胆的决定，他要打通长达千里的河西走廊，砍掉匈奴的右臂。

这样艰险又重大的任务，需要一个足够英勇的统帅，于是汉武帝决心用霍去病这柄刀赌上一把。这个冒险的选择遭到了大部分朝臣的反对，不管霍去病如何年少有为，他毕竟仅有一次打仗经验。

但帝王一锤定音，任命霍去病为骠骑将军，让他率万骑精锐北击匈奴。元狩二年春，在料峭的春寒中，二十岁的少年带着万军出陇西，踏黄河，过金城，一路抵达乌鞘岭。

西北大漠无垠，大风吹散了胡虏踪迹，茫茫沙尘中不知该如何寻找方向。跟随年轻将军出征的将领并非没有疑虑，没人知道在这样漫长的行军中，大军能否找到匈奴的营地，但少年却从未有过迟疑，他坚定不移地朝着西北方向纵军深入。

他的速度太快了，快到众人来不及思考他的决策，一万人的军队急速前进，沿途横扫那些来不及反应的匈奴部落抗者杀之，顺者赦之，逃寇不追，子民财产，一概不问。

越过狐奴河，经苍松、鸾鸟、小张掖，大军不断向西，以战养战，快如风，疾如电，一连歼灭五国，杀至焉支山，直指河西走廊实力最雄厚的浑邪王部。

在势不可挡的扫荡中，大军毫不动摇地追随着唯一的主心骨，那时，少年已是众望所归。

当大军杀得浑邪王措手不及，落荒而逃后，少年又挥师向东。勇猛的将士不曾放下手中的刀剑，纵马冲锋，在皋兰山下冲破敌军，斩折兰王和卢侯王于马下，歼灭近九千寇首。这场河西之战持续四日之久，可军队的士气丝毫没有被疲倦的躯体影响，他们还在一往无前地进攻。战毕，原路而返，凯旋归朝。[1]

此一战，孤军奔袭千里，六日破五国，似雷霆飓风打穿了河西走廊。

而这不过是少年人生中的第二战罢了。一时间，朝中所有的非议不满当即偃旗息鼓。

汉武帝难掩心中的激慨，自接到战报起，一连几日都喜上眉梢。他对少年大加奖赏，恨不得全天下都能看见这颗宝珠的光彩。汉武帝知道，能将他的宏图变为现实的刀已是新发于硎，只待着他将这柄利刃插入匈奴的命脉。

元狩二年夏，汉军再度出击河西。

这次霍去病不再是孤军深入，此次作战做了更周密的筹备，大军分几路分进合击，主次辅助配合，虚实相交，连环穿插，形成了一个庞大的战略部署。

此前的突袭引起了匈奴的防备，相同的西征路线无法再用，于是这次霍去病选了一条更加难以预测的道路，他过了黄河后，翻越贺兰山，从雷公山以北穿过腾格里沙漠，又绕了个巨大的弯，沿着弱水急转而下，直入祁连山。

担任此次进攻重任的霍去病大军将在另一支吸引匈奴主力的队伍掩护下，彻底断绝匈奴后路，将他们一网打尽。

这是一个看似完美的计划，可现实并不会与计划一模一样。当霍去病率军翻过险峻的高山，越过广袤荒凉的沙漠，艰苦无比地潜行至敌人身后时，变故发生了，那支计划中本该接应他的队伍却迷失在了茫茫沙漠中，失去了踪迹。

并不是所有人都拥有卫青与霍去病那样神乎其神的行军之法，在方向难辨的大漠中，失道于汉军而言并不鲜见，就连被困于匈奴十来年的博望侯张骞都曾迷路，更遑论其他将领。

但值此作战之际，时间紧迫，他们没有多余的时间再等。副将忐忑地询问身为主帅的霍去病是否还等下去，少年沉思了片刻，说道："等不到就不等了，按照原计划进攻。"

1　出自《史记》：霍去病为骠骑将军，将万骑出陇西，击匈奴，历五王国，转战六日，过焉支山千余里，杀折兰王，斩卢侯王，执浑邪王子及相国、都尉，获首虏八千九百余级，收休屠王祭天金人。

这个不过二十岁的少年，语气平淡地发出命令，令声之下，全军整齐划一地严格执行。

在没有任何助力的情况下，霍去病率军南下，从浑邪王、休屠王军侧背发动了进攻。匈奴人根本没反应过来发生了什么，就看到犹如神兵天降的汉军杀了过来，他们在惊愕中被冲得四下逃散。

几个月前的情形再度上演，凶猛无比的汉军丝毫没给敌人留下半分喘息的机会，这场战斗汉军以压倒性的优势杀得匈奴片甲不留。

这支在复杂至极的河西地区长途潜行两千余里，于周密部署中孤军奋战，最终以三千伤亡，俘获匈奴五王及其母亲、阏氏、王子等贵族五十九人，相国、将军、当户、都尉等官吏二千五百人，斩杀匈奴主力三万二百首级。[1]

不过半年的时间，河西走廊被这个二十岁的少年将军彻底打通。

汉武帝恍惚间，不知怎么，想起了当初他教霍去病兵法时，少年一本正经地跟他说，用兵在于胸中谋略，不必学习古兵法。是了，天子笑了起来，少年又何须被那些框架束缚，他是天生的将星，只要站在战场上，就足以掌控一切。

茫茫北地，风从草原吹向荒漠，孤寂的旷野里满是萧索，北方大地上传唱着哀怨的歌谣："亡我祁连山，使我六畜无藩息，失我焉支山，使我嫁妇无颜色。"

趾高气昂了六十多年的匈奴人，终于尝到了自己一贯轻视的汉人回击的苦果。

河西二王被霍去病这两仗打得成不了气候，匈奴单于又因河西大败不满，欲召河西二王至漠北王庭，借机除掉二人以儆效尤。这事不知怎么被二王得知，浑邪王与休屠王情急之下横了心，一不做二不休，干脆向汉朝投降。

匈奴使者带着投诚之意秘密前来，让汉武帝惊喜不已。不过，受降一事兹事体大，也存在着不小的隐患，武帝思虑片刻，命霍去病前去坐镇受降。

武帝的顾虑并非没有道理，前来投降的唯有浑邪王，在投诚之前，休屠王因反悔与浑邪王发生了火拼，为避免节外生枝，浑邪王杀死休屠王，吞并了他旗下部众后，前往了受降地点。

---

1 出自《史记》：骠骑将军逾居延，过小月氏，至祁连山，得单桓、酋涂王，及相国、都尉以众降者二千五百人，斩首虏三万二百级，获神小王七十余人。

尽管浑邪王有意投降，但他手下的将领们似乎并非全都听从他的命令，两军相望之际，看着威压而来的汉军，浑邪王手下不愿投降的将领们顿时骚乱了起来。眼见局势失控，霍去病当机立断领兵冲入匈奴军中，先擒了浑邪王，又提枪纵兵追杀逃跑的匈奴降众，斩杀了八千余人，铁剑震慑得让匈奴余下士兵再不敢轻举妄动。

而后他将浑邪王送往了长安，统领着四万降众归汉。

昔日高傲的匈奴帝国低下了头颅，西北边郡几十年来的侵扰终于得以销声匿迹，一如汉武帝的构想，匈奴的右臂被斩断，河西四郡似一把尖刀，插入匈奴人的胸膛，自此，河西稳，天下安。

从春天西征，攻占河西，到秋日受降，不过短短三季，这个少年就已经做到了开国以来无数将领终其一生都做不到的事。

这样辉煌的功绩，当然值得重重封赏。这一次，除了军功封赏，武帝还想再额外添些什么，于是他想了想，决心为他置办一座宅子。

可少年笔直地站在他的面前，说道："匈奴未灭，何以家为？"

那迎面扑来的昂扬斗志忽地将天子冲得一震，一瞬间，竟似有熟悉的烁光穿过了漫长的岁月，射中眉间。年少登基的天子怎会没有涌起过这样的豪情热血，多少年的殚精竭虑，艰难用兵，一步步行至今日，天子何尝没有遭遇重重阻力，文景之治打下的基业被连年征战挥霍一空，他不得不推恩削藩，开源聚财，填充国库，咬着牙把仗打下去。

天子的决心已下，这个国家的荣光，都将由他亲手发扬光大。少年就像他心中凌云之志的延展，是他所有豪情聚拢点燃的烈火，亦是他未曾选择的另一种人生。

汉武帝语气里感慨万千："好个匈奴未灭，何以家为。朕就给你一个彻底灭了匈奴的机会！"

此后整整两年，这个庞大的帝国迅速地恢复经济，财富在极短的时间内累积。粮草、兵马，这个国家最精锐的军队和所有的资源都流向那个二十二岁的少年。

他成了这个帝国风头无两的天之骄子，可不会再有人置喙少年的殊荣了，举国上下的勇猛无畏之士纷纷追随他们心目中的战神，无数汉家儿郎激荡着胸中的热血，只待扬旗出征，扫尽虏尘！

若要彻底消灭匈奴，要面临的是更加严峻的挑战。

北撤的匈奴为了避开汉军的锋芒，蛰伏至大漠更深处，大漠以北是浩瀚无垠的天险之地，漫漫黄沙和荒凉的戈壁足以拖垮任何企图进攻的军队，而占据了地势优势的匈奴随时可以给穷途末路的进攻者致命一击。

出师漠北是一场疯狂的豪赌，一旦失败，大汉将迎来匈奴大举南下的反扑，届时昔日可怕的敌人将再度攻城略地，马踏长城。

可雄心壮志的帝王毅然决然地发动了这场史无前例的决战，他的底气便是这熠熠生光的"大汉双璧"。

这一次，霍去病同卫青一起出征。霍去病西出定襄攻打单于主力，卫青东出代郡消灭实力十分强悍的匈奴左贤王。然而出征不久，汉军便从抓获的俘虏口中得知单于伊稚斜已经率主力东去，于是武帝改变计划，令霍去病东去代郡，卫青转向定襄。

但是行军千里后，他们才发现情报有误，卫青撞上了在漠北深处张弓以待的匈奴主力。匈奴看着正入圈套的汉军翻越了漫漫戈壁，眼中尽是喜色。但与他们预想不同，映入眼帘的不是疲惫不堪的军队，而是一支杀气腾腾的大军。

单于伊稚斜震惊无比，但他没有多余的时间去思考了，走了一千多里路，总算找到目标的汉军斗志已经被彻底点燃，两军立刻厮杀开战。

匈奴人不会明白，这场战争倾尽举国之力，而他们将要面对的是这个帝国乃至这个时代最为杰出的双子星战神。

卫青用武钢车在阵前环绕为营，稳住阵脚，以五千骑兵率先出击迎战伊稚斜一万兵力。两军对阵厮杀至黄昏时分，风沙四起，卫青抓住战机，迅速令大军从两翼包抄，发动了总攻，在漫天黄沙之中大破匈奴的主力。

而后汉军又一路沿着西北乘胜追击，把四散逃窜的匈奴溃兵杀得干干净净，一直追出两百多里，一把火烧了匈奴的粮草，成功凯旋。

这个帝国的另一颗将星却在东路做出了更加惊人的举动。霍去病大军从代郡出发，会师于兴城后，他将皇帝准备的辎重抛下，只带少量补给出击。

在茫茫沙漠中缺少补给极为致命，在此情形下，精锐之师不战自亡的情况不在少数，但霍去病再次展现了他一贯出神入化的打法。五万人的骑兵精锐开始迅速地行动，大军

似疾风飞驰，以雷霆之势迅猛地攻击敌军，一路以战养战，杀得左贤王部毫无还手之力。

这是一场彻头彻尾压倒性的战斗，霍去病不断地追击扩大战果，几乎将整条东路的敌人都诛杀殆尽，此战俘三王及将军、相国、当户、都尉等高官83人，前后斩获敌首70443人。[1]

他率军北上奔袭两千余里，兵锋直指北海，打到了匈奴圣地狼居胥山，于狼居胥山上祭天，又至姑衍山下祭地，威名赫赫，封狼居胥！

飘在风沙里的战绩与凯歌，就此烙印在了历史的丰碑之上，化作了这个民族挺立的脊梁。此后，漠南无王庭。胡无人，汉道昌。整个长安为这个年轻的将军的光芒所折服，每个人都坚信这位年仅二十二岁的冠军侯，现在创造的卓越功勋不过是他人生中的一个起点。

但人们不知道，光芒过于闪耀的星星是无法在这人世间驻留太久的。

霍去病在烽烟远去的安然岁月里沉寂了两年，昔日锐意明亮的少年依旧鲜衣怒马，意气风发，只是当那抹极明耀的流星划过苍穹照亮暗夜后，终会消失在了茫茫夜空。

年轻的将军最终没有战死在风沙漫天的疆场之上，而是长眠在了他守护的这片土地。

元狩六年，二十四岁的霍去病因病与世长辞。

他在浩大肃穆的葬礼中被安葬，黑衣铁甲的士兵一路从长安排阵至茂陵，汉武帝将他的陵墓修成了祁连山的形状，让他的灵魂与他曾奋勇而战的天地融为一体。

尽管帝王从未踏足于那片土地，但他知道少年去过的那片土地里，有无数浴血奋战的忠魂长眠。从此，华夏之魂中多了一分"匈奴未灭，何以家为"的气魄；从此这片苍茫的土地上夜空深邃，群星闪耀。当你仰望星空之时——

饮马瀚海，封狼居胥。西规大河，列郡祁连。

少年率军所去往的地方，有大汉荣光。

---

1 出自《史记》：济弓闾，获屯头王、韩王等三人，将军、相国、当户、都尉八十三人，封狼居胥山，禅于姑衍，登临翰海。执卤获丑七万有四百四十三级，师率减什三。

郑和 ZHENG HE

七下西洋
破浪振威四方

文 白斩鸡

烈日当空，鼓声擂擂，昭示着福建五虎门的港口有一件大事将要发生。

数日前，一支由六十二艘巨船组成的大型船队自苏州刘家河出发，顺着海流一路航行至此，浩浩荡荡的壮景顿时引来无数百姓好奇围观。

有知情人道是，他们奉圣上命令而来，此处并非终点，短暂休整过后船队将驶向更远的远方，只等一声令下便可起航。

便是今日了。

人群围得水泄不通，数道目光中，风帆扬起，迎风鼓动。齐整的号声骤响，众人拥簇下，一名身材魁梧、威风凛凛的男人登上船头。男人身后满是喧闹的声音，有兴奋惊奇，亦有担忧畏惧，而他纵使迎着巨浪而上，仍旧步伐沉着稳健。

海浪澎湃汹涌，在夺目的日光下更显幽深，它张开血盆大口，如同能将天地都吞灭一般，将前浪拍起的鱼儿再次尽数吞下，沉入深不见底的海中。

似邀请，又像挑衅。

当副使王景弘报告一切准备就绪时，男人毫不犹豫地沉声下令："起航！"

不出片刻，所有宝船依次拔锚，在盛大的欢呼声中朝南而下。[1]

这是郑和第一次出海，亦是一次不被所有人看好的出海。自太祖下令"寸板不许下海"以来，禁海令深入人心，而永乐帝坚持打造船队的消息一出，就遇到了不小的阻挠。

"祖宗之令不可违啊，陛下，且不说此举要耗费多少钱财人力，光是海上倭寇横行一事就太过危险，贸然出海无疑是送死！"

朝堂底下的官员乌泱泱地跪了一排，竭力恳求永乐帝放弃此事。在他们看来，大明百姓自给自足，生活富足，下西洋一事除了掏空国库外毫无意义。

然而，或许是对靖难之役篡位行径的担忧，纵使早已声称先帝朱允炆死在那场宫中大火中，永乐帝仍旧担心这位侄子被人藏匿起来，只待他日再度揭竿而起继承大统；抑或傲然于大明国力昌盛，欲吸纳更多周边番邦依附朝圣，以宣扬泱泱国威，总之永乐帝早已铁了心。[2]建造宝船，招募水手、译者、采买等随行船员，一切紧锣密鼓地敲定后，

1　出自《明史·郑和传》：将士卒二万七千八百余人，多赍金币。造大舶，修四十四丈、广十八丈者六十二。自苏州刘家河泛海至福建，复自福建五虎门扬帆。

2　出自《明史·郑和传》：成祖疑惠帝亡海外，欲踪迹之，且欲耀兵异域，示中国富强。永乐三年六月，命和及其侪王景弘等通使西洋。

永乐三年六月十五，正使郑和带着他两万七千余人的队伍，登上六十二艘长四十四丈，宽十八丈的巨船出航了。

古往今来，陆路有张骞通西域，而辽阔大海仍充满未知。漫漫航路凶险难测，主使需统领全队，不仅要负责航行安全，还要才思敏捷，胆大心细，能掌管外交要事，人选尤为重要。

对此，永乐帝曾问相士袁忠彻："郑和此人如何？"

在得到袁忠彻"恣貌才智，内侍中无与比者，臣察其气色诚可任"的肯定答复后，终于敲定由郑和领兵出航。[1]

在端阳日，郑和请人为已经故去的父亲撰写墓碑铭文。[2]大抵他也不知此行是否有归期，只得在临行前将长久以来的心愿了却。

不是没人来找他再劝劝永乐帝，可帝王之命如何动摇？况且此行虽然路途险恶，于郑和而言却是不可多得的机会。

只有他知道，自己这一路走来有多不易。

郑和原名马和，祖籍在距京城千里之外的云南，祖父和父亲皆为虔诚的伊斯兰教徒，曾跋涉千里朝觐圣城麦加，在当地享有很高的威望，被尊称为"哈只"，即"巡礼人"或"朝圣者"。[3]洪武十四年，朱元璋为消灭云南盘踞的元朝势力，发起了"明平云南之战"，年仅11岁的他为明军所掳，而后遭受宫刑，14岁随军到南京，进入燕王府侍奉。

郑和的人生轨迹自此彻底被改变。身体残缺，饱受冷眼，在"敌人"的手下苟延残喘。彼时与他一道的同龄人中，有人一蹶不振，有人心生扭曲。

一千五百年前，一位先人在遭受同等酷刑后忍辱发愤潜心钻研，写就了一部名为《史记》的伟大史书。或有同感，郑和亦笃志学习，抓住机会，终于在靖难之役中立下赫赫军功，崭露锋芒。

后来他得到燕王朱棣赏识，以太监之身赐姓为郑，"内侍之中无出其右"，甚至在朱

1　出自《古今识鉴》卷八：永乐欲通东南夷，上问："以三保领兵如何？"忠彻对曰："三保恣貌才智，内侍中无与比者，臣察其气色诚可任。"遂令统督以往，所至畏服焉。

2　出自《故马公墓志铭》：时永乐三年端阳日，资善大夫礼部尚书兼左春坊大学士李至刚撰。

3　出自《故马公墓志铭》：公字哈只，姓马氏，世为云南昆阳州人。

棣登基后祭祀其乳母冯氏，一时风头无两。至此，郑和似乎已经坐上了人上人的位置，可他明白这还远远不够。古人常说建功立业，他不甘于太监之身，想开创一"业"证明自己。

正好此时，他所求之机缘出现了。

于公，他认为此次下西洋一事纵然有诸多不可避免的弊端，可从此大明王朝声名远扬，八方来朝，乃是金钱不可与之相比的。

于私，他比谁都清楚，危险之于人如同海中巨浪，迎面而上纵有沉没的可能，却也是他唯一踏浪而上的机会。

因此这趟航程他必须要走。他从前不怕，如今更不会畏惧。

占城国，自五虎门出发，张十二帆顺风十昼夜便可抵达。[1]

声势浩大的船队犹如巨雁呈人字形在海天之际悄然出现，响彻天地的号角与鼓声破开前路。滚滚热浪扑面而来，数十艘宝船陆续于新洲靠岸，郑和立于猎猎风中，将占城百姓的好奇与惊恐尽收眼底。

入目之奇景，犹如踏进异世之界。

只见百姓如潮水般纷纷退向两侧跪拜，数百名番兵或执短枪锋刃，或舞牌捶鼓，簇拥着大路中央乘坐大象缓缓而来的酋长。酋长一身异域装束，头戴金花冠，身披锦花手巾，脚上一双玳瑁履，手足腕处皆佩戴金镯，腰束八方宝带，整个人耀目如金，彰显占城国贵族的华丽高贵。

可这等至尊人物，却在临到港口时下象膝行数步，面朝船队匍匐在地以示虔诚。[2]

风一瞬静止，双方敛神屏息。

彼时若有画师能将此景描绘，该是一幅怎样奇妙的景色——大国与番邦的巨大悬殊，全然迥异的民族风俗，如同两个世界拼凑而成。

无人知晓此刻占城国酋长是否心如擂鼓，如同他猜不透远方来的大国使者是否真心接纳他的朝拜，但他已经摆出了姿态，全族性命皆押于此，别无他法。

1　出自《星槎胜览》：福建五虎门开洋，张十二帆，顺风十昼夜，至占城国。

2　出自《星槎胜览》：临海有港曰新洲，西抵交趾，北连中国。他番宝船到彼，其酋长头戴三山金花冠……其部领乘马出郊迎接诏赏，下象膝行，匍匐感沐天恩，奉贡方物。

幸运的是他赌对了，一片肃静中郑和缓步下船，行至酋长面前将他扶起，紧绷的氛围顿刻消失。

很快港口热闹起来，船队在当地百姓的帮助下简单安顿下来。

此次郑和既是正使，便是航行中的指挥官，代表着大明王朝。用过膳食后，身后众多官员随行，酋长亲自领人出宫参观。

"占城此地常热如夏，巨象、犀牛数量众多，因此盛产象牙、犀角，宫廷珍藏皆是万里挑一的上品，我备了几箱特以献给大明皇帝。"

"此外……"当行至一处山脚时，酋长当众取出一木盒小心翼翼地打开，得意道，"此物名叫棋楠香，为本土所特产，仅供皇室。因其长在山上，我专门派人看守采取，品质罕见，尤为珍贵。"

酋长将木盒递给下人，再送至郑和面前，一旁的官员看见，彼此对视一眼，皆极惊讶。

"棋楠，在大明亦称奇楠，沉香之极品，味辛甘而温，自古以来都是御用之物。"有人忍不住嘀咕。

酋长听闻，面上笑意更甚。占城虽小，酋长毕竟是一国之长，众人不敢随意猜测，忍不住偷偷瞥向郑和，期待他的应答。

然而郑和面色平静，并未接话，片刻后目光从棋楠香上挪开，反问道："方才经过民间，我见家家户户以砍伐乌木、降香为薪。"[1]

"哈哈，那是自然！"酋长毫不掩饰自己的得意，"在我的国家，这种木头可谓是取之不尽，用之不竭！"

此话一出，四下哗然。

这是何等的奢侈？弹丸之地，却拥有如此之多的珍品，若是能……或许出发时船队并不知道航行会遇到什么，但此刻所有人心照不宣地想到了同一件事。

酋长四下打量，惊觉方才是否太过露富，若大国来使起了邪念，只怕自己的国家都要遭殃。正惴惴不安时，郑和缓缓开口道："今日之行，我见占城之地香木丰饶，田地与粮食却十分稀少。大明虽国力昌盛，却并非欺压弱小之辈，我等只为海上贸易而来。"郑和抬眸看向酋长，面带微笑，语气却举重若轻，"我有一个提议，可惠及彼此，不知贵国

1　出自《星槎胜览》：其国所产巨象、犀牛甚多，所以象牙、犀角广贸别国。棋楠香一山所产，酋长差人看守采取，民下不可得，如有私偷卖者，露犯则断其手。乌木、降香，民下樵而为薪。

是否有兴趣与大明做一桩生意？"

旗开得胜，满载而行，船员们在欢呼中倍感信心与期望。然而行程并非总是一帆风顺，当他们停泊在三佛齐旧港时，危险接踵而至。

旧港酋长名为陈祖义，为人张扬跋扈，时常抢劫往来的商旅行船，一副强盗做派。郑和本欲将其招安，陈祖义表面答应，实则诈降，背地里密谋洗劫大明船队。可惜终究是不自量力，最后大败，反被郑和生擒回朝廷当众斩首。[1]

很快陈祖义一事传开，周边番邦皆受威慑，不敢妄动。

然而几年后，郑和与其船队抵达锡兰山国时，再次遭遇暗算。起初受锡兰山国国王亚烈苦奈儿盛情邀请，郑和带领着船队赴约。可当郑和与随行船员踏入锡兰山国国境后，却敏锐地察觉到不对劲。

即便船员足够机警，也终究晚了一步。这场鸿门宴上，亚烈苦奈儿发兵五万将他们团团围住，犹如手握待宰羔羊，他语气中透出轻蔑与不屑："大明来的使者，听闻你的故乡有个成语叫作入乡随俗，今日既然你在我的地盘，就得随一随我的俗——你的船队远道而来，载满珍宝，在这大海中的夜晚实在太过亮眼，让我拿去换取一点金币，想必你们宽宏大度，不会介意的吧？"[2]

亚烈苦奈儿表面换取，实则明抢。有人拍桌怒道："混账，你身为一国之君，竟做出如此强盗行为，与倭寇有何区别？况且金银供器，织金宝藩，圣上早有赏赐，你别太贪得无厌！"[3]

"贪得无厌又如何？又有谁会嫌财宝太多呢？"亚烈苦奈儿大笑，一副胸有成竹的模样，"不必担心，若身上没带，我不介意去你们船上取一些。这几日就请各位在此处静待我的好消息吧。"

说罢，亚烈苦奈儿示意手下严加看管船队众人，便负手离开。

亚烈苦奈儿走后，众人立刻聚在郑和身边商讨对策。事关性命，众人难免紧张，郑

1　出自《明史·郑和传》：旧港者，故三佛齐国也，其酋陈祖义，剽掠商旅。和使使招谕，祖义诈降，而潜谋邀劫。和大败其众，擒祖义，献俘，戮于都市。

2　出自《明史·外国传》：发兵五万劫和，塞归路。

3　出自《星槎胜览》：皇上命正使太监郑和等赍捧诏敕、金银供器、彩妆、织金宝幡，布施于寺，及建石碑以崇皇图之治，赏赐国王头目。

和蹙眉沉思，片刻后心中已有对策。他招来探子耳语几句，对方领命离开，徒留旁人面面相觑，不知所以然。

不久后有消息回报，解开字条，只见其上写着："已出发劫船。堵住归路。"最后几个字让在座所有人都变了脸色，亚烈苦奈儿断了航船的归路，看来是不打算放他们活着离开。

郑和挑出二千多名官军，沉声说道："锡兰山国土狭小，人口稀少，亚烈苦奈儿出兵劫船之时，正是都城空虚之际。"他逐条布置，而后一声令下，"今夜正是生擒亚烈苦奈儿的最佳时机，各队准备，信炮一声，子时行动！"[1]

"是！"众人纷纷领命离开。

当夜，锡兰山国都城如平常般陷入沉睡，一支支来自大明王朝的小队如蛇影穿梭其中，逐层瓦解敌人防御。就在亚烈苦奈儿自以为大功告成之际，他的寝宫大门忽地被一脚踢开，无数士兵鱼贯而入，顷刻间便将寝宫包围得水泄不通。

亚烈苦奈儿还未明白发生何事，一把长刀便已架在脖颈边，在他与妻儿惊恐的目光中，郑和缓步走入。

只短短几日，二人的地位便彻底颠倒。

"浑蛋，你可别得意，我的军队……"亚烈苦奈儿还要破口大骂，探子再度来报，在郑和的授意下，探子大声报告："锡兰山国劫船的军队听闻都城被破，试图返回营救，在途中被我军悉数击败。"

落针可闻的静默中，郑和徐徐开口："锡兰山的国王，大明还有一句成语你没有听过，但想必你应该体会到了，它叫作——先礼后兵。大明王朝还有很多道理，学艺不精可不行。"

闻言，亚烈苦奈儿如泄气的皮球瘫坐在地，面色灰败，一动不动。[2]

1　出自《星槎胜览》：夜半之际，信炮一声，奋勇杀入，生擒其王。

2　出自《明史·郑和传》：六年九月，再往锡兰山。国王亚烈苦奈儿诱和至国中，索金币，发兵劫和舟。和觇贼大众既出，国内虚，率所统二千余人，出不意攻破其城，生擒亚烈苦奈儿及其妻子官属。劫和舟者闻之，还自救，官军复大破之。

锡兰山国素来与邻国不睦，屡次劫持往来商船，周边番邦苦其已久。[1] 经此一役，周边各国皆拍手称快。

之后郑和归国时，将锡兰山国王一并被押入都城，但永乐帝念其为一国之主，赦免死罪放他归国，乃是后话。[2]

自永乐至宣德年间，郑和率船队出使西洋，前前后后足有七次之多，历经三朝二十八年，途径占城、暹罗、爪哇、满剌加、苏门答剌等数十个番邦国家，航线西行最远竟能跨越印度洋停驻于当今非洲大陆，实乃绝代壮举。

也正借此机会，文人学士将七次航行路线绘制成图，所见所闻记录成册，留下《郑和航海图》《瀛涯胜览》《星槎胜览》《西洋番国志》等不少地理学重要作品。

在七次航海之行中，诸多周围番邦与大明达成经济往来，郑和船队携金银瓷器、丝织物等交换回香料、药材、木材、珠宝、染料等奢侈品，海外贸易得以蓬勃发展，彻底打破了"寸板不许下海"的禁令。得益于此，原料、技术、产品的交流极大改善了双方百姓的生活，促进了手工业的发展，甚至催生了民间海上贸易，推动了宗教文化的传播。

明太祖时期所定对周边"不侵占"态度，后世历代帝王依旧严以贯之，至郑和下西洋亦如此，所谓"皇上嘉其忠诚，命和等统率官校、旗军数万人，乘巨舶百余艘，赍币往赍之，宣德化而柔远人也"[3]。在这种非霸权政治的影响下，后来甚至还有小国因未能加入大明朝贡体系而心生不满，足见大明王朝威名远扬。[4]

在最后一次航行时，郑和意识到自己已经时日无多。

世事无常，年幼进入燕王府侍奉时，他恐怕从不曾想到自己的半生都将献给汪洋大海。古人从来以海浪代指飘摇，可郑和竟在海浪中体会到一种飘摇的安定感。

截然不同的国都，风格迥异的生活，他好似经历过许多种人生；又好似一直只在做

1　出自《明史·外国传》：王又不睦邻境，屡邀劫往来使臣，诸蕃皆苦之。

2　出自《明史·郑和传》：献俘于朝。帝赦不诛，释归国。

3　出自《天妃灵应之记》碑文。

4　出自《明史·郑和传》：十年十一月，复命和等往使，至苏门答剌。其前伪王子苏干剌者，方谋弑主自立，怒和赐不及已，率兵邀击官军。和力战，追擒之喃渤利，并俘其妻子，以十三年七月还朝。

一件事——建设一个和睦融洽、互惠互利的世界，彼此之间不再有纷争纠葛。那是一种与年幼时的自己遥相呼应的渴望，若自己不曾经历战争，若往后的百姓不再遭遇战乱……

恍然间，郑和想起许多，最后又梦回年轻时站在朝堂中央俯首领命、渴望扬名立万的自己，如今看来大抵应该不会有遗憾了吧。

在第七次航行的返程途中，郑和于宝船中彻底阖上双眼，声势浩大的明朝大航海行动就此落下帷幕。

彼时的大明王朝并未意识到这等壮举早已遥遥领先于世界，由于海上丝路被彻底打开，华夏睁开看向世界的眼睛，与全球接轨，比那位横渡大西洋发现新大陆的西欧航海家哥伦布率领船队出海的时间，提前了将近九十年。

这是大航海时代的序幕。

一如《明史》有云："自和后，凡将命海表者，莫不盛称和以夸外番，故俗传三保太监下西洋，为明初盛事云。"

时至今日，当我们回望历史，会发现，郑和所到之处，没有兵戈，只有和平。

强而不欺，威而不霸，这才是真正的大国气魄。

玄奘

血肉身躯
浇灌信仰之路

凉州城，子时。

城内万籁俱寂，月亮被掩映在浓厚的云层中，透不出一丝光亮。忽然，巷子口的狸猫龇牙尖锐地叫了一嗓，划破了夜空的宁静。

狸猫飞快蹿上房檐，它身后的街角传来匆忙凌乱的脚步声，点点火光逐渐显露出来。

"给我搜！抓住那个臭和尚！"

这是一支搜捕队，为首的捕役瞪目怒喝，挥了挥手中佩刀，一众士兵破门而入，客栈惊叫声此起彼伏。

"诸位官爷这是何故啊！"掌柜连忙跑了过来。

捕役横眉道："我奉都督李大亮之命，捉拿一从长安来的和尚[1]，他无通关文牒，意欲私自前往西域，密探称他现在就藏匿于此！"

掌柜得知来意后，被吓出一身冷汗，哆哆嗦嗦指了指某间房。

士兵踢开房门，烛光闪烁间，依稀能看出被子中蜷着个人。

"玄奘，还不速速起身，随我回衙门！"

捕役见被中之人半天没有反应，不耐烦地上前掀开被子。凉被落地，只见那榻上唯有一只陶枕，哪有人在？

与此同时，几里外的凉州城门。

浓云裂出一弧缝隙，明亮的月光洒下来，映出一道逃跑的颀长背影。那人回头看了一眼，面色白皙，眉眼俊秀，正是玄奘本人。他眸中盛着慌张，随即转身拢了拢兜帽，消失在夜色中。

有的逃犯胆大包天无恶不作，有的逃犯乖巧得像个"五好少年"。

没错，玄奘就是这个"五好少年"。

玄奘有多乖巧呢？在他孩提时代，还叫陈祎的时候，一日和几个兄长听父亲讲《孝经》，父亲说："古人都是席地而坐。一日孔子授课时向曾子提问，曾子连忙站起身来，恭恭敬敬回答老师问题。"父亲刚讲到这儿，陈祎"砰"地站了起来，整理好衣服站到了一边。

1　出自《大慈恩寺三藏法师传》：有僧从长安来，欲向西国，亮闻之，逼还京。

父亲不解："我儿这是何意？"

陈祎躬身回答："曾子聆听教诲时都离开座席，吾今奉慈训，岂宜安坐？"[1]

父亲笑开了花："真是乖孩子。"

兄长直咬后槽牙："好小子卷我。"

除了乖巧，陈祎还聪明好学，非雅正之籍不观，非圣哲之风不习，不交童幼之党。不过老天并没有眷顾这个少年，在他五岁那年就带走了他的母亲，五年后又带走了他的父亲。

双亲俱亡，陈祎投奔二哥长捷法师来到了洛阳净土寺。

别人的慧根是单指某个领域，陈祎的慧根是到处扎根。在家里他儒学经典背得溜，到了寺庙佛经也背得比其他和尚快。后来他嫌佛经太简单，便开始自己看《摄大乘论》。如果把"经"比作大学课本，那"论"便是 SCI 顶刊论文。陈祎看了一遍就摸透了八成，再看两遍，直接融会贯通能给人讲了。

二哥："好小子卷我。"

陈祎在佛学中感受到了前所未有的力量和平静，而佛学也为他镀上了一层远超他年纪的成熟与智慧。

大业十年，隋炀帝下令选拔僧人，在这场千军万马过独木桥的上岸考试中，陈祎杀出重围，被破格录取，年仅十三岁的他正式成为了一名僧人，也获得了自己的法名——玄奘。

随着神童玄奘的名声传遍洛阳，农民起义的烽火也燃遍了全国。义宁二年，长安太极殿换了主人。玄奘为了躲避战火，翻山越岭来到了成都。在这里，玄奘敬惜寸阴，励精无怠，两三年间究通诸部经论，后来甚至开坛讲法，讲座之下常有数百人，吴蜀荆楚之人无不知闻他的名号。

玄奘游学的七年是他飞速成长的七年，可就在他熟读所有中土佛法，拜访诸多高僧后，这匹千里之驹茫然了。

佛教在当时十分兴盛，但佛教内部各派学说存在许多分歧，解释的经义也往往互有矛盾。比如一直以来他都认为人有八识：眼、耳、鼻、舌、身、意、末那识、阿赖耶识，

---

[1] 出自《大慈恩寺三藏法师传》：年八岁，父坐于几侧口授孝经。至曾子避席……父甚悦知其必成。

可中原佛教却称人有第九识，却又没有一个法师能确定第九识到底是什么。除此以外，佛教的终点是什么？众生信仰一生究竟能否成佛？又该如何解脱？

无数触及根源的问题困扰着玄奘，这令他萌生了一个念头，要想得到答案，他就必须亲眼看看那部大乘佛教的根本论书——《瑜伽师地论》，而这也就意味着他必须前往佛教的发源地，两万里外的印度。

就这样，一场说走就走的取经之路开始了。

此行毕竟是出国，况且路途遥远，玄奘想了想，决定组个团。

就在他们一行人开开心心上书朝廷求批护照时，朝廷却以境外不安全为由驳回了。朝廷的确没诓他们，此时北部突厥虎视眈眈，可汗常带着大军前来骚扰，因此为了百姓安全，大唐主张非必要不出国。

眼瞧着计划要泡汤，玄奘连忙挽留散去的旅友们："咱们也可以不用通关文牒啊！"

众旅友："你上面有人？"

玄奘："不是，咱偷偷摸摸出去呗？"

旅友："你纯偷渡啊！"

在他的违法建议下，这支西行团风如扫落叶般只剩下团长玄奘一人。贞观元年秋，霜灾席卷了大唐。为让灾民逃荒，长安大开城门，玄奘也随之混在其中，跑出了城。

一个月后，玄奘到达了河西走廊的门户，凉州城。现在毕竟是战争年代，进城容易出城难，因此玄奘开局即瓶颈，又被扣到凉州了。反正现在出也出不去……玄奘一合计，要不在这先开设道场讲法吧？

没想到短短几周时间，这位精神导师的名字就传遍了凉州。一向乖巧守法的玄奘也忘了自己是个要偷渡的人，在他激情澎湃的演讲下，他的西行计划也传遍了凉州。凉州长官一听，这还了得？给我抓！于是就有了开篇的一幕，玄奘从凉州城绝地逃生。

玄奘昼伏夜行，到了下一站瓜州。幸好瓜州刺史信佛，玄奘终于有机会能好好休整，可还没等他研究透路线，自凉州的海捕文书就从天而降。

"有僧字玄奘欲入西蕃。所在州县宜严候捉。"

这一次，玄奘没跑成功，被五花大绑押了起来。

监狱漆黑阴冷，玄奘在角落里一边打坐一边等候发落，狱卒手中的大刀寒光瘮人，玄奘几乎能想象出它触及自己脖颈时有多冰冷。直到这一刻，他才意识到自己做了多么疯狂的一个决定，从万人敬仰的高僧，到如今的阶下囚，其反差之大令玄奘不由反问自己，西行真的那么重要吗，重要到能舍弃生命吗？

州吏李昌连夜提审玄奘，他拿出捉捕文书，在玄奘面前抖了抖。

"你可叫玄奘，是这被通缉之人？"[1]

玄奘明白此时若自己矢口否认，并重新回到长安，那便还能继续做他的高僧。

有僧字玄奘……

纸上黑白分明的大字映在他琥珀色的眸子里，玄奘忽然记起，当初他被取这法名，是因为师父觉得自己能从经法中悟出玄机。而他此次西行，不正是因为想取得真经，悟出真理吗？若是因为这点考验就放弃，他又有何颜面叫这法名？

想到这，玄奘终是抬起头，朗然承认："贫僧字玄奘，此番冒大过而为，乃欲入西域研习佛法，求取经书。"

李昌的眼里闪过一丝惊讶，他没想到这僧人宁可冒着杀头的危险，也不愿退缩。同为佛教徒的他沉默片刻，撕掉了手中的官牒："小官做不了什么，您速速逃走吧。"

佛曰"随其心净，即佛土净"，玄奘光明磊落的坚定不仅为他换来了意想不到的生机，更带他走过了修行的第一重——悟净。

玄奘跑出监牢，藏匿到了塔尔寺里。虽然又逃过一劫，但玄奘如今已是穷途末路。且不说他现在的逃犯身份，单说这段到邻国的前路，就让人心生怖意。

"从此北行五十余里，有瓠芦河下广上狭，洄波甚急深不可渡，上置玉门关路必由之，即西境之襟喉也。关外西北又有五烽候望者居之，各相去百里，中无水草。五烽之外即莫贺延碛伊吾国境，闻之愁愦。"[2]

现在，玄奘除了祈求上天，再无他法。

---

1 出自《大慈恩寺三藏法师传》：遂密将牒呈云，师不是此耶。
2 出自《大慈恩寺三藏法师传》。

这日玄奘正在打坐，忽然，一个叫石磐陀[1]的胡商前来礼佛。这石磐陀长相奇特，发须覆面，如山野猿人，小和尚们都不敢上前，玄奘却是眼带慈悲地为他受了戒。

石磐陀大喜，立刻拍着胸脯道："多谢法师！法师日后有难，找我！"

玄奘连忙握住他的手："也别日后了，我刚越狱出来！"

石磐陀面色严峻地听完玄奘的西行计划，表示要想越过莫贺延碛中的唐军五座烽火台，光他们俩可不行。于是出发当日，他又带来一老翁与瘦老赤马。

"此沙漠鬼魅热风过无达者，徒侣众多犹数迷失。别看我这马老，但往反伊吾已十五度，健而知道。"老翁说罢，牵走了玄奘肥肥壮壮的大马。

玄奘："不是，等会儿……"

烈日当空，黄沙枯骨，伴随老马的一声嘶鸣，玄奘与石磐陀走入了漫无边际的沙漠。

当晚，玄奘迷迷糊糊正要睡着，竟见一黑影拿着刀向自己走来，再看时却又无人。第二天玄奘问石磐陀此事，石磐陀眼底露出一丝狠意，解下腰刀朝玄奘逼近。

"法师此行乃是找死，请速速返还。"

玄奘大惊后退："你为何如此？"

石磐陀指了指那遥远的五烽台："你是逃犯，一旦被捉住，我也要受到牵连。"

玄奘连忙道："贫僧可独自前行。"

"届时你被捉住，一样会供出我！"石磐陀语气里满是杀意，"法师要么原路折返，要么就死在这儿吧！"

石磐陀的腰刀锋利刺眼，让玄奘想起那夜的瓜州狱卒。他不再后退，站定抬头，行了一个合十礼："贫僧在此起誓，不会牵连到你。只是贫僧宁可就西而死，岂归东而生！"

玄奘的眸子在沙漠阳光的照射下，显得更加透明，如一汪清泉。于表于里，唯"向西"二字。

石磐陀终是收刀离开了，玄奘孤身一人，踏着沙碛，在火海般的热浪里步步向前。石磐陀没有猜错，玄奘果然在第一座烽火台就被捉住了。不过这位胡商忘记了信仰是超越一切规则的存在，捉住玄奘的校尉王祥也是一位佛教徒。玄奘因祸得福，在他的帮助

---

1 许多学者认为石磐陀是小说《西游记》孙悟空这一角色的原型。

下顺利到达第四座烽火台。

当玄奘要独自绕过最后一座烽火台，向伊吾国进发时，沙漠里忽然狂风大作，令他无法找到补给水源的野马泉。玄奘本想折返，但他又记起自己不达目的绝不向东的誓言，于是便靠意志力撑着，继续前进。

在毒辣阳光的炙烤下，双唇干裂的玄奘终于脱水昏倒。深夜寒风似铁，他又沐风而醒。整整四天五夜，玄奘滴水未进，一直匍匐踉跄而行。到了第六日，玄奘再次晕倒，而那匹被换来的瘦老马却徐徐踱步，驮着玄奘朝某边走了几公里，随后把他扔下了沙山。玄奘在沙山底缓缓醒来，只见老马正悠哉饮着水，周围植被葱茏——这正是野马泉，玄奘再次捡回一条命。

小时候他听仆人讲过，母亲曾梦到他身骑白马，一路绝尘向西。或许这就是他注定的道路，而神佛也一直在冥冥之中保护着他。当朝阳的第一缕金光洒下，玄奘看到了伊吾国最东边的寺院。

玄奘还未在伊吾国呆多久，便有侍者把他接到了高昌国。高昌国不仅是西域的交通枢纽，还是西域最大的国家，国王麴文泰对玄奘盛情款待，诚邀他多停留几日，讲经论佛，养精蓄锐。

玄奘这一待便是月余，这时他才发现国王的不对劲——原来麴文泰是想用自己的影响力，征服更多国家。因此在玄奘提出离开时，麴文泰露出了真实面容："想走？死了这条心！"

玄奘丝毫未退："行，那我就死给你看！"

玄奘开始绝食抗议。

一天，两天……眼瞧着玄奘愈发奄奄一息，麴文泰的母亲于心不忍，来到他面前默默流泪，麴文泰也和声相劝："您在我高昌国锦衣玉食，得全国顶礼，有何不满？"

玄奘却只是挥了挥手，一言不发。终于，麴文泰被玄奘的执着折服，他在佛祖面前宣誓与其结为兄弟，并赠他快马 30 匹，随从 25 人，给其余国家的厚礼若干。

佛曰"戒生定，定生慧"，唯有克服一切欲望，才能获得智慧。玄奘九死一生后，仍能谨守本心不坠凡尘，这也让他走过了修行的第二重——悟能。

西行小队浩浩荡荡出发。前面还算顺利，可这日他们刚出焉耆国，便看见前面遍布尸阵，血流成河。原是这丝绸之路上常有匪徒劫持过往商旅，杀人劫财。正当小队踯躅在原地不敢前行时，一伙黑衣强盗出现了。

众人皆慌张不堪，唯有玄奘面不改色，他想着老天肯定早就知道他会有此劫，于是让高昌国王备足了买路钱。

"此路是你开，此树是你栽，道上规矩我都懂。"

说罢，玄奘上前一步，将包裹里的财宝尽数交给强盗，随后带着众人安全地扬长而去，留下强盗目瞪口呆。

很快，他们穿过龟兹，来到了帕米尔高原——凌山。

这是一座海拔七千余米的雪山，经途险阻，寒风惨烈，若是声音稍大些，还会引来雪崩，遇者丧没，难以全生。无奈他们的队伍里没有一人有翻越雪山的经历，只能全员靠着肉身摸索。

越往上攀登，冷风越刺骨，一片肃杀的白芒中，唯有无尽的死寂般的严寒。队伍最开始的欢声笑语消失了，就在这末日般的寒冷里，不断有人永远地留在了冰川上。

玄奘看着他们慢慢凝结的面容，心脏仿佛被万柄冰凌穿透。他是得道高僧，受万人敬仰，可他现在什么都做不了，也谁都救不了，他只能在心中一遍遍呼喊着诸佛，若此行真乃天意，便降下神迹。

可惜佛祖没有回答。

"徒侣之中，冻死者十有三四，牛马逾甚。"[1]

直到这一刻，玄奘才承认那"受天庇佑"的想法不过是他给自己壮胆的借口，比起大不了一死，饱含未知的恐惧活着才更加艰难。因此他需要那些"冥冥中"与"命中注定"，作为支撑他度过一次次难关的底气。

离开凌山后，玄奘又到了碎叶城、昭武九姓七国、飒秣建国……一路上，他一边钻研佛经，一边为众人传讲佛法。而他身边的人也越来越少，直到最后又变回孑然一身。

贞观五年春，玄奘终于到了恒河畔，传说这是一条洗肉身可清罪孽，涤白骨可脱阿鼻[2]的神圣河流。可就是在这里，玄奘再次触摸到了死神的衣角。

---

1 出自《大唐西域记》。

2 地狱。

一伙印度教徒正寻觅容貌端庄之人，为他们住在喜马拉雅山巅的突伽女神，献上肉血祭祀。而玄奘，成了他们选中的祭物。熊熊烈火在玄奘身边燃起，这些印度教徒围着他跳起诡异的舞蹈，火舌逐渐靠近，几欲舔上他的皮肤。在令人难以呼吸的高温中，玄奘眼前走马灯般浮现出过往的一幕幕。

他因着自己的执念踏上西行的道路，一路上暮宿冰崖，境多魑魅，程途多难，而这恒河畔，竟成了他此生的终点。他不甘心，他的愿望还未实现，还有那么多疑惑没解开，可那逐渐稀薄的空气与呛人的浓烟都在明明白白告诉玄奘，这就是他的最终结局。

"色不异空，空不异色；色即是空，空即是色；受想行识亦复如是。"

忽然，这句《心经》中的话在玄奘的意识之海中乍现。

心经的全称乃是《般若波罗蜜多心经》，其中般若即"智慧"，波罗蜜多即"彼岸"，意思就是人类要如何到达彼岸智慧。

人终其一生无法到达那里是因为苦难，而一切苦难都源于"我执"。因为这"执"，他不畏死亡，可又因为这"执"，他开始心生畏惧。可人的心之所以被称为"心"，皆因它无限、无垠、无量，是永远不受限制的，是该如明镜般映照万物，又空无一物的。

瞬时，一道耀眼的闪电划破玄奘心海，将晦暗无比的夜幕照得恍如白昼。

世间凡此种种，皆应重重拿起，再轻轻放下，如此不生不灭，不垢不净，不增不减，是之为"空"。就在这片火海中，玄奘达到了修行的第三重——悟空。

随着玄奘顿悟，奇怪的一幕发生了。

周围黑风四起，折树飞沙，河流涌浪，舫船翻覆[1]。一人惊惧大呼："得罪天神了！这和尚杀不得！"教徒们赶紧救出玄奘，毕恭毕敬还他所有物品，放他西行。

玄奘此时抬头看了看天，他不再欣喜那"冥冥中"，只是淡淡行了个合十礼，随即翻身上马，走向路程的最后一站——圣地那烂陀。

"宝台星列，琼楼岳峙，观竦烟中，殿飞霞上。生风云于户牖，交日月于轩檐。宝阁重重，僧院林立，虬栋虹梁，绿栌朱柱。"[2]

1　出自《大慈恩寺三藏法师传》。
2　出自《大唐西域记》。

那烂陀几乎是古代佛教史上最恢宏的寺庙。其中僧徒主客常有万人，能够读解二十部经论者，一千余人；三十部者，五百余人；五十部者，包括玄奘在内，共十人。唯独戒贤法师通晓一切经卷，是万僧之师。

玄奘传奇般的经历和深厚的学识，为他赢得了所有人的尊重，他甚至享有乘坐象舆的资格。而年逾百岁的戒贤法师，更是为他单独授课，教授那本《瑜伽师地论》。

在那烂陀，玄奘修习了五年，除了深研《顺正理论》《显扬圣教论》等论著，还针对大乘佛教里中观和唯识的分歧，写下了《会宗论》。

有人听闻他的名号前来辩经，输的人要割舌自戕，玄奘坦然以对，结果他不仅赢了这场生死之辩，还把那两个高僧收为弟子。

后来戒贤王在曲女城举行了一场顶级佛法辩论会，在这场旷世之战里，玄奘打败了全印度五千名僧侣学者，他的佛法论文公示十八天，无一人能找出一丝破绽。

在这片佛教的发源地，来自东土大唐的玄奘，达成了身为僧人最辉煌灿烂的成就。他被尊为一代佛学大师，大乘教的教徒们尊其为"大乘天"，小乘教教徒们尊其为"解脱天"。

至此，玄奘的西行之旅，终于画上了句号。

贞观十九年，玄奘携六百五十七部梵文大小乘佛教经律论，回到了大唐。

此时大唐因着贞观之治，四海清平，早已不是十七年前他离开时的模样。玄奘去拜见了唐太宗，求其赦免自己当年的罪过，并称取经的功劳他不占分毫，尽归圣上，余生只求能得一寺院，安静翻译经书。

就这样，这位接近真佛的高僧，素衫布衣地度过了剩下的十九年时间。

玄奘共计翻译经论七十五部一千三百三十五卷，因着他笔耕不辍，昼夜不息，佛教在中原的发展有了质的飞跃；他依据路途见闻撰写出《大唐西域记》，这为大唐乃至后世了解还原印度、巴基斯坦、尼泊尔等地古代历史地理，提供了重要参考文献；他带回的巨大文化财富，开创了中国的佛国外交；如果没有他九死一生的旅程，印度甚至没有办法重建自己的古代历史……

一千年后，吴承恩根据玄奘的事迹，写下了四大名著之一的《西游记》。在这场全新的旅途中，玄奘有皇帝的通关文牒，有一匹健壮的白龙马，有三个生死相伴的神徒，有时刻能伸出援手的天兵天将。

可在现实世界里，面对同样的九九八十一难，他有的只是肉眼凡胎，衣着褴褛的自己。

"生死大海，谁作舟楫？无明长夜，谁为灯炬？"[1]

这是玄奘曾在旅途中的自我反问，到了他生命的终结，唐高宗这样评价他——"苦海方阔，舟楫遽沉；暗室犹昏，灯炬斯掩"。

在这场一个人的朝圣中，玄奘独自完成了三重涅槃，到达"信"的彼岸。

最终，他活成了舟楫，活成了灯炬。而此刻，这一切几乎已经与宗教无关，他的一生更近似于一种精神——

"我们从古以来，就有埋头苦干的人，就有拼命硬干的人，有为民请命的人，有舍身求法的人。这就是中国的脊梁。"[2]

落日黄沙，西风紫塞。

漫无边际的大漠中，恍惚中能看见师徒四人迎着夕阳，剪影般缓步向前。

"喂！悟净！悟能！悟空！是你们吗？"

书外的我们喊了一声。

一阵青史烟沙吹过，四抹背影合拢为一，唯剩一人。

那人转过头来，眉目疏朗，儒雅含笑地朝我们行了个合十礼："贫僧玄奘，自东土大唐而来，去往西边求取真经。"

1　出自《大唐西域记》。
2　节选自鲁迅的《中国人失掉自信力了吗》。

玄奘 西行游记

文 顾闪闪

　　亲爱的玩家玄奘，你好！欢迎你再次登录全景体验冒险类游戏《大唐西域记》（内测版）。

　　游戏开始前，还是要先恭喜你，西出玉门，顺利通过了新手村的考验，不过离开大唐国境后，真正的挑战才刚刚开始。

　　在前方，还会有更多的艰难险阻在等待着你，请务必做好心理准备。

　　在接下来的游戏中，你将途经138个城邦和地区，历经5大关卡的考验，克服重重困难，而你的目标只有一个，那就是抵达佛教发源地——印度，学习大乘佛法，求取真经。

　　你准备好接受挑战了吗？

 是 √　　　否

第一关：火焰高昌

路线指引：穿越八百里大漠，经伊吾国，越过火焰山，抵达西域强国高昌国。

关卡任务：活着抵达高昌国，获得高昌国王麴文泰的支持，组建起一支取经队伍。

掉落材料：高昌棉、马奶蒲（葡）萄、盐、冻酒、刺蜜等。

摆脱官府的通缉，成功潜出玉门关后，你面对的第一个敌人，就是眼前一望无际的大漠。

瓜州以西，尽是戈壁和沙漠，人称"沙河"，即使是最有经验的商队，也常常在昼夜浮动的沙丘中全军覆没，如果没有坚定的信念，想要穿过沙漠几乎是天方夜谭。然而比风沙和酷热更难忍受的，是连日的干渴，大漠中几乎没有水源，这对于人类而言，简直是在考验生理极限。

什么？你问既然上来就开始"死亡"模式，那么都有哪些新手奖励呢？

很遗憾，由于你此次西行乃是"非法登录"，所以大唐提供的一切外交福利你都无法享受，"开局送个猴"这种好事更是想都不用想，你所能依靠的，只有自己日渐蹒跚的双腿，以及那匹和你一样疲惫的老马。

孤身继续走下去，你或许会看到一些瑰丽奇异的景象——不要相信眼前出现的一切，那些浮动的旌旗军马和妖魔鬼怪都不过是干渴之下产生的错觉，识途的老马会带你找到水源，你需要做的就是握紧缰绳，保持清醒。

九死一生穿越沙漠后，你来到了河西走廊通往西域的门户，这处关卡有一个好听的名字，叫作"星星峡"。望着头顶浩瀚的星空，你知道自己暂时摆脱了死亡的威胁，很快，你抵达了出关后的第一个补给点——小国伊吾。

除了食物和饮用水外，单单是重新见到人类这一点，就令你几乎热泪盈眶。更让你惊喜的是，在伊吾国的佛寺中，你竟然遇到了一位汉人老僧。老僧赤着脚跑出来，紧紧握住你的双手，"他乡遇故知"的感动充满了你的内心。你越来越相信，这定然是一种冥冥中的指引，有一种力量保佑着你一路西去，寻觅佛法的真谛。

在伊吾国小住几日后，会有 NPC 敲响你的房门。不要害怕，他是来送高昌国国书的，凭借这封国书，你可以在卫队的护送下速通高昌国。

高昌是西域第一大国，高昌国的国王麴文泰与你一样信仰佛法。从他的口中你得知，原来高昌自汉朝起就是丝绸之路的门户，高昌国的君王臣民也大多为西迁汉人，所以你们虽身在胡地，却是血脉相连的同胞。

对于你这位从"故乡"来的高僧，麴文泰十分礼重，将你奉为座上宾。他告诉你，佛教是高昌国的国教，都城周围有佛寺三百多座，信徒数千人，大家都对你无比仰慕，只要你愿意留下，就能成为"国师"，与自己共治高昌国。对于俗世的权势地位，你早已置之度外，但面对麴文泰和高昌人民渴望聆听佛法的眼神，你却第一次陷入了犹豫。

不过，为了更伟大的征程，你还是需要坚定自己的本心。被你坚定拒绝后，麴文泰在遗憾之余，与你在佛像前结为兄弟，并与你约定，待你取经归来，希望你再在高昌国讲经三年。

攻略麴文泰后，系统将掉落麴文泰为你准备的西行大礼包一份，其中包括：服装×30，高昌棉保暖护具若干，黄金一百两，银钱三万，绫绢五百匹，好马×30，随从×25，徒弟×4。

除此之外，麴文泰还专门为你准备了十二封国书，持这些国书你可以在包括西突厥在内的西域多个国家受到保护。

满怀着对麴文泰的感激，你带领取经队伍离开了高昌，征途漫漫，不知何时才能东归，履行与麴文泰的约定。

达成成就：金兰之约

第二关：屈支夜宴

路线指引： 离开阿耆尼国后，翻越一座小山，越过两条大河，向西七百多里，可抵达乐舞之乡屈支国。

关卡任务： 打卡鸠摩罗什的故乡，感受屈支国风土民情，与屈支国王共赴"极乐之宴"。

掉落材料： 糜、黍、宿麦、香枣、李、柰、黄金、铜、铁等。

离开高昌国后，你很快抵达了邻国阿耆尼国。

阿耆尼国旧称"焉耆"，与高昌国有世仇，你作为高昌国贵宾，自然不能在此久留。在行经这个国家的时候，千万要注意周围的草丛和破败建筑，这里常常埋伏着凶狠的强盗，如今你的取经队伍携带着巨额财物，极有可能被他们盯上。

连夜穿过阿耆尼国后，你们还需要翻过山岭，渡过大河，才能来到下一站：屈支国。比起"屈支"，这个国家还有一个更令人耳熟能详的名字——龟兹。屈支国自汉朝起便是西域都护府的所在地，是当地有名的大国，国土东西千余里，南北六百余里。

比起坐落在火焰山上的高昌国，屈支国气候温和，民风质朴，使用印度文字。值得一提的是，这里还是高僧鸠摩罗什的故乡。鸠摩罗什是东晋时期，一位从西域前往东土弘法的高僧，他不仅翻译了多本佛教著作，将真正的佛法带到了当时还在混战中的中原，还在长安讲经，让更多民众知道了佛经的真谛。

作为一位深受鸠摩罗什影响的僧人，你当然要到这里纪念"打卡"。就像你预想的那样，屈支国作为高僧老家，自然也是信奉佛法的，在这里，你也受到了屈支国王的盛情款待。不过，屈支国王并不像麴文泰那样英明有魄力，他才智不高，缺少谋略，是朝中权臣们的傀儡。屈支国内还有一件事，让你很不理解，那便是你发现都城中所有的婴儿头上都紧紧箍着木板。经过询问，你才知道，原来这里的人以扁头为美，所以不论男女自婴儿时期，使用这种方式来强行把头塑扁。你摇摇头，认为这种审美并不健康。

屈支国盛产金玉和宝马，因此各大寺庙会场中的佛像，都是用珠宝玉石和绫罗绸缎装饰的，十分华丽。每个月十五和月底，国王和大臣们都会来到会场中，和高僧们共商国是，努力学习佛典的僧人们也会在这里展开辩论，比拼佛法修为的高低。

在屈支国王的邀请下，你还参加了一场盛大的宫宴，在这里你观赏到了原汁原味的屈支歌舞。与其他地方主张清修、苦修不同，屈支国中，就连佛教都沾染上了飞扬的欢乐气息，乐师们弹拨着西域乐器，身姿窈窕的舞姬们在庭中旋转蹁跹，热情起舞，仿佛佛教壁画中描绘的极乐世界一般。

屈支国虽好，但却是不可留恋之地，站在都城遥望积雪覆盖的葱岭，你在心里暗暗计划，等到雪路一开，就马上上路。

达成成就：勘破红尘

第三关：生死葱岭

路线指引：翻越凌山，过大清池，抵达西突厥王庭素叶水城。

关卡任务：带领取经队伍活着翻过凌山，穿越西突厥人控制的大草原。

掉落材料：麦子、瓜果、郁金香等，所经国度大多物产稀疏。

葱岭是昆仑山和天山两大山脉的交汇处，这里南接大雪山，北至热海、千泉，西至活国，东至乌刹国，南北绵延数千里，是前往印度难以绕过的一道障碍。

你们即将攀爬的这座高山，名为凌山，这里海拔高达五千多米，山谷常年积雪，春夏合冻，融化的雪水在山崖上结成了利剑般的长长冰凌，故此得名。听当地人说，山谷中寒风凛冽，甚至还有恶龙出没，行走在陡峭结冰的山路上，稍不留神就会跌下山谷丧生。

作为一个身子骨不算结实的和尚，要翻越这座雪山对你而言，简直难如登天，这让你又回想起在大漠艰难求生的经历，你不禁倒吸了一口凉气。但你心中的信念却十分坚定：西行的这条路只有前进，你绝不会后退。

临上山前，你嘱咐取经队伍中的所有人，即便是交谈，也不准高声。因为行走在雪山中，稍不留神就会引发雪崩，到时候你们所有人都会被埋在雪山之下，绝无生还的可能。

真正爬上凌山后，你发现情况比你想象中还要恶劣，散落路旁的冰块高达百尺，如果不是亲眼见到，简直难以想象。一路上，你们时常需要凿冰而行，有时候甚至需要在悬崖上攀爬几日。饮用水冻成了寒冰，你们无处休息，只能和衣躺在冰块上，在极寒气候下，即便最厚的高昌棉也起不到保暖的作用，不断有同行人被冻死或失足跌落山崖。

等到七天后，你们终于出山时，已经有十几个同伴被冻死，死去的牛马更是不计其数。你双手合十为他们念经超度，却发现不知怎么回事，自己已经流不出眼泪了。

在凌山上行走四百多里后，一片青黑色的湖泊出现在你们眼前，这便是传说中的"大清池"，因为池水咸苦，也被称为"咸海"。在大清池翻涌的波涛内，你看到了许多跃动的鱼类。当地人认为，大清池中的生灵都是有神通的精怪，所以没有人敢去捕捞它们。

从大清池再向西北走五百多里，就可以抵达素叶水城（碎叶城），这里是西突厥的王庭，也是前往印度的必经之路。在素叶城西边，几十个城池在广袤的草原上各自为政，虽然都归属于突厥，但却经常交相征伐。

早在登上凌山前，你们就曾在山脚下遭遇过突厥劫匪的掠夺，因此来到这里后，每个人都胆战心惊。更糟糕的是，突厥人信奉的是拜火教，佛教高僧的身份不仅不会让你受到优待，反而会让你变成活靶子。

不过万幸的是，目前，西突厥和大唐的关系还算友好，因此西突厥可汗也没有过多地为难你们，这一关你们也顺利通过了。

达成成就：翻山越岭

第四关：古国寻踪

路线指引：从素叶水城出发，继续西行，需要穿越飒秣建国、羯霜那国、活国等多个国家，抵达佛教圣地健驮罗国和迦湿弥罗。

关卡任务：逃离拜火教徒们的追捕，从活国的宫斗惨剧中脱身，在佛教圣地犍陀罗国打卡，而后前往迦湿弥罗阅读原版经书。

掉落材料：飒秣建国的手工艺品和良马、毡毛大衣、大量佛教正版经书等。

离开素叶水城后不久，你们便遭到了突厥拜火教徒的围攻。当地人视你们这些异教徒为洪水猛兽，他们拿着火把，念念有词地包围了你们的住处，高喊着要烧死你们。在这种情境下，千万不能和他们发生正面冲突，走为上策。

不过，作为赫赫有名的佛门高僧，面对拜火教徒的排斥，你也并非全无还手之力。就譬如说，在抵达飒秣建国时，你便用高超的口才和精深的佛法攻略了那里的国王，让他从拜火教的信徒，转变为佛教的拥趸，开始了斋戒生活。

在经过若干个大小国家后，你们抵达了一个早就被标记的重要地点——活国。这是你的结义兄弟高昌王多次提及的国家，据高昌王所说，活国的统治者恒度是他的妹夫，这也就意味着在活国，你将有机会获得充足的补给。

然而天有不测风云，人有旦夕祸福，就在你抵达活国后不久，一场意外便在活国宫廷中上演了。

这天，你正在屋内翻阅经书，你的徒弟从屋外满脸惊慌地走进来，附耳告诉你，恒度已经被人毒死了，而谋杀他的正是他新娶的续弦妻子和他的亲生儿子。面对这种人伦惨剧，你的内心惴惴不安，一是在感慨怛度的不幸遭遇，二是在考虑，如今活国易主，那位弑杀了父亲的新任统治者还会放你们走吗？

提心吊胆地在活国待了一个月后，你们终于找到了一个机会，仓促地逃离了活国。

惊魂未定的你们还没来得及休整，便又开始了攀登大雪山（兴都库什山）的旅程。一路上，你们遭遇了盗匪、暴雪和迷路，走出大山后，你们明显感觉，自己离印度已经不远了。

一座座伽蓝风格的古建筑遗迹出现在你们面前，你逢庙便拜，又在寺中讲经，在一个叫醯罗城的地方，你瞻仰了放有如来顶骨的七宝小塔。

在经历了说不尽的艰难跋涉后，你来到了传说中的佛教圣地犍陀罗国。这里自古以来就是印度的领土。相传，那罗延天、无著菩萨、亲世菩萨、法救、如意、胁尊者等佛教大师都在这里诞生。犍陀罗曾是古印度佛教的中心，也是第一尊佛像塑成的地方，路旁一座座高大的佛寺遗址，都诉说着曾经的辉煌。

可惜的是，当你踏上这片土地时，这里的佛教已荣光不再，城中居民稀少，荒凉萧索，城中的十多座佛寺都已经毁坏荒废，内外长满了杂草，城中的人们也不再信仰佛教，转而去崇信其他宗教。望着风化的佛像，你的内心无比怅然。

依依不舍地离开犍陀罗国后，你抵达了迦湿弥罗国。

作为佛教历史上第四次结集佛典的地方，这里不仅有一百多座寺院，还保存着相当完备的佛教经典，而这正是你西行的最重要目的。在加湿弥罗的寺院里，你开始了废寝忘食的阅读，这一读，就是整整两年。

当你再次牵着马，走出加湿弥罗的时候，你对佛法的领悟已经到达了另一重境界，成为了名副其实的"玄奘法师"。

达成成就：学有所成

路线指引：穿过原始森林和若干印度小国，抵达印度圣河恒河，沿恒河可以找到释迦牟尼的诞生地蓝毗尼，随后经佛祖涅槃地拘尸那迦和佛教圣地鹿野苑、吠舍离，最后到达那烂陀。

关卡任务：在佛教文化中心那烂陀钻研佛法，受邀参加无遮大法会，并携经书返回大唐。

掉落材料：水稻、瓜果、大象、香料等。

公元 631 年的秋天，你叩响了一座百年古寺的大门，这座寺院名为那烂陀，是世界佛教的中心，也是你此次西行的终点。

与沿路其他城邦佛教凋零的景象不同，这里的佛教盛况依旧如日中天。在印度的千万座壮丽崇高的佛寺中，那烂陀是最灿烂的一朵奇葩。这座由一百多个城镇共同供养的国家寺院，仅僧众就有一万多人。听说你的到来，他们纷纷放下手中的经书，一同走出门去，以最高的礼节迎接你这位远道而来的客人。

比起"唐朝高僧"这个身份标签，更让寺中僧徒们震撼的，是你西行万里的非凡壮举，他们崇拜地望着你，难以想象你是如何跨过鹰都飞不过的雪山，穿过野兽横行的森林，仅凭着两条腿，就走到他们面前的。因此，即使你在佛教方面的造诣还赶不上寺中的高僧，但在这里，你依然受到了活佛一般的待遇。

那烂陀的大长老戒贤法师在弟子们的搀扶下，走到你面前，看到你的第一眼，这位年过百岁的高僧便忍不住老泪纵横。原来戒贤法师身患怪病，饱受折磨，几度想要自杀，而你的到来为他带来了无比珍贵的希望。他认为，这一切都是文殊菩萨的指引，而他之所以苟且活到今日不死，为的就是这场相聚，为的就是通过你的力量，将毕生所学的佛法传遍人间。

在这座佛教的顶级学府中，戒贤法师专门为你讲授佛教经典《瑜伽师地论》，这场讲经持续了十五个月，轰动了整个印度。就在你苦读佛典，即将学成之际，你的面前忽然弹出了一个亮闪闪的邀请弹窗：

戒日王邀请你前往曲女城，参加即将举办的无遮大会，是否接受邀请？

你毫不犹豫点击了"是"。

作为一位苦修的高僧，你并不是一个喜欢凑热闹的人，但无遮大会并不是一般的法会，而是一场佛教的"百家争鸣"，而戒日王也不是一位普通的国王，就是他统一了北印度，"戒日王"翻译过来，意为"持戒的太阳神"。

大法会召开的那一日，你站在人群中，亲眼见证了几十万佛教信徒在戒日王的带领下，沿着恒河南岸浩浩荡荡地行进，在恒河北岸，则是拘摩罗王率领的几万人。这些信徒的四面都由身穿铠甲的士兵严密拱卫着，他们一路上骑着上百头大象，乘着大船，击鼓鸣锣，拊弦奏管，会聚在曲女城的大伽蓝寺。

集会从二月初一起，持续了整整二十一天。这二十一天里，不同学派的教徒在这里辩论那些最精微难解的佛理。法会开幕时，戒日王还会亲自穿戴上帝释的服饰，与拘摩罗王一起，将一尊金身佛像从行宫请到寺院。他们乘坐着高大的象舆，沿路抛撒着金银珠宝和鲜花，无数佛教徒聚集在周围，久久不愿散去，整个曲女城都沉浸在盛会的氛围之中。

戒日王是印度历史上声名赫赫的君主，也是印度古典文化的集大成者，但他却是唐王李世民的忠实"粉丝"。从与你见面的第一刻起，他便迫不及待地和你聊起了偶像"秦王天子"，谈到唐王的种种事迹，他如数家珍，甚至还多次向你确认，你是否真的就是从"秦王天子"统治的那个伟大王朝来的吗？

看着戒日王闪烁的目光，你有些哭笑不得，聊着聊着，你内心的思乡之情也油然而生。

是时候回去了，在遥远的大唐，那些渴盼着学习佛法真经的人们还在等待着你，想到你归去后，中国佛教即将发生的那些翻天覆地的变化，你会心微笑，只觉得先前经历的一切艰难险阻，都是值得的。

达成成就：修成正果

第 三 卷

笔端淬尽千古
明灯燃以万年

致 点燃群星者：

来，随我做一回长安的游侠吧。带你去奔放自信的大唐，寻觅李白，痛饮美酒，掬一捧天上的黄河之水抛作骏马。趁大唐那年尚未倒悬，典了五花马，押了千金裘，再听他们纵酒狂歌："千金散尽还复来！同饮同饮！"挥手惜别离散大半生，再临人间又是七十六年后，大唐再寻不见李太白捞月的身影。那年史官奋笔记下"彗星自东方疾行"，唐皇惊悸，群臣高呼，却将那抗节不屈的颜真卿推向叛军，经千贼所指，受拔刃谩骂，仍不改其凛色，颜氏一脉满门忠烈，风骨尽拓在碑中："贼臣不救，孤城围逼，父陷子死，巢倾卵覆。"

来，随我做一回汴京的羁旅客吧。天河里盛满了摇摇荡荡的时间，唐末横渡到北宋，碰撞出多少词多少诗？多少江山画在青绿里，多少豁达写进词牌中？江上之清风，山间之明月，何处觅得苏东坡的踪影？访过佛印，问过怀民，世人皆笑答"且向归处寻他"，原来江山早已留遍他的足迹。过了几十年后，王希孟搁笔纵身跃入江山图，在他盼望的盛世景象里缓缓合眼，消失于一幅不会褪色的山水中。

来，随我做一回群星的点燃者吧。万古星辰为来路，千里明月作扁舟，关汉卿笔下的救风尘铿铮震响，曹雪芹遗留的《红楼梦》仍有共鸣……翻着卷帙寻访唐宋，日月在你的指尖跳动，溯着词曲驶向元清，星辰在你的眼底点燃。朝代有时繁华，有时凋敝，唯独那些精神不曾被熄灭过。原来，当人们开始思考，民族就点燃了传承的燃灯，当人们开始创作，历史就留下了永远的刻痕。

星辰来信——哈雷彗星

李白
LI BAI

天仙狂醉
揉碎明月如水

文 房昊

长安一片月，万户捣衣声[1]。皎洁月纱铺展下的长安城，千家万户的捣衣声奏成的是一片安宁祥和的开元盛曲。

但其实开元盛世之下的诗人，往往过得并不幸福。

无论是大笑高歌的李白，还是官至节度使的高适，仔细从他们的平生际遇里看，都能看出"艰难苦恨繁霜鬓，潦倒新停浊酒杯"。

更不用说这句诗的主人杜甫了。

李白一生的际遇，正是大唐由盛转衰的明证，他的命运被大时代的洪流任意冲刷，一会儿高高扬起，一会儿重重摔下，其间恩怨纠葛，不屈不服，都让人唏嘘感慨。

要说李白是如何不幸的，简而言之一句话，他始终试图对抗这个日渐崩坏的世道。

不认命，当然就会不幸。

至于为什么不认命，那还得从他小时候说起，李白小时候听到的大唐传奇和长辈们口中的故事，全是只要你努力，就能有收获，只要你有才华，大唐绝不会冷落了你。

那谁能不怀揣壮志，步入这个天下呢？

李白虽然是商人之子，但他家那个商人家庭十分殷实，想想李白小时候写的诗，别人家小孩见到月亮，不认识，打一比喻，都说月亮像大饼，李白呢？

小时不识月，呼作白玉盘。[2]

白玉盘。

与之对比，高适前二十年都没怎么见过这玩意。

当然高适也是有出身的，主要就靠他爷爷高侃，先打突厥，后平高句丽立下的赫赫战功，完事高侃被封平原郡开国公，才重振渤海高氏的名声。

但是……军功出身的，其兴也勃焉，其亡也忽焉。滞留长安一两年，《唐才子传》说，高适客游梁宋之间，以求丐自给。

求丐自给。

当然不会是真的乞讨，最多是周转不济的时候，拎着他家那杆枪，像他在长安城里

1　出自李白的《子夜吴歌·秋歌》。

2　出自李白的《古朗月行》。

那样，卖艺表演，又或者登渤海高氏的故交之门，求一求人。

对年少气盛的高适来说，这种屈辱的记忆，他能记一辈子。

很多年以后，高适见到了从洛阳走来的李白杜甫，三人一阵畅饮，他也会停杯长叹，望着李白说，若是我少年时就能遇到你，那该有多好啊。

那些年的屈辱往事，就不会发生了。

杜甫醉醺醺的，小脸通红，说："为什么啊？"

高适轻轻笑："没别的，你要是知道李白年少时干了什么事，你也想早些遇到他。"

年少的李白那时仗剑出蜀，一路奔向扬州。人在扬州时，李白也不是天天都在抢舞女、赏舞姬，花钱更多的，还是救济落魄公子，寒门书生。

东游维扬，不逾一年，散金三十余万，有落魄公子，悉皆济之。[1]

你要是当时在扬州，你有志难酬，又有些才干，你去找李白，说你没钱了，李白跟你喝几杯酒后，就会给你送金子。

你激动、震撼，甚至热泪盈眶。李白哈哈大笑，拍着你的肩膀，说天生我材必有用，我辈岂能为浮财所困？英风逸气，是大唐百年辉煌灿烂所铸就，这样的人，又怎么会不轻狂，怎么会不想着天下之大，我何处都可去得？

只可惜大道如青天，我独不得出。出蜀之后的李白第一次意识到，自己虽有钱有才华，但并不能打破这个世道上默认的规则。他救济了那么多人，写了那么多首诗，无论问德问才，都该能得到举荐。

但他登门拜谒，公侯不问才德。公侯只问他家世出身，祖上有没有跟他们一样的公卿。得知原来你是个商人之子，嘴上不屑，商人之子也配来拜谒？

几次三番，李白要么是吃闭门羹，要么是被人扫地出门，他不是不知道这些规则，他在蜀中求学的时候就听过了。只是他当年以为，自己的才华足以击穿这个世道。

显然，这世道不是那么容易被打败的。李白吐出一口气，抚长剑，一扬眉，一时半刻没击穿也不要紧，他仍旧相信自己终有一天会乘风破浪，会跨海斩鲸。不过在那之前，从家里带出来的金银已经花光了。

1　出自李白的《上安州裴长史书》。

要怎么活下去呢？

孟浩然给他指了一条路，请他入赘豪门世家。这个行为对如高适这样的人来说，是万万不能忍受的，怎么会有一个人自甘堕落，跑去别人家里当赘婿，正如他想不通一个人怎么能这么大手大脚，没有任何计划，就把那么多钱在几年内花光。

李白笑了笑，他一点儿都不在乎。千金散尽还会来，世间贵贱如浮云。

高适跟杜甫的出身让他们心底对贵贱之别、阶层之分有充分的领会，偏偏李白没有，他只是知道这世上有阶级，知道这世上有贵贱。

但这种分法不在他心里。

因为贵贱也好，阶级也罢，赘婿也好，公侯也罢，这些身份与标签太不诗意。

李白心里眼底，瞧不见它们。

用李白自己的眼睛去看，这世上就都是风景。六朝以后，诗文只在宫廷之中，到了大唐固然开放，但也没人给船夫苦力写过诗，可李白就写。这个世界里物质的、真实的、约定俗成的一切仿佛都不在他心里，很多人说李白不是真正的快乐，他这些快乐都是自己欺骗自己，他内心中充满了悲伤。

要我说，那不是悲伤，是对抗。李白心中有自己一个道理，他望着这个世道，约定俗成的规矩太无聊，只看家世的玩法太无稽，贵贱与贫富也都可笑，布衣也可以傲视王侯，船夫跟王侯都能一样被写进诗里，那赘婿不赘婿又有什么紧要？

所以满腔的情绪化作充沛的情感，倾泻成汪洋肆意的诗歌。远在宋城的高适，洛阳的杜甫，乃至整个大唐，都听说了李太白的名字。

尽管这是李白第一次撞在世道的墙上，头破血流，却还没伤筋动骨。他仍旧年轻，仍旧相信自己的未来一片光明。

三十岁那年，李白从安陆赴长安，路上也不是没见过其他大人物，只是他狂啊，什么家世都没有，一封信递过去，固然会把大人物夸得天上少有地上绝无，但提及自己的那些文字，也丝毫不落下风。

"白，陇西布衣，流落楚汉，十五好剑术，遍干诸侯，三十成文章，历抵卿相，虽长不满七尺而心雄万夫！"[1]

王公大人："那你这，到底是想求荐还是不想求荐啊？"

反正那几年里，李白所见的几个大人物都没搭理他，也不知是因为他商人之子的身份，还是见了这几封信，受不了他这个狂劲儿。

没事，李白心态稳健得很，他这趟出来，本就是奔着长安去的。只是李白没想到，他跋山涉水，兴致勃勃，以为到了一个目的地就有新的故事等着他，可对于大部分人而言，一潭死水才是人生的常态。

冠盖满京华，斯人独憔悴。[2]长安大，居之不易，李白的名头能混几顿酒肉，但没遇到贵人，就永远没法登上更大的舞台。几个月下来，李白也懒得去拜谒公侯了，因为他们全都有眼无珠。或者说他们的眼同样目光如炬，只是不用来看才德，只看家世背景。

那年高适去了边疆，同样一事无成，只能看着上级冒领军功，却什么都改变不了。

隔着千万里，高适与李白遥遥对视，未曾相逢的两人遭遇了这世道相似的迎头痛击。高适只能在风雪里独行，李白也只能在长安城里斗鸡，还差点被人砍死。

那年头斗鸡的多是五陵少年，家里往上数，也都是勋贵，闲着没事又没本事，就只好飞鹰走犬，斗鸡赌钱。赌红了眼，难免就有输不起的。这群纨绔子弟纠集在一起，横行霸道惯了，也没想过会忽然跳出一个外乡人，提着把剑，要他们愿赌服输。

刀光剑影，生死一线，要不是李白的剑法够好能撑住一段时间，贩夫走卒里的朋友也够多，趁机冲出去叫来了宪台的人，鬼知道李白会不会被当场打死。

这次长安之行，落得这个结果，李白灰头土脸，却还能扬声大笑。没求得一官半职，没机会施展抱负，长安之行固然不算圆满，但长安有好酒美人，还有生死之交的朋友，又岂能不算是一个好地方？

所以这次李白退出长安，回安陆休养了两年，就又一次跃跃欲试，奔赴大唐都城。到了京城之后，李白结识了玉真公主，又偶遇贺知章。贺知章惊呼李白为天上谪仙人。

如果这是一段故事或者一本小说，发展到这个份上，天赋异禀的主人公到了长安，多少就要登高一呼，扬名立万了。三十五六岁，勉强也不算太老。

1　出自李白的《与韩荆州书》。
2　出自杜甫的《梦李白三首》。

奈何人生不是故事，它就是没头没尾，不给你讲究什么节奏氛围——玉真公主跟贺知章没能成功举荐李白。

大唐的繁华景象，流水般在李白眼前淌过，仿佛一场瑰丽的梦，他身在其中，偏偏无法触碰。当边塞悲歌还未流传的时候，李白正在跟朋友们告别，告别当然少不了宴席，只是在宴席上酒过三巡，他忽然觉得什么都索然无味。

停杯投箸不能食，拔剑自顾心茫然。

行路难，行路难，多歧路，今安在？[1]

把酒问天，声调雄浑，李白那些潜藏在心底的对抗，终于在暮色里沉浸成悲伤。

他不是因商人之子这个身份而悲伤，也不因求官失败而悲伤，他只是忽然觉得，原来自己一人终究也无法对抗这个世道。

李太白的悲，不是常人所能理解到的，为蝇营狗苟的名利与出身而悲。

这样的世道好像从来没变过，他们要少年的热血冷却，笔直的傲骨弯折，要让那些斗志激昂的人和光同尘，要让那些才华横溢不受控制的人自我阉割。

天地一逆旅，同悲万古尘。[2]

这才是行路难。

于是心中寻不到的诗，脚下踩不出的路，一瞬间又到了他的眼底。

他大声喊着，说长风破浪会有时，直挂云帆济沧海！

正在离开长安的少年们隐隐听到这个声音，他们回首向西，似乎能在月光下见到李白的影子。

生活总是这样，给你希望，又让你摔得遍体鳞伤。这是李白第二次被现实击倒，悲伤与愤懑开始侵蚀年少时的热血，但他在离开时却又回望着长安。

"我一定还会回来的。"他想。

之后的十年，是李白扬名天下的十年。

原因无他，只因玉真公主与贺知章的荐言终于到了唐玄宗耳中，他当即召李白进长

1　出自李白的《行路难三首》。

2　出自李白的《拟古十二首》。

安，一试之下惊为天人，遂提拔李白为翰林供奉。

那些曾经畅想过的舞台、玉宇琼楼，终于对李白开放了，而且一放开，就是登凌绝顶！

既然布衣可以傲王侯，李白又如何不能傲天子？唐玄宗从没见过李白这样的人，在自己面前出口成章，眉目间闪烁着星辰般的光，为天子写赋须佐酒，大醉一场过后，赋也就成了。

唐玄宗看得击节赞叹，当场让李白在自己龙床上休息，还掏出手巾，让人擦去李白吐出的酒水，又亲自调了碗羹汤，笑呵呵赏给李白。

那年头君臣初见，唐玄宗怎么看李白都觉得他是人间祥瑞。非自己一手缔造的盛世，绝出不了这样的天才。天才就该狂，自己又如何不能让他狂？

那一夜的故事传出大明宫，顿时震惊了整个长安城，从没有哪个诗人能受天子这般宠爱，又是登龙床，又是调羹汤。贺知章在酒肆里哈哈大笑，说天上谪仙人就该有这样的待遇。

四方云动，无数曾经看不起李白的、给李白吃过闭门羹的王公大臣，开始小心翼翼来找李白修补关系。

李白就在家里笑，他就算不那么在意过往的屈辱，今时今日，也有扬眉吐气的快意。所谓龙驹雕镫白玉鞍，象床绮食黄金盘。当时笑我微贱者，却来请谒为交欢[1]。

人生至此，李白也算是享受到了爽文男主的待遇。只可惜李白此人，对爽文男主的待遇，同样也是可以弃如敝屣的。

大唐的繁华与现实他都见识过了，那么多人见风使舵，那么多人阿谀奉承，翰林院里的同侪一边嫉妒，一边堆笑，这些东西都像牢笼，把李白困在其中。即使富贵扬名，李白还是觉着拘束。

你想要得到什么，自然要付出代价。想要一人之下万人之上，那你总得让自己也变得污浊几分，和光同尘。奈何李白此人，腿脚不利索，别说让他跪，就算让他装装样子，他也总是会露出马脚。

见多了繁华盛世里的小人嘴脸，李白开始更喜欢明月。举杯邀明月，对影成三人，

1　出自李白的《赠从弟南平太守之遥二首》。

喝多了他就去找贺知章，实在推脱不了，再去干翰林的活。反正大醉三千场，李太白也能兴酣落笔摇五岳。

只是趁着醉意，李白就特喜欢捉弄朝中小人，他可是要给皇上写大文章的，那让高力士脱靴，让杨国忠磨墨，也没什么问题吧？望着这些人尴尬的神情，李白扬声大笑，醉草吓蛮书，把外国使者看得冷汗涔涔，不由向大唐表示臣服。

李白还为杨贵妃写诗，写"若非群玉山头见，会向瑶台月下逢 [1]"。眨眼之间，妙手天成，得了几句诗文，李白便忘却了世间不得已的一切。

当然，连唐玄宗也忘得差不多了——"天子呼来不上船，自称臣是酒中仙 [2]"。于是渐渐地，唐玄宗耳边的谗言就多了起来，说李白是天才，可天才也不能这般没规矩。没规矩，心中就没陛下了。日子久了，唐玄宗也就放弃了李白。毕竟翰林供奉这玩意，说起来是天子近臣，实则不过是天子弄臣——就戏台上，画小丑脸的那种。

唐玄宗要翰林供奉做的事，无非是奉诏写写诗文，夸耀盛世美人。所谓御用文人，装点大唐，这就是李白在唐玄宗这里的全部用处。

说放弃，也就放弃了。

其实这么用李白也不是不行，你要把李白放在贞观开元初，那他澎湃的情绪会推着他写出那些歌颂大唐的诗文。但天宝年间的大唐，已是朱门酒肉臭，路有冻死骨 [3]。

李白写不出硬夸大唐的诗。所以面对唐玄宗的疏离，如果李白真想在仕途上有所作为，他大可以多写几首李隆基爱看的想听的，李隆基晚年大有凭一己喜好疯狂给人升官的举措。

可李白转身就走，对这样的仕途毫不留恋。

他是前一百年大唐英风的产物，面对这会儿的大唐，你想让他从酒中脱身，真情实意地为陛下夸耀，那他岂会是我们看到的李太白？于是，李白向唐玄宗递上了辞呈。

走过四十多年人生，李白不会为了五斗米，为了富贵地位，改变自己心中的理想。"捞"了一把盛唐最后的"月光"，李白狂态不改，玄宗赐金放还。

这世道就这样了，我改变不了它，总不能让我自己也变了。离开长安的路上，碰到

1　出自李白的《清平调》。
2　出自杜甫的《饮中八仙歌》。
3　出自杜甫的《自京赴奉先县咏怀五百字》。

县令大摆官威不让门前走马，非要拿下李白问他姓名。

李白不正经答他，笑道："曾令龙巾拭吐，御手调羹，贵妃捧砚，力士脱靴。天子门前，尚容走马；华阴县里，不得骑驴？"[1]

县令大惊失色，恭送他走。

狂，狂得没边。这就是"诗圣"杜甫第一次见到的"诗仙"李白。李白在杜甫眼里，宛如春水初生，荷叶连连，西风吹起十里霜红，转眼间又有白雪皑皑。

四时俱在，李白就是诗意的化身。

但架不住李白确实跟杜甫的共同话题少，毕竟杜甫还年轻，没经历过长安的毒打，他还美滋滋跟着李白周游天下。游至梁宋，李白见到了高适。

两人一见如故。

高适说自己前半生过得贼惨，有时候过年没钱，只能在破庙里住，故乡今夜思千里，霜鬓明朝又一年。李白深以为然，说举头望明月，低头思故乡，只是他不太明白高适为什么要去破庙里住，附近随便找个乡间，就不能跟人交个朋友吗？

高适："……不是，大过年的，打扰别人不太好吧？"

李白大吃一惊，说："这是打扰吗？大家一起热闹热闹不才是过年吗？

高适张张嘴，一时无言以对。杜甫就在边上哈哈笑，笑得意气风发，笑得高适李白一起来看，接着两人也纷纷笑起来。

李高两人对视一眼，仿佛看到了从前的自己。那么年轻、那么清澈、那么愚蠢。

杜甫：？？？

几人一起玩了一阵子，可天下无不散之宴席，跟其他几个朋友一起的时候，李白写了《将进酒》，要去当道士。高适难得酒意上头，他说你这就尿了？

李白说："我哪是尿了啊？这叫安能摧眉折腰事权贵，使我不得开心颜[2]，我不伺候了。"

高适摇摇头，说："那你一辈子都只是个赘婿，是个商人之子，那些人永远都瞧不起你，你还是输给这个世道了。"

李白神情古怪地看他："赘婿怎么了，商人之子又怎么了，我要那些人看得起干什么？"

---

1 出自《唐才子传·李白》。
2 出自李白的《梦游天姥吟留别》。

高适一怔，接着苦笑，说："还是太白兄看得开，我便是有朝一日被朋友举荐，迟早也会老死案牍前，还不如你求仙修道。"

李白洒脱一笑，说："那要不要一起啊？"

高适断然摇头。

李白哈哈大笑，说："高三十五，你这辈子注定了跟浊世周旋，出不去了！"

高适反而放松下来，他也喝酒望天，嘴中喃喃："是就是吧，能跟浊世周旋到死，也挺不容易的。"

几人分别后，李白真的成了正经道士。就在所有人以为一切都尘埃落定的时候，这人偏偏又不按套路出牌。李白嘴上说着我不跟这个浊世周旋了，说着要避世修仙，却偏偏还是对大唐依依不舍，四五十岁的人，提剑就去了幽州。他想探探安禄山有没有反迹。

当然，跟李白前半生所有的碰壁一样，什么都没探出来。李白的举动，把远在长安的杜甫看得一愣一愣。自己的朋友们霜雪满头，硬是浇不灭他们心中的烈火，真好啊。

正在感慨赞叹的杜甫没想到，这霜雪落在自己头上的时候，未免也太大了些。

公元 755 年，安史之乱爆发，渔阳鼙鼓动地来，天下大乱！年过半百、五十七岁的高适成了淮南节度使，领兵讨伐叛乱的永王李璘。

李白，正在永王军中。

高适听到这消息的时候人都傻了，这什么情况，李太白不是在修道吗？我知道你有志未酬，但你好歹像杜甫一样啊，人家儿子死了，自己也颠沛流离、险死还生，但他想为天下发一点光的时候，是冒死去灵武找朝廷的啊。

虽然他半路陷在了长安。那你咋不去灵武呢？

要让李白说，那也很简单啊，去灵武能干什么，再当一次李翰林吗？永王三顾茅庐，恳切来请，是正经要找李白商议军国大事的。李白也不是完全不知道永王可能会割据一方，参与叛乱，所以他的声音比谁都大。

他写了十一首诗，都在吹永王多么义勇，东巡过后，便要北伐。李白想得很清楚，诗传得满天下都知道了，你怎么还好意思割据叛乱呢？没想到永王硬是要割据，丝毫没有北上救张巡的意思。永王无半点胆魄，麾下自然都是乌合之众，高适领兵来平，分分钟就给剿灭了。

只是再见李白，两人头发都花白了，李白有些讪讪，高适也有点索然，他指着北边，说："你知道的，我在睢阳那里住了很多年，我几乎认识那座城里久居的任何一个人。"

李白点头。

高适说："现在那些人都在守城，都在为大唐守江淮粮道，他们守一城而震天下，他们也终将成为城下的枯骨，史书不会记载他们的名字，但他们切切实实地死去了。李十二，这时候你捣什么乱啊？"

李白叹了口气，转望天边白云，一直等高适从战场上匆匆掠过，把他交给部下收监，才悠悠道："我总以为这世上的王侯权贵，是会要点脸的。"

高适在前边听了，也忍不住长长一叹，心底泛上来许多酸楚。

悲哀的晚景随着乱世到来了，睢阳城破，高适的故旧被毁，触目所及的乡邻都死在战火之中，杜甫几经贬谪，一路跌跌撞撞，眼泪止不住地流，身边的亲人更是所剩无几。李白更不必说，被流放夜郎，若非赶上大赦，恐怕就不知死在何方了。

高适没为他求情，当然也可能是为了避嫌，不让李白沾上更多的朝廷斗争，反正有郭子仪求情就够了。李亨刚刚上位，没道理杀一个政治上天真，却名满天下的诗人。没看杜甫都写了吗，世人皆欲杀，吾意独怜才[1]。

太多人怜惜李白的才华，如郭子仪、张镐等重臣，李太白死不掉的。

那会儿杜甫住在蜀州，时常去找高适接济。高适贫困了四十多年，望着杜甫也难免失笑，说没想到我还有接济别人的那一天。杜甫在高适面前倒不拘束，躺在榻上，目光悠远，说想起自己二十多岁的日子，仿佛已经是上辈子的事了。

高适闻言唏嘘，还没唏嘘多久，杜甫就忽然翻身起来，冲他眨眨眼。

"李十二白，最近怎么样了？"

高适又笑，说："你没听说他跟我翻脸了？"

杜甫摆摆手："他哪是在乎这个的人啊。"

1　出自杜甫的《不见》。

高适笑得更灿烂了些，说："是啊，他是李白嘛，前几日大赦，他已经写诗传遍天下了，比你兴致要高得多。"杜甫拊掌大笑，兴冲冲告辞离开，要去给李白写诗写信了。

高适："……你小子吃我的喝我的，为什么整天还想着给他写信啊？"

其实高适也有些话要跟李白说，他想说你得收起你的浪漫、你的天真，不然世道这么乱，下次你就未必活得下去了。可他想了想，还是没给李白写信。

浪漫也好，天真也罢，那些念想的不切实际，只是自己才这样以为。安禄山谋反之意昭然若揭之时，李白一介布衣，仍旧会提剑探幽州，难道不是凭这些激起的血勇吗？

那是李白对抗世俗的武器。

这年李白从江陵回来，身上一文钱没有，跟从前的朋友相遇，李白笑着写诗：欲邀击筑悲歌饮，正值倾家无酒钱[1]。

那笑容，跟他二十多岁在扬州散金三十万的时候一模一样。他还是跟这个世道格格不入，对金钱贵贱不萦于怀。

而李白固然没实现他的抱负，但他一直都壮心不已，晚年了，还写诗写信，说："天下战乱不休，我大抵没什么做大事的本事，又想为天下苍生出力，不如让我从军，我这一身剑术，还能去当个老卒！"

没人理他。李白嗔了，就又写诗，说："我且为君捶碎黄鹤楼，君亦为吾倒却鹦鹉洲[2]"。

这一番壮烈悲慨，叫天下人仍旧能想起逝去的盛唐。从某种程度上来说，李白似乎输给了这个世道，他没那个本事重建没落的大唐、倒下的长安。那些世家的规则、公侯的阶层，他改变不了。一生不屈不挠地对抗，除了悲凉的晚景，仿佛什么都没得到。

不过再想一想，李白还是赢了。跟浊世周旋，不屈不挠的活法，点起他一生的火焰，叫他永远灿烂，永远年轻。

他没能击穿那个世道，却打败了岁月的风霜。从此他的名字跟形象都镌刻在史书之中，只要李太白的诗在，大唐长安就在。

至于当年的衮衮诸公——

尔曹身与名俱灭，不废江河万古流。[3]

---

1 出自李白的《醉后赠从甥高镇》。

2 出自李白的《江夏赠韦南陵冰》。

3 出自杜甫的《戏为六绝句》。

苏轼
SU SHI

文
顾闪闪

铜琶铁板
响彻凌云霄汉

北宋嘉祐二年，一场特殊的科举考试正在都城汴京举行。

这场科举被誉为"千年科举第一榜"，小小一场考试，竟然集齐了数位不世之才。其中光是日后做了宰相的就有9位，在《宋史》立传的有24位，"唐宋八大家"中的苏辙、曾巩，宋代理学的奠基人程颢，"每战必捷"的北宋神将王韶齐聚一堂，"为天地立心，为生民立命"的大思想家张载也在其中……

然而，他们都不是这场考试的主角。

作为这场考试的主考官，欧阳修最关心的，还是那个在考场上写出了《刑赏忠厚之至论》的考生。原因无他，就是因为写得太好了，好到欧阳修想将它批为第一，却因为觉得这是自己最得意的亲学生曾巩的策论，因此只能避嫌，让此文屈居第二。

北宋考场上有考卷弥封姓名的规矩，在考试结果正式揭晓前，哪怕是主考官，也无法知道这些文章出自谁手。一直以来，欧阳修都对自己的眼力颇为自信，可强中自有强中手，这一回，他老人家竟预判失误了。

当揭开厚厚的弥封，显露出那篇文章真正的作者姓名时，欧阳修的心中竟蓦有所感，仿佛有一道天光从云层间倾泻而下，只一瞬间，便照亮了一室的黑暗。

欧阳修有种直觉，有朝一日，这个名字必定会以一种独步天下的姿态，出现在中国文学史上，它的光芒将如同法兴寺内的那盏长明灯般，虽历经风吹雨打，岁月洗礼，依然永不熄灭，光耀万古。

想到这里，这位文坛领袖不禁欣慰地对自己的儿子说："你记住我的话，三十年后，世人将不会再谈论我欧阳修，他们的话题只会指向一个人，那就是写下这篇文章的这位青年才俊！"[1]

这位青年才俊不是别人，正是宋代文学最高成就的代表，历朝历代无数中国人的精神偶像——苏轼苏东坡。

成就高的中国古代文人和亿万普罗大众的生活，似乎都是有"壁"的。

但苏东坡极为特殊，他的个人魅力已经跨越了中国古代文学的门槛，名气甚至突破了士大夫圈的范畴，做到了男女老少，无人不知，无人不晓。

---

1 出自《东坡诗文》：一日与棐论文及坡，公叹曰："汝记吾言，三十年后，世上人更不道著我也！"

当你走进一家杭帮菜馆，你可以看见，几乎每桌食客都在津津有味地品尝着美味多汁的东坡肉，追溯着它的历史；当你来到美术馆中，你会看到资产过亿的收藏家们，为了一幅苏东坡的真迹抢破了脑袋；中秋晚会上，歌手们动情地演唱着"明月几时有，把酒问青天"，坐在镜头前的观众们听得热泪涟涟；就算你走进满是懵懂孩童的校园中，也能听见吟诵"横看成岭侧成峰"的琅琅书声……

从没有一位古人在各领域的综合影响力，能传播得这么广，持续如此之久。

值得强调的是，与那些死后才成名的艺术家不同，苏轼活着的时候，就已经是大宋的全民偶像了。

作为一位 E 人[1] 中的 E 人，苏轼对世间的一切都充满了兴趣，除了在诗、词、文、绘画、书法等领域登峰造极外，苏轼对水利、医药、教育、烹饪乃至时尚都颇有研究。

北宋时期，不管你混的是哪个圈，查询圈内"顶流"，那里几乎都赫然写着苏轼的大名。即便是最没有共同语言的两个人，只要他们聊起苏东坡，他们就可以一秒成为"同担[2]"，苏大学士在当时的人气可见一斑。

那么大宋万人迷是怎样炼成的呢？这还要从苏轼的童年说起。

苏轼出生于一个书香门第，他的父亲苏洵别号"苏老泉"，也是一位相当传奇的风流人物。早在我们跟着启蒙老师背《三字经》的时候，苏轼他爹就已经华丽登场了。

"苏老泉，二十七，始发愤，读书籍。[3]"苏洵少年时代是个浪子，不学无术那种。古人平均寿命不长，所以讲究"三十而立"，三十岁就得做出一番事业了，可是苏轼他爹直到二十七岁"高龄"，才被文曲星击中天灵盖，决心发奋读书，最终成了大文学家。

能在短短几年的时间后来居上，硬生生把自己学成了"唐宋八大家"之一，勤奋固然重要，苏洵个人的天赋之高也可想而知。在这样无敌基因的加持下，能生出苏轼和苏辙这两位文学巨擘也就不足为奇了。

苏轼出生的年份，正是苏洵"始发愤"的同一年。在苏轼模糊的儿时记忆中，父亲

---

1 E人，网络流行词，指性格外向的社交达人。

2 同担：来自日语，即喜欢同一个偶像的粉丝们。

3 出自王应麟的《三字经》。

不是埋头于浩如烟海的古籍中，就是挥毫泼墨苦吟文章。

这种言传身教深深地感染了小苏轼，在他眼里，读书作文是像吃饭喝水一样平常的事情。

苏轼的母亲程氏也是一位非常了不起的女性。苏洵埋头于读书，养育教导苏轼兄弟最多的，其实是这位程夫人。程夫人出身名门，是眉山大理寺丞程文应的女儿，她自幼饱读诗书，十八岁时嫁给了苏洵。

刚嫁过来，程夫人就面临着巨大的生活落差，程氏极富，苏氏极贫，衣食住用和闺中做大小姐时，完全不是一个水平，但艰辛的生活并没有把程夫人变成一个怨妇，她反而将日子过得有声有色。

有了这样一位贤妻，苏洵才起了读书的心思，但家里已经这么困难了，自己再去读书，谁来打工养家呢？面对丈夫的犹豫，程夫人毅然挽起袖子："你去学习，放着我来！"在程夫人辛勤有方的打理下，原本一贫如洗的苏家竟然在短短几年内，就一跃成为眉山当地有名的富户。[1]

程夫人面对困境的态度，让人不由得感叹，这不活脱脱一个女版"苏东坡"吗？

的确，如果说苏轼在文学上的天赋承袭自父亲苏洵，那么他的性格和行事作风，则像极了这位好母亲。

苏轼十来岁的时候，跟着程夫人读《后汉书·范滂传》。范滂是东汉末年一位敢于与宦官斗争的清官，他爱民如子，为了黎民百姓奔走疾呼，最终被逮捕入狱，处以死刑。

临刑前，范滂的母亲到监狱与儿子诀别，面对年迈的母亲，范滂心酸不已，对母亲道："我为了正义而死，死得其所，只是遗憾不能供养母亲终老！还望母亲割舍骨肉之恩，万万不要以我为念。"

范滂的母亲也是位深明大义的人，她强忍悲痛，对范滂说："你如今能与李膺、杜密这样的正义之士齐名，母亲为你高兴还来不及。自古以来，舍生取义和长命百岁又哪有兼得的呢？"

听完这个故事后，苏轼深受感动，他抱着母亲的胳膊，眨巴着清澈的眼睛问程夫人：

1　出自司马光所写的《武阳县君程氏墓志铭》：夫人曰："我欲言之久矣，恶使子为因我而学者！子苟有志，以生累我可也。"即罄出服玩鬻之以治生，不数年遂为富家。府君由是得专志于学，卒为大儒。

"母亲，等我长大了，也要做范滂这样的人，你允许吗？"

面对这样一道"送命题"，程夫人没有丝毫犹豫。她只是微微一笑，对苏轼道："如果你能做范滂，难道我就不能做范滂的母亲吗？"

苏轼之所以能成为拥有完美人格的"国民偶像"，绝非偶然。

重视学习、腹有诗书的父亲，豁达开明、不让须眉的母亲，悌睦善良、与他相守相望的兄弟，正是苏轼身边的这些骨肉至亲，共同造就了这位千古第一全才。

提起苏轼的这位兄弟，许多人都会第一时间想到网上"苏辙不是在捞哥哥，就是在捞哥哥的路上"的热梗，仿佛苏轼是个多不让人省心的麻烦哥哥，而苏辙有多"冤种"似的。

这话若被苏辙听去了，他肯定第一个站出来反对。

因为在苏辙心目中，自己虽然官做得略高了一点，在朝堂上站得比哥哥稍稳了些，但和苏轼比起来，自己还有很多不足！或许有人会诧异，苏辙对哥哥的滤镜也太重了吧？

没办法，谁让苏辙是苏轼带大的呢？

苏辙在给苏轼的祭文中饱含深情地写道："手足之爱，平生一人。幼学无师，受业先君。兄敏我愚，赖以有闻。寒暑相从，逮壮而分。[1]"

苏家兄弟小的时候，是在父亲的教导下学习的，但苏洵时间有限，苏轼学东西又奇快，小苏辙拿着启蒙教材，时常跟不上进度，难免要找哥哥给自己课后恶补。

时间一长，小苏辙便形成了哥哥聪明自己则不够聪明的刻板印象，性格也变得越来越谦谨低调，唯恐暴露自己的"愚钝"。直到两个人一起出门，去看了外面的世界，苏辙才意识到，原来并非人人都是自家哥哥那样的天才，原来"愚钝"如自己，只要走出去也能"单手打十个"。

嘉祐二年，苏轼、苏辙两兄弟同年登科，考中进士，一时传为佳话。当时的皇帝宋仁宗读完两个人的策论，心中狂喜，回宫便兴奋地对身边人说："吾今又为子孙得太平宰相两人！"

如果说在古代，每个人的命运都从一开始就被上一阶层的人规划好了，那么宋仁宗

1　出自苏辙的《祭亡兄端明文》。

为苏轼苏辙两兄弟挑选的人生模板，基本上可以参照富贵宰相——晏殊。

既有政治眼光，又有突出的文学才华，在宋仁宗看来，这两个新进的小伙子生来便是做社稷之臣的材料，如果说哪里还有所欠缺，那便是他们还没有经过社会官场的种种历练。所以仁宗先让他们下基层，又迅速将他们调回中央，授予他们清闲体面的基层文官职务。

朝堂上的明眼人都看得出，皇帝所做的一切，都是在为日后提拔他们，对他们委以重任做准备。照这样发展，苏家兄弟的结局几乎可以清晰预见——过不了多久，他们便会节节高升，建功立业，最终位极人臣，享尽人间繁华风流，在一个圆满的年纪，老死在富贵乡中。

这是所有读书人梦寐以求的终极人生，但结果我们也看到了，苏轼并没有成为第二个晏殊，因为世事从无定局，人生总有变数。

苏轼的变数，肇始于一场改变大宋命运的变法。

熙宁二年，也就是宋神宗登基的第二年，轰轰烈烈的王安石变法开始了。

这对君臣的变法初衷是极好的，他们想要改变大宋"冗官、冗兵、冗费"的财政现状，让国家从内到外地强大起来，但结果却并不尽如人意。

由于见证过范仲淹"庆历新政"的失败，王安石清楚改革过程中会遇到多大的阻碍，于是他几乎拿出了商鞅变法的雷霆手段，一切做法都近乎极端，只要反对新法的朝臣全部都被贬斥，只要推崇新法的官员，无论良莠忠奸，全部予以重用。

因为急于求成，王安石改革的步子迈得又大又疾，再加上地方官员为求晋升，不体察民情，一味迎合新法，底层老百姓被折腾得几乎喘不过气。

或许在大人物眼中，这不过是为了成大事必须付出的"代价"。但作为一位心中有民生的官员，苏轼清楚地认识到，这不是什么"代价"，这是一条条活生生的人命。

今天我们提到苏轼被贬，可能会下意识地认为，他是反对变法的，其实当时的情况并非如此。苏轼的诉求仅仅是希望朝廷能够以正确的方式，以平稳的步调走好变法这条路。可就是这样正当的诉求，却让苏轼成了朝中的众矢之的。

年轻的天才第一次看清了，这片波澜诡谲的朝堂，远比他想象的更加复杂。

面对不公不平，苏轼也想过沉默，可他的天性让他注定无法成为一个漠视者。他曾说："如果我知道一件不公的事情，我就一定要把它说出来，这就好比我发现食物中有一只苍蝇，难道还要我把它咽下去不成？"[1]

有些话苏轼想说，但总有人不让他说，苏轼进退两难，只能自请外任。做地方官的日子，苏轼也过得充实快活，他在密州狩猎，在徐州治水，在杭州写下了"欲把西湖比西子，淡妆浓抹总相宜"的千古绝句。就在他启程湖州，打算在太湖风光中再徜徉一番的时候，灾厄降临了。

这天夜里，苏轼突然收到弟弟苏辙派人送来的消息。或许是因为党争，或许是出于嫉妒，总之，在元丰二年六月的某日，朝中一位御史忽然上表弹劾远在千里之外的苏轼，弹劾的由头是苏轼在给皇帝的谢恩表中写了一句："伏念臣性资顽鄙……知其愚不适时，难以追陪新进。察其老不生事，或能牧养小民。"

"新进"，特指那些因王安石变法而骤然被升迁的"幸运"官员，苏轼写这话时或许有怨气，但已经说得很委婉了，他表示自己难以和这些人打成一片，是因为他"愚不适时"，但好在老实不生事，做做地方官也挺好的。

可这些话听在那些"新进"耳朵里，就全然不是这么回事了。你"顽愚"？谁不知道你苏轼绝顶聪明，你怎么可能自认"顽愚"，是不是在"阴阳"我们？你说自己"老不生事"，这不就是在暗指我们这些"新进"在朝中惹是生非吗？

于是，苏轼马上被扣上了"无礼朝廷，蔑视新法"的帽子，这些人又找来苏轼的诗词，一首一首地罗织罪名。苏轼本就是一个喜欢借诗词倾吐心声的文人，他又极度同情农民在"青苗法"重压下的种种遭遇，所以这一阴招很快就生效了。

苏轼在收到报信后不久，就被朝廷的官差解除了官职，戴上镣铐，近乎粗暴地押解进京。苏轼前半生每一秒都活得从容体面，他没经历过这个，事后他回忆起当时的场景："撰促轼行，二狱卒就直之。即时出城登舟，郡人送者雨泣。顷刻之间，拉一太守如驱犬鸡。"[2]

苏轼当日具体经历了什么，我们无从得知，只知道苏轼在被押解入京的路上"自期必死"，被关进御史台监狱中，还几次想过服毒。

1　出自《曲洧旧闻》：东坡性不忍事。尝云："如食中有蝇，吐之乃已。"

2　出自《孔氏谈苑》。

同僚苏颂被关押在与苏轼相邻的监狱里，隔壁囚室传来的阵阵辱骂让他不忍细听，"遥怜北户吴兴守，诟辱通宵不忍闻[1]"；而苏轼自己也写过，在被关押的那段时间，他经常夜不安寝，"梦绕云山心似鹿，魂飞汤火命如鸡[2]"。曾经万众瞩目的人中龙凤，一夕之间沦为阶下囚，他自觉犹如一只即将要被丢入锅里煮的鸡。

这场宋朝历史上最大规模的"文字狱"，被后世称为乌台诗案。虽然在弟弟苏辙和各方的极力救护下，苏轼最终没有丢掉性命，但他却以团练副使的犯官身份，被贬到了湖北黄州，在当时人的眼中，这一诏令几乎宣告了苏轼政治生涯的终结。

这意味着，苏轼的政治理想和抱负，自此再也没有施展的途径。朝廷这是在告诉他，你再有才华，我们也不需要你了。

按照一些影视剧的剧情，接下来，被逼至绝境的苏轼多半就要"黑化"了。

然而事实上，真正了不起的人类，尤其是像苏东坡这样真正了不起的中国古人，是不会也不屑于"黑化"的。苏轼的伟大之处在于，他真正实现了自我突破，从逆境中走了出来。

苏轼刚到黄州的时候，曾写过一篇很轻松的小品文，叫作《书临皋亭》，文中写道："东坡居士酒醉饭饱，倚坐几上。白云左缭，清江右洄，重门洞开，林峦坌入。当是时，若有思而无所思，以受万物之备，惭愧！惭愧！"

如果只看这篇文，或许我们会觉得苏轼在黄州的生活，过得好像也还不错？酒足饭饱，白云在左，清江在右的，多么悠闲怡然啊。

可一旦了解了苏轼当时的处境，我们就会发现，并不是那么回事。

苏轼刚到黄州的时候，连安置的住处都没有，只能寓居在寺庙中，跟和尚们蹭饭吃。后来，在武昌太守的关照下，苏轼才终于有了一个新的临时住所，就是文中提到的临皋亭。临皋亭是当地一个临江的驿站，出门不到十步就是滔滔的长江。

苏轼家二十几口人全住在里面，估计挤得转身都费劲，所以他动不动就出门看风看月，还放言"江山风月，本无常主，闲者便是主人"。其实真实的居住体验，估计比杜甫

1　出自苏颂的《元丰己未三院东阁作·元丰戊午夏予尹京治陈》。

2　出自苏轼的《狱中寄子由二首·其二》。

的"娇儿恶卧踏里裂"没好出多少。

苏轼家人口很多，但他兜里的存款却很少。因为喜欢交游访友，在被贬到黄州之前，他几乎是不存钱的，每个月发下来的俸禄"随手辄尽"，反正这月花光了下月还有。可现在他成了犯官，犯官是没有工资的，为了养活一家老小，苏轼只好"痛自节俭"，开始了"计划经济"。[1]

苏轼在给秦观的书信中写道，每月初一的时候，自己会取出四千五百钱，将他们分成三十小份，挂在房梁上，每天清晨用长柄叉子挑下来一小份，作为今日的花销，日子过得无比紧巴。可即便如此，他也会把每天牙缝里省出来的一点小钱存在大竹筒里，用来招待到自家做客的朋友。

但只节流是远远不够的，苏轼还需要"开源"。

在老朋友马梦得的帮助下，苏轼终于在黄州城东拥有了一片自己的荒地，也就是传说中的"东坡"，在这里，苏轼开始了他的种田生涯。

田园生活似乎是每个中国古代文人的精神归宿，受东晋陶渊明影响，被桎梏于尘俗中的文人们都想等自己退休了，到山间找一块地，过过"采菊东篱下，悠然见南山"的日子。

不过他们向往的田园，通常是"文人雅士"式的——乡间有别墅一座，仆从六七，不缺吃，不少穿，兴致来了扛着锄头，到家门口刨刨地，找找感觉，好回去写两首诗。

但苏轼不一样，他是真的需要自己亲自种地，才能让一家人吃上饭。

马梦得帮苏轼找的这块地非常荒芜，"为茨棘瓦砾之场"，那一年又赶上大旱，苏轼在田间开荒，晒得小脸透黑，真实地体验了一把什么叫陶公笔下的"草盛豆苗稀"。

去年东坡拾瓦砾，自种黄桑三百尺。

今年刈草盖雪堂，日炙风吹面如墨。[2]

当年那个名满京华的翩翩佳公子，已经彻底蜕变成了田间地头的一位农夫，但苏轼本人却并没因为所谓的"生活降级"而一蹶不振。他虚心地向周围的老农请教种田之道，

---

1 出自《答秦太虚书》：初到黄，廪入既绝，人口不少，私甚忧之，但痛自节俭，日用不得过百五十。
2 出自苏轼的《次韵孔毅甫久旱已而甚雨三首》。

勤勤恳恳地在东坡埋头躬耕，在自家小屋附近筑水坝，修鱼塘，去竹林避暑的时候，也不忘捡回竹箨，用来做鞋裁冠。

于是郁郁葱葱的水稻开始在他的田中翻出绿浪，一坛坛美酒在他家中被酿造而出，一片片竹林为他的小屋遮蔽下阴凉，他的小院中飘出瓜果和炖肉的芳香……

而苏家门外的来客也开始变得络绎不绝，他们之中有高官，有文士，有农夫也有僧人，对于慕名而来的访客，"上可陪玉皇大帝，下可以陪卑田院乞儿[1]"的苏东坡来者不拒，为了招待这些远近的朋友，他甚至还用茅草在自家旁边盖起了五间"雪堂"。

雪堂太简陋了怎么办？不慌，苏东坡大笔一挥，雪堂的墙壁上便跃然出现一幅雪景图。

岂不闻"山不在高，有仙则名"，有了"坡仙"真迹装点的雪堂，格调这不就瞬间高起来了？

在那些处心积虑陷害苏轼的人的期待中，被贬黄州的苏轼应该郁郁寡欢，应该一蹶不振，应该看着日渐增多的白发，感慨命运的不公，但苏轼却让他们失望了。

过不了几天，他们还会在闹市中听到有人高唱苏轼的新词："谁道人生无再少？门前流水尚能西。休将白发唱黄鸡！[2]"

而此时，苏轼人生的春天才刚刚开始。

或许，当初朝廷是想用把苏轼抛弃到黄州的方式，来抹杀他的盖世声名，但离开黄州的时候，苏东坡的伟大已不需要再依托于朝廷和过去的辉煌。

他的存在本身，就是耀眼的奇迹。

乌台诗案不仅没有成为苏轼人生的"滑铁卢"，反而成为了锻造他的烈火，苏轼克服了这些常人难以克服的烟熏火燎之苦，所以才能够振翅涅槃，成为历史天空上振翅高飞的凤凰。

而苏轼的了不起之处也在于，他的这些美德，并不仅仅是向内照亮自己的。苏轼从不是个孑善孤僻的人，他爱众生，也用他的行动和文字至死不渝地解救众生于水火之中，

1　出自《苏东坡传》。
2　出自苏轼的《浣溪沙·游蕲水清泉寺》。

111

所以苏轼的诗词才成为许多士大夫失意落魄时的精神港湾，直到今天，我们仍从他的作品中寻求养分和力量。

林语堂说："像苏轼这样富有创造力，这样刚正不阿，这样放任不羁，这样令人万分倾倒而又望尘莫及的高士，有他的作品摆在书架上，就令人觉得有了丰富的精神食粮。"

时至今日，苏轼仍是各教科书中出场频率最高的"明星"之一，因为他在诗、词、文三大门类都是宗师，不管你学到哪一部分，苏轼都会闪亮登场，提笔直击你的心灵。

"人生到处知何似，应似飞鸿踏雪泥"中蕴含的是充满无常和偶然性的生命哲学；

"粗缯大布裹生涯，腹有诗书气自华"中潜藏的是读书对人生的意义；

"十年生死两茫茫，不思量，自难忘"写出的是最动人的伉俪之情；

"竹杖芒鞋轻胜马，谁怕？一蓑烟雨任平生"中则是一种泰然面对人生坎坷的洒脱态度……

从文学的角度来看，苏轼开辟了词的新纪元。在当时人的眼中，词本来是用来在歌筵酒席之间婉转吟唱的，即便是柳永那样了不起的词人，也没能跨出婉约词的藩篱，但苏东坡做到了。

他不仅自己在风格上走向豪迈，还要一拳打出来，让天下人都知道，词原来还可以这样写。

他主张"以诗为词"，向世人证明不仅诗可以抒发胸襟怀抱和理想哲思，词同样可以。没有一种感情不能被写入词中，就譬如没有一种感情不可以拿来作诗，南宋词人刘辰翁说："词至东坡，倾荡磊落，如诗如文，如天地奇观。"元好问也说苏轼的词"一洗万古凡马空"。

他的这一主张，直接将宋词的境界向外无尽扩展。自此，提到宋词，人们的脑海里不再只有"杨柳岸晓风残月"的凄婉缠绵，更多了"大江东去，浪淘尽，千古风流人物"的豪情万丈。

苏轼的词，就像他的人生一样，豁达、自得、慷慨且永不设限。

苏轼的后半生几乎都在被贬谪的路上，王安石变法，新党得意，他被贬。王安石变法失败，旧党上台，不平则鸣的苏轼依旧被贬。这是因为他天真糊涂，没有能力在官场混得如鱼得水吗？似乎并非如此，他只是不愿，他只是看得过于清楚。

在许多人唯恐自己不够聪明，做出愚蠢的选择，走上错误的道路时，苏轼遗憾的，却是自己太过聪明。他在《洗儿诗》中写道：

人皆养子望聪明，我被聪明误一生。

唯愿孩儿愚且鲁，无灾无难到公卿。

那个当年在母亲臂弯中听《后汉书·范滂传》的孩子，已经长成了与范滂一样了不起的人物，而他与范滂对儿子的期望也如出一辙。当年，在临刑之际，范滂曾满心矛盾地对自己的儿子说："我想要让你作恶，但人不可作恶；我想让你行善，但我就是不作恶的下场。"

几多痛苦，几多无奈，但如果你问他们悔吗？

这两位不同时代的英杰定会带着同样的神情，坚定而骄傲地说："不悔。"

苏轼这一路离京城越来越远，被贬得也越来越偏僻，贬到后来，甚至被赶到了当时的"化外之地"儋州（海南），与椰子树和猴子为伴。可将儒释道融会贯通的苏轼，早已经学会了"顺其自然"的人生哲学，用他自己的话说，便是"所谓水到渠成，至时亦必自有处置，安能预为之愁煎乎？[1]"

所以他在惠州吃荔枝，修桥梁，在儋州吃生蚝，建学堂，真正做到了他词里写的"此心安处是吾乡"。

元符二年元宵节，远在海南的苏轼度过了欢乐的一天。当地的书生们邀请他一同赏月，回去的时候，他看到当地百姓安居乐业，屠户酒贩热热闹闹欢度佳节的场面，内心充盈而安稳。

回到家中时，他又一次被熟睡的家人关在了门外。听着门内大作的鼾声，苏轼没有半点生气，只是丢掉手杖，笑了起来，他问自己："回首这一生，什么是得，什么是失？"

而后他自答："然亦笑韩退之钓鱼无得，更欲远去。不知走海者未必得大鱼也。"[2]

苏轼是北宋全民偶像，但他自己也有偶像，那便是写下《论佛骨表》的唐代古文大

1　出自苏轼的《与章子厚书》。

2　出自苏轼的《书上元夜游》。

家韩愈。韩愈曾经在一首名叫《赠侯喜》的诗中写道："君欲钓鱼须远去，大鱼岂肯居沮洳？"

意思是如果钓不到大鱼，就应该到更远的地方去，去大江大河中钓，因为真正的大鱼是不会在泥沼池塘中遨游的。

苏轼初读的时候，也觉得很有道理，可随着人生阅历越来越丰富，心性越来越豁达，他的感受也开始发生变化。他发现，所谓的"钓鱼无得，更欲远去"，就像是系在毛驴前面的那根胡萝卜，为了追求"大鱼"，我们永远在向着更大的"池子"奔走。

可是究竟什么样的鱼，才算得上是所谓的"大鱼"？究竟多大的池子里，才能找到我们想要的大鱼？这般扛着钓竿走来走去，会不会最后只是一场空？

而那些每天出现在小池塘边，风雨无阻垂钓的"钓友"们，他们真正在意的，是所谓的"大鱼"吗？想到这，苏轼一时间犹如醍醐灌顶——

不，悠闲钓鱼这件事本身，就已经足够有趣了。

这是苏轼特有的人生观，在所有人或为功名利禄日夜奔走，或在因怀才不遇郁郁寡欢的时候，苏轼开辟出了一条洒满万丈阳光的道路。

在这条路上，他昂然前行，竹杖芒鞋轻胜马，他在日光投下的碎影中畅快微笑，心中也无风雨也无晴。

关汉卿
GUAN HAN QING

尘世响当当
一粒铜豌豆

文 明戈

115

古巷老旧残败，酒旗斑驳，窗棂破碎。

巷子尽头是一方戏台，老旧的雕花栏杆上铺了层厚厚的灰，歪斜倒在一旁，吱呀作响。台下空无一人，只有秋风打着旋儿吹起几片黄叶，送去远方。这里如同被遗忘的异世界，处处散落着时光的残骸。

就在这片荒芜中，忽地，一声惊鼓响起。

"咚——"

那声音雄浑有力，如天上雷霆，又似巨兽觉醒的怒吼。

"咚——咚——"鼓声不停，震耳欲聋，一声声响遏行云，好像在为什么拉开帷幕。

空气中飘浮的灰尘静止，在阵阵轰隆下，碎落一地的砖瓦慢慢腾空而起，逆行着回归到建筑上。夕阳金色余晖里，酒旗在飘动间变得崭新，云雷纹窗格泛出松木的温润光泽，戏台坍塌的檐角再次如凤鸟展翼，琉璃瓦片熠熠生辉，雕梁浸染朱漆，红纱轻摆。

如一滴墨在水中扩散，这场时间的幻境层层荡开，一切再次清晰后，台上乐声余音袅袅，旦、末、净、杂披法衣裥巾，霞冠彩翎轮番登场，台下已是观者如堵，叫好声一片。

正戏开始，一素面正末[1]踏乐而出，着月青绣云纹窄袖袍服，身形萧萧，剑眉星目。旁边悬挂的帐额[2]上隐约有三个大字，但模糊一片，无法看清。

"你是何人？这戏是何戏？"

台下兀然传来一道脆生生的童声，抬眼看去，是个白白净净的小孩。

正末对着那孩子行了一个叉手礼[3]，笑吟吟地戏腔开口，声音清越如秋水。

"我是何人，还需你来言。"

"这是何戏，还需你来说。"

第一出戏·单刀会

那小孩待的地方，是金朝的地界[4]。因着父家还有些家产，小孩得以在动荡不安的环

1　正末：元杂剧中男主唱。

2　帐额：舞台台幔，元杂剧演出惯例，扬名或招揽看客之用。

3　叉手礼：我国古代日常生活中打招呼的礼仪，出现于西晋，流行于唐、五代、辽、宋、金、元、明时期。

4　关汉卿的生平无法确定，学界根据零星记载，推测其大约生于金末。

境下，仍有书可读。他的童年记忆里，空气中是充满了墨香、中药味和戏曲声的。他每每习完功课，便会穿过自家挂满干药材的长廊，跑去梨园听戏。说来也巧，那戏班子极少唱些咿咿呀呀的情爱戏曲，大多是《苏武牧羊》《昭君出塞》一类的历史剧。

在水袖的大开大合与武将的仰面长啸中，小孩回看观众里那些上了年纪的老者，他们脸上总是涕泪纵横。小孩跑去问父亲为何会如此，父亲将他拉至身侧，叹息讲道："今朝岂无昨日事，台下常有戏中人。国仇家恨，民族苦难，台上唱的是戏，演的却是我们。"

在父亲的讲述中，小孩逐渐了解大宋曾经四海安宁、八荒平静的锦绣河山。在那些壮丽辽阔的岁月中，有晏词欧词的怡然小曲，有柳永悲欢离合的酒，有《清明上河图》的不夜汴京。大宋像一个儒雅的书生，以瘦金笔墨，在历史书卷中题下无数华章。

"那时，这里还是汉人的国。"

父亲的话像一颗种子，在小孩年幼的心中种下了故国沦陷之痛、民族衰败之耻。

后来小孩逐渐长大了，他不怎么再跑出去看戏，而是三更眠五更起地看书学习。一日他路过梨园，那里竟不知何时早就人去楼空。听邻居说，前不久他们排了出《地藏王证东窗事犯》[1]，之后没过几日，整个戏班子就都消失了。

少年站在梨园门口闭上眼，他似乎能瞧见戏台上，风波亭里纷纷扬扬的飞雪，也几乎能听见历史巨浪里，那声声带血的"天日昭昭[2]"。

乱世终归是乱世，少年心中靖康之耻的阴霾还未扫去，这片土地上又爆发了或大或小的战争。原本河清海晏的大宋被蛮夷戎狄如残暴嗜血的野兽撕咬分食着。

在这摇摆动荡的局势中，少年一家流离去了平阳。

平阳戏曲繁荣，梆子腔音调高亢，慷慨悲壮，和着马锣、铙钹与唢呐的喧天伴奏，从街头响到巷尾。都说商女不知亡国恨，可少年分明看见那哀戚婉转的戏词里，道的句句皆是山河破碎。

是夜，他提起笔，写出了他人生的第一出戏——《关大王独赴单刀会》。

在这出戏中，鲁肃为索还荆州，设好埋伏请关羽赴宴。关羽明知是计，可为了稳定军心，使百姓免遭涂炭，仍旧决定单刀赴会。

1　出自《地藏王证东窗事犯》：元代孔学诗（文卿）所作，北曲杂剧。
2　天日昭昭：岳飞临刑前在供状上所写的文字。

平阳戏台上，水墨背景变为三国群雄逐鹿之象。正末身长九尺，赤面美髯唇若涂脂，外罩鹦哥绿战袍，手握青龙偃月刀，背描金边龙虎云纹八面旗，威风凛凛出场，随即抬手亮范，以戏腔唱道——

"水涌山叠，年少周郎何处也？不觉的灰飞烟灭，可怜黄盖转伤嗟。破曹的樯橹一时绝，鏖兵的江水犹然热，好教我情惨切！"

"这也不是江水，二十年流不尽的英雄血！"

正末翘首远眺，意为关羽临行前遥望苍茫江水。伴着他激烈昂扬的唱腔，碧涛的波澜壮阔与关羽的烈烈雄心融为一体。龙潭虎穴又何惧，浪花淘尽英雄，唯伟业长存。

"今朝席上，倘有争锋，恐君不信，拔剑施呈。吾当摄剑，鲁肃休惊。这剑果有神威不可当，庙堂之器岂寻常。今朝索取荆州事，一剑先交鲁肃亡。"

随即在宴会上，关羽鲁肃杀过河[1]，两相大扯[2]，关羽持剑前逼，鲁肃节节后退，伴着配乐一声锐利刺耳的嗡鸣，关羽弹剑威吓。在他的凌云气势下，鲁肃不得不放弃密谋，关羽最终安然返回。

大幕将闭，正末双目圆睁，抬首立于高台正中，峭拔有力道：

"百忙里称不了老兄心，急切里倒不了俺汉家节！"

少年负手站在台下，嘴唇随演员无声翕动。

当年纵使百万敌军，也挡不住关二爷不刺刺千里追风骑，纵使千员将，也闪不过明明偃月三停刀。可现在呢？现在可有这样一位能救民族于水深火热之中的英雄？

与其说他在写三国，不如说他在写动荡不安的现在。与其说他在赞美关羽，不如说他在呼求人们心中的汉节。

随着这出戏落幕，少年为自己起了字——汉卿，谓之大汉风范，国之忠良。

第二出戏·陈母教子

关汉卿是个儒生，儒生能做的，就是走科举这条道路。不管他怀着怎样一颗碧血丹心，

---

1 过河：戏剧中甲乙双方迎面走过去，通常用于描述双方的对峙和移动。

2 大扯：戏曲中甲乙双方在两边对峙，用眼睛逼视对方，面对面地转了一圈，互换位置。

不入仕途就什么都做不了。

所幸金国的汉化搞得较为彻底，他们实行两族通婚，废除奴隶制，限制女真特权，完善科举，大修孔庙，除此以外还特别注重诗词绘画等的发展。

关汉卿明白，只要文化还存在，民族就不会死。

因此他比别人都努力，他想着，既然自己不能成为那提枪上马的盖世英雄，那就做金榜题名的状元，他仍旧有机会像大儒张载所说："为天地立心，为生民立命，为往圣继绝学，为万世开太平。"

在一个挑灯夜读的傍晚，关汉卿看着窗外的明月，写下了第二出戏——《状元堂陈母教子》。

在袅袅散开的烟雾中，正旦着一身靛青褶子，戴素麻包头巾，迈着"老步"上台，随后抖了几抖袖，本嗓[1]开唱——

"老身姓冯，夫主姓陈，乃汉相陈平之后。老身所生三个孩儿：长者陈良资，次者陈良叟，第三个是陈良佐。有一女小字梅英。老身严教，训子攻书。盖一堂名曰'状元堂'。"

随后大末二末三末轮番登场，在老旦的严厉训教中，两子依次高中状元。三儿见状夸下海口，称自己必中状元。谁知大榜发出，三儿仅为探花，老旦痛责。

"我和你说出甚么来！未应举志气凌云，但开口傍若无人。卖弄你诗才过李白杜甫，舌辩似张仪苏秦……可不道状元郎'怀中取物'，觑富贵'掌上观纹'？发言时舒眉展眼，你今日薄落了缩项潜身。俺状元郎夸谈宗祖，呸！谁似你个探花郎，羞答答的辱没家门！"

三儿羞愧难当，经过一番寒窗苦，终于同中状元。

戏末，寇莱公头戴纱帽，一身绛紫官衣，阔步而出。他持明黄圣旨，喜面振声：

"您一家儿望阙跪者，听我加官赐赏！我亲奉着当今圣旨，便天下采访贤士。只因你母贤子孝，着老夫名传宣赐……一个个列鼎重裀，一个个腰金衣紫。今日个待漏院赐赏封官，庆贺这状元堂陈母教子。"

大幕降下，高台彩纸纷飞，喜庆的鞭炮声噼啪震耳，台下叫好声一片，人人都在为戏中人欢喜。

这出戏是关汉卿夙愿的完美映照，这也是他想象里自己高中时的样子。可这时他还

---

1 本嗓：老旦唱法。

不知道，那铺成一地的红彤彤的爆竹碎屑，终将燃成折磨他后半生的火海。

第三出戏·望江亭

　　战乱再起，蒙古大军的铁蹄踏碎金国，完颜守绪自缢身死，关汉卿不得不继续北上逃亡，来到了祁州。

　　这个马背上的民族向来以武力为尊，瞧不起汉的儒家文化，更瞧不起汉族。就在关汉卿一边流亡一边奋力备考时，元政府一声令下，取消了科举制度。

　　关汉卿手持书卷，听到这个消息后，只觉头顶的天轰然崩塌。

　　科举是每一个儒生的目标与宿命，科举消失，相当于直接抹杀了他们在社会上存在的意义。如果说身体的漂泊只是劳其筋骨的磨难，那精神的无处安歇便是对灵魂的屠杀。

　　除了取消科举，元政府还把全国民众分为了四等：蒙古人，色目人，汉人和南人，随后又将社会职业分成了十等：一官，二吏，三僧，四道，五医，六工，七匠，八娼，九儒，十丐。

　　八娼九儒十丐……关汉卿看着染满指尖的墨痕，悲极反笑地嘶吼出声。

　　这就是不可与之争的历史洪流啊，在这个用拳头说话的王朝，再灿烂的文化也只是一个笑话。而他为之骄傲的儒，他为天地立心为生民立命的梦，就这样在时代的巨轮下，被轻飘飘地碾得碎成一摊，成了狗都嫌弃的泥土。

　　人总是要活着的，为了生计，关汉卿捡起了叔叔关灿的医术，开始治病救人。

　　得益于天资聪慧，他是个很不错的大夫，医术高明。可关汉卿每每深夜从医馆离开，回到家中再看药典时，烛火摇曳下，那药方上却行行都是"忠孝仁义"四个字。

　　元政府的高压统治令社会混乱不已，汉人被奴役压榨，文化被剥削掠夺，百姓活在一片漆黑的绝望中。

　　这个社会病了，比起医人，更需要的是医心。

　　关汉卿思考良久，拿出戏本，写下了第三出戏——《望江亭中秋切鲙》。

高台上的帷幕徐徐拉开，只见一娇丽正旦[1]碎步而出，眉似远黛，眸若星辰，鹅黄褶子水袖翻飞，如一朵在从这遍地泥泞里，俏生生开出的三月迎春花。她是暂居于女道观中的新寡谭记儿，聪慧美丽，后经由观主撮合，与往潭州上任的白士中见了面。

"你着他休忘了容易间，则这十个字莫放闲。岂不闻：'芳槿无终日，贞松耐岁寒。'姑姑也，非是我要拿班，只怕他将咱轻慢。"

谭记儿吊梢凤眼，兰指皓腕，声虽如莺娇嗔，台步却端稳大气，透着股铿锵倔强。纵然她身为新寡，仍直言要求所嫁之人必须如前夫一般敬重自己，才可成婚。

"休道一句话儿，便一百句，我也依的。"白士中笑唱。

二人载明鸳谱后，举案齐眉，恩爱无比。可就在这时，权贵杨衙内却伸出了魔爪。原来他早就垂涎谭记儿美貌，想纳她为妾，于是妄奏皇上白士中贪花恋酒不理公事，请得势剑金牌，打算取白士中首级。

后来谭记儿想出妙计，扮作渔妇，灌醉杨衙内等人盗走势剑金牌，交由白士中，让他反将一军先告杨衙内对渔妇无礼。

"有这等倚权豪贪酒色滥官员，将俺个有儿夫的媳妇来欺骗。他只待强拆开我长揽揽的连理枝，生摆断我颤巍巍的并头莲；其实负屈衔冤。好将俺穷百姓可怜见！"

谭记儿声声垂泪，哀婉凄切。杨衙内发现中计，气冲冲打算从袖中拿出官方文书，捉拿白士中时，掏出的竟是两首昨夜填的艳词。一切真相大白，湖南都御史李秉忠将此事上报朝廷，杨衙内受到惩办。

"杨衙内倚势挟权，害良民罪已多年。又兴心夺人妻妾，敢妄奏圣主之前。谭记儿天生智慧，赚金牌亲上渔船……白士中照旧供职，赐夫妻偕老团圆。"

权贵当道，百姓被当作鱼肉宰割，汉女备受欺凌就是现在社会的实情，而关汉卿笔下聪慧果敢的谭记儿，是他盼望百姓奋起自救的憧憬。

大幕再次拉开，所有演员携手谢幕，观众们都站起来鼓掌。他们的眼角笑中有泪，似乎在珍惜回味寒苦人世里，这剧目带来的一线温暖。

关汉卿站在角落里看着这一切，内心深处忽然有什么被猛然触动。

这些在舞台上轰轰烈烈地活了一回的人物，分明他创作出来的，可他竟然反过来被

---

[1] 正旦：元杂剧中女主唱。

这些戏中人鼓舞。

——哪怕时代赋予自己注定悲剧的人生，也永远不要向命运低头。

与其在不愿附庸新政府的挣扎里苦痛，不如换一种活法。

第四出戏·窦娥冤

关汉卿褪去了儒生的青衫，穿上放荡不羁、任性妄为的外袍。

"我是个蒸不烂、煮不熟、捶不扁、炒不爆、响当当一粒铜豌豆！"

"我玩的是梁园月，饮的是东京酒，赏的是洛阳花，攀的是章台柳……你便是落了我牙、歪了我嘴、瘸了我腿、折了我手，天赐与我这几般儿歹症候，尚兀自不肯休！"[1]

他不是唯一一个如此的文人，在他去往大都后，关汉卿结识了其他志同道合的杂剧作家，于是，以他为首的玉京书会成立了。这个创作组织宛如一个小小的乌托邦，成为他们在勾栏瓦舍的底层社会宣发精神的放逐地。

杂剧是这些才子创作的土壤，而他们同样赋予了杂剧新的意义。程朱理学与儒家传统，在勾栏艺人的传唱中被潜移默化地教给了普罗大众。

关汉卿不知疲惫地写着，一出出绝佳的戏剧从他的笔下源源不断流出。

《闺怨佳人拜月亭》《钱大尹智宠谢天香》《杜蕊娘智赏金线池》《赵盼儿风月救风尘》……

他的戏曲从不搬弄典故，也不艰深晦涩。他喜爱用入耳消融的市井语言，去熔铸重塑古典诗词，再深入浅出地传递最朴素的道理。

在他最著名的十八部杂剧中，十二部都是以女性为主角，他笔下的女子永远智慧勇毅，敢爱敢恨，而故事的结局也大多美好。因为在戏剧世界中，作为国王的关汉卿，永远会设置一个公义的法庭，审判人间。

"我是个普天下郎君领袖，盖世界浪子班头。"[2]关汉卿大笑着，狂饮一杯酒，尽情挥

1　出自关汉卿的《一枝花·不伏老》。

2　出自关汉卿的《一枝花·不伏老》。

墨泼洒。

"则除是阎王亲自唤，神鬼自来勾。三魂归地府，七魄丧冥幽……"

可惜，来唤他的不是阎王，而是崖山海战，南宋全军覆没的亡国丧钟——大宋的最后一丝余晖落下了。

关汉卿手中酒杯猝然掉落在地。

什么苦中作乐，什么放荡不羁，原来在这等毁天灭地的苦痛前全都是笑话。

元彻底统一全国的消息如同利剑，毫不留情地劈开关汉卿构建的梦想王国。他发狂般把案子上那些写了一半的喜剧折子撕得粉碎，透过漫天凋零的字稿，关汉卿再次直视百姓血淋淋的苦难。

早春的杭州烟柳画桥，风帘翠幕。关汉卿却将自己锁在房中，昼夜不息，奋笔疾书。

这次他要写一出戏，一出再没有幻想的，将人民的凄苦斧凿刀刻到年代脊骨上的悲剧。

终于，关汉卿从书房走出来了，双手捧着那份《感天动地窦娥冤》。

窦娥年幼丧母，她的穷书生父亲因为没有盘缠进京赶考，把窦娥卖给了蔡婆家做童养媳。后来她丈夫生病去世，当地流氓张驴儿见这对婆媳无依无靠，便与父亲一同赖在蔡家，强迫她们双双改嫁。

杭州梨园外，一团云翳了太阳。随着一声锣鼓，梨园高台上的副净张驴儿歪嘴弄眼，挂着面中那一团白粉，奸笑着捻了个哨子[1]。

"你看我爷儿两个这等身段，尽也选得女婿过，你不要错过了好时辰，我和你早些儿拜堂罢。"

正旦窦娥长袍大袖，书生气十足的扮相里尽是不屈贞烈。张驴儿做扯正旦拜科，窦娥回身瞪眼甩臂，将其用力推开。

"则被你坑杀人燕侣莺俦。婆婆也，你岂不知着！俺公公撞府冲州，挣扎的铜斗儿家缘百事有。想着俺公公置就，怎忍教张驴儿情受？兀的不是俺没丈夫的妇女下场头！"

1　出自《都城纪胜》：副净们在"杂剧之散段"的表演中，其伎艺有好几种，"今之打和鼓，捻捎子，散耍是也"。

被窦娥痛骂了一顿后，张驴儿怀恨在心，便想毒死蔡婆婆强娶窦娥，结果阴差阳错毒死了自己的父亲。张驴儿恼羞成怒，栽赃窦娥杀人，楚州衙门捉来窦娥提审，却不分青红皂白，势要屈打成招。

知府桃杌晃了晃乌纱帽："人是贱虫，不打不招。左右，与我选大棍子打着！"

窦娥一身白衣，棍棒如雨落下，不一会儿的工夫，白衣上就渗出了朵朵红莲，她咬着牙凄苦哀唱。

"呀！是谁人唱叫扬疾，不由我不魄散魂飞……打的我肉都飞，血淋漓，腹中冤枉有谁知！则我这小妇人毒药来从何处也？"

桃杌眯眼又问："你招也不招？"

窦娥挣扎着挺直腰杆："委的不是小妇人下毒药来！"

桃杌知道窦娥孝顺，为赶快结案，决定当着她的面拷打蔡婆婆。果不其然，窦娥怕婆婆受不起酷刑，遂含冤招供。

桃杌心满意足扔下令签，高台之上场景变换，已然是行刑当日，窦娥即将被斩首示众。窦娥身戴枷锁跪在台前，台下观众恍惚间也成了在刑场观望的百姓。

鼓三通，锣三下。刽子手磨旗提刀，指向窦娥脖颈。

窦娥如杜鹃发出最后一道悲啼，泣血而歌。

"我不要半星热血红尘洒，都只在八尺旗枪素练悬。"

"如今是三伏天道，若窦娥委实冤枉，身死之后，天降三尺瑞雪，遮掩了窦娥尸首。"

"从今以后，着这楚州亢旱三年！"

关汉卿站在台侧，大手紧紧攥着毛笔。

《窦娥冤》是一出彻头彻尾的悲剧。纵使他为窦娥安排了沉冤得雪的结局，但窦娥的命要得回来吗？那成千上万因为蒙古官员勾结而死的汉人，他们的命要得回来吗？

还有那些和关汉卿一样的潦倒文人，写"醉后不知天在水，满船清梦压星河"的唐珙，写"杏花烟雨江南"的虞集，他们本能在盛世成为最光华璀璨的明珠，可在现在的人世，史书里不会记载属于他们的一言一语。

他们的人生，又要得回来吗？天色忽变，阴风骤起，鹅毛大雪纷扬落下。

伴着窦娥最后一声高呼，关汉卿站在历史的隘口，一同悲愤呐喊。

"地也，你不分好歹何为地？天也，你错勘贤愚枉做天！"

后来，关汉卿没有停止他的写作，他继续写着那些悲酸辛辣、揭露社会腐朽的戏剧。

哪怕他已经清楚知道，自己不论怎么拿笔冲锋陷阵，也不过是时代的牺牲品。

史书上没有记载关汉卿是哪年离开人世的，事实上，史书也没有记载他的生年，甚至连他这个人，他真正叫什么名字，都只字未提。

人们只能从他的戏曲里和别人生平的只言片语里，才能拼凑出他并不完整的一生。

如果关汉卿知道这件事，定会爽朗讽刺。

"瞧，我说什么来着。"

关汉卿此生创作剧目六十余部，其种类之丰，质量之高，让他名满中外，被誉为"曲圣"、元杂剧奠基人、"元曲四大家"之首、东方的莎士比亚。

但在那个时候，那个没有这些后世赋予的荣誉傍身的时候，支撑这个两鬓斑白的老者走下去的，唯有他身为文人的那一点执着而已。

而这点执着，也正是中国古代千千万万文人，以蜉蝣之躯存留大义的理由。

哪怕时代折我筋骨——

青衫下，有我圣贤书铺成的脊梁。

戏台浸染朱漆，那素面正末等了许久，台下的小孩子早已长成挺拔少年。

"你可知，我是何人，这是何戏？"

正末笑吟吟地以戏腔发问。

他抬起头，露出清俊面庞——那是一张和台上人一模一样的脸。少年拱了拱手，修长白皙的指尖有斑驳墨迹。

"知道，你是我。"

正末高高扬起水袖一抛，婆娑半步，又笑问。

"贤的是他，愚的是我[1]，不悔哉？"

少年的声音清越如秋水。

"不悔。"

---

1 出自关汉卿《四块玉·闲适》：闲将往事思量过。贤的是他，愚的是我。

曹雪芹
CAO XUE QIN

文
捌爷

厚地高天
歌不尽白玉红颜

126

脂砚斋，是《红楼梦》抄本中最重要的点评者。

而他（她）究竟是谁……众说纷纭。有的说是曹雪芹的密友，有的说是他的兄弟，也有说其中批注解析就是曹雪芹自己的精分小号。

关于曹雪芹的一生以及他书中的隐喻，很多都成了谜，越是扑朔迷离，就越是引得众人深究。而脂砚斋的"脂批"是红学研究中最重要的依据。

大多数人推测，脂砚斋是一个女子。有人认为她是柳氏离开之后，陪伴曹雪芹的伴侣，但是，在历史书页之中却并未找到这位奇女子与曹雪芹嫁娶的文书。

本文以假设脂砚斋为女子的视角撰写而成。

雍正三年冬，我的父亲故去，只好投奔叔父，叔父待我不薄，年节时，他带了我去大行宫里拜访，那是我第一次见到他。

那个小公子独自蹲在大雪的庭院里，身上的大红洋缎袄子华贵却单薄，颜色刺目得犹如美人唇角淌下的一线鲜血滴落在白茫茫的雪地上。

绕着庭院的檐廊里站了好几个丫鬟，穿的衣裳比过年时叔母迎客时还华贵，她们苦口婆心地劝他进屋去，湿寒伤身，若是冻出个好歹，她们吃罪不起。

我也好奇地站在檐廊里看了一会儿，见他仔细地挑着鲜洁的冰雪，一抔一抔地捧起来堆在身前，温柔地压实，再用已经冻得通红的双手将它融着揉出窈窕的人形来。

他的小雪人逐渐有了惟妙惟肖的体态和神情，眼似水杏，妩媚风流，是一个娇美的小雪娘。

他做完了这些，将冻僵的双手放在唇边哈了点暖气，他的丫鬟走上去为他送手炉，低头才发现自己精美的绣鞋踩脏了他身边的雪。

他也不责怪，说这大雪连日不停，再下一下就又干净了。我这才看到，在稍远的地方也有一些小雪娘，应该是他之前堆的，经历夜间酷寒，雪几乎成冰，显出晶莹剔透的样子。

我数了数，连上他刚做的这一尊，一共十二尊。

这时，他回头看见了我，就和善地笑了笑："你是从哪里来的？"

我怔怔看着他，问："你是世子爷？"

他忙不迭否认说："我可不是。"

我不懂："大行宫不就像是千里之外京城里的紫禁城？是皇帝住的地方。那你不是世子贝勒又是谁呢？"

他失笑："当年圣祖皇帝六下江南，倒有四次住在这儿，另一次也是由祖父接驾，所以这里才被外边的人叫'大行宫'。可这儿，是江宁织造署，不是王府宫殿。但你见过里面'萱瑞堂'的匾额了吗？那是御笔亲提。"[1] 我摇摇头，他说我带你去瞧瞧。

那一路，移步换景，浮光掠影。

以至于我后来回忆那一路看见的飞檐斗拱、玉树琼楼，竟然分不清究竟是真有此际遇，还是黄粱一梦。

我还记得，他听说我的父亲新丧，孤苦伶仃跟着叔父讨生活，似是感同身受，安慰我说："我父亲也不在了，叔父说，我出生的时候，连日时雨叠沛，四野霑足。就给我起名为——霑。"

曹霑……

是"既优既渥，既沾既足，生我百谷[2]"的富足，也是"世沾皇恩"的期许。

雍正四年，我又随叔父去大江宁织造署拜贺。

我大了一岁，已经知道了这座江宁织造署和里面的曹家究竟是怎样煊赫的存在。

曹霑的曾祖父曹玺一代便是宫廷二等侍卫，深受顺治帝的器重，他的曾祖母孙氏是圣祖康熙皇帝的乳母，他祖父曹寅也自幼招入宫中陪康熙皇帝作伴读，长大了又成了他的御前侍卫，感情极为深厚。

说句大逆不道的话，曹霑的爷爷和康熙皇帝就是吃同一个娘的奶长大的异父异母的兄弟也不为过。

1　出自冯景的《解春集文钞》卷四《御书萱瑞堂记》：康熙己卯夏四月，皇帝南巡回驭，止跸于江宁织造臣曹寅之府……会庭中萱花开，遂御书"萱瑞堂"三大字以赐。

2　出自先秦时期的《信南山》。

也难怪康熙帝下江南五次都找曹家人，这就像回自己家一样。

江宁织造原本只是专供宫廷所需丝织品的皇商，一年来往银钱有上千万两，原本是由户部差人管理。但是，康熙爷亲自将这个差使改成了"江宁织造郎中"的官衔，一方面是因为他喜欢曹氏族人，有意将富得流油的职位送给他们一家作为恩宠，但更重要的原因，是他信任曹氏。

曹霑的曾祖父曹玺成了第一任江宁织造郎中，他明面上为康熙帝筹备御用丝织，更重要的任务却是密折向皇帝直奏，有监察弹劾江南官员的权力和职责。江宁织造郎中——名为皇商，实为皇帝放在江南的直属耳目，地位仅次于两江总督。

之后这个职位由曹家三代袭官，几乎可称是"世袭罔替"。曹玺退下之后，就由下一代曹寅接任，再是曹寅唯一的儿子曹颙，之后也本应该是曹颙唯一的儿子曹霑[1]，然而……

"这些事情我原本也不可能晓得，我们家代代子嗣单薄，到我父亲只剩一脉单传。我原本有个哥哥。"曹霑说起这些语气平常，"父亲进京述职，正值京城暴发天花，我哥哥死在这场时疫中，父亲悲痛交加也染了病，再也没回来，曹氏这一脉几乎断绝。"

康熙帝体恤曹府年迈的祖母和母亲不能无人赡养照顾，偌大的宗族产业不能没有人管理决策，江宁织造郎中更不能没有一个成年男丁承继。

于是内务府从曹氏其他子侄中为祖母过继了一个十八岁的儿子，那便是他的叔父曹頫——他代为承继了曹寅的香火，也继任了织造之缺。

"祖母疼爱我，叔父也对我十分宠溺，我在锦绣堆中长大，便是无心科考谋求功名也无人苛责。"曹霑说，"你看到这些富贵荣华为我所享，人人都说那些都是我的，却又心知这一切全都不属于我。其实，这世上功名利禄，哪个人又不是如此恍如梦醒？许家妹妹，你明白吗？"

我还是不懂。

"金玉可以卒千年，那些珍爱过它们、盘玩过它们的人与之相较，命如朝露。如此想

1　关于曹雪芹的父亲，学界有两种不同的说法，一种认为他的父亲是曹颙，另一种认为是曹頫，此处采用第一种说法。

来，人从未拥有这些富贵，只是短暂地笼罩于这些金玉之上，随风见散。"

我被他说得心里空空荡荡的，反问道："难道……人就都不值一提吗？"

"那倒也不是。"曹霑笑说，领着我向着重重叠叠的月门西墙穿过，吟啸徐行，"自是有极美极好的人……"

曹霑领我去看的这个极美极好的人，是他的表妹。

我只在那一天见了她一面，只知道她姓梅。她生得娇小纤弱，眉目如画，言谈之间才思敏捷，又有那么一点勾人心魄的灵巧。

曹霑带着我们一起做小雪娘，梅表妹显然也不是第一次见他如此，对我说："她们都有各自的名字和性情。他还为她们都题了诗词。"

我问："要做到多少个才算完？"

"很多很多。"曹霑闻言便停下了动作，他眼中那一行旖旎连绵的冰雪做成的人儿似乎全都活了过来，痴痴地笑说，"我要做的是一个……只有女子能在里面久住的幻境。"

"幻境？"

"是啊！"少年向着未知的方向跑了几步，仿佛能看见幻境就藏在遮掩的风雪深处，绰约的雪影在其中流连。

"幻境是什么样子的？"

方离柳坞，乍出花房。但行处，鸟惊庭树；将到时，影度回廊。

仙袂乍飘兮，闻麝兰之馥郁；荷衣欲动兮，听环佩之铿锵。

……

其素若何？春梅绽雪；

其洁若何？秋蕙披霜；

其静若何？松生空谷；

其艳若何？霞映澄塘；

其文若何？龙游曲沼；

其神若何？月射寒江。[1]

1　出自曹雪芹的《警幻仙姑赋》。

他略一思忖："便叫此处——太虚幻境。"

"太虚幻境，那是个什么样的地方？"我想了想，问道，"若只有女子能久居的话，她们在里面能做什么？"

"百无禁忌，风花雪月，丽句清词……她们想做什么就做什么，可以吟诗葬花，便是有时候小女儿之间互相斗气那也是意趣。"

梅表妹笑着作势要打他，他也笑嘻嘻地受着，想是他们之间曾有的趣事。

一直到叔父来带我告辞，我们三人才分别。

我跟着叔父重新从这座华贵的府邸中穿行而出，曾经令我目眩神迷的富贵似乎都已经不复原来的样子。

这飞檐画栋、琼楼玉树原与冰雪相同，金陵玉殿莺啼晓，秦淮水榭花开早，谁知道容易冰消[1]……

唯有其中笑闹的人影是唯一的暖气。

雍正五年，我原本期望着再去江宁织造署，叔父却告诉我，那里再也去不得了。世宗皇帝下旨抄没江南曹家家产以抵国库亏空，元宵之前，曹家人就被赶出了"大行宫"，家主曹頫罢官，戴枷示众一年。[2]

曹家在江南再也无法维生，只剩京城里还有十七间半的老宅房子和十顷地，他们被迫举家北迁。

从家破人亡的秦淮，到人情练达的京师。

只怕曹霑当时也想不到，他这一走就是三十六年。

等我在京师又见到曹霑的时候，他已是岁近而立之年。他身上配着一柄刀，衣衫简朴，看起来有些落拓。

叙旧之间，我听闻他在京中也结识了数个至交好友，与他意气相投，有盛唐风骨。

李太白有两个朋友——岑夫子和丹丘生。人人都知道，他们曾经"五花马，千金裘，

1　出自清代孔尚任的《桃花扇》。

2　出自《关于江宁织造曹家档案史料》：于未到之先，总督范时绎已将曹頫家管事数人拿去夹讯监禁，所有房产什物一并查清，造册封固……尽足抵补其亏空。

呼儿将出换美酒。[1]"

曹霑也有两个朋友，一个叫敦诚，另一个叫敦敏。

他们没有五花马，也没有千金裘，只能在拮据时押上他们的那把刀，换一些劣酒，敲着石头，狂饮放歌。

曹子大笑称快哉，击石作歌声琅琅。

知君诗胆昔如铁，堪与刀颖交寒光。[2]

"诗，也有胆吗？"我问敦诚。

"有！酒肠宽似海，诗胆大于天[3]。"

想来应该是气吞山河的豪放之气，然而，曹霑的诗读起来却并非如此。他写：

无赖诗魔昏晓侵，绕篱欹石自沉音。

毫端蕴秀临霜写，口齿噙香对月吟。

满纸自怜题素怨，片言谁解诉秋心？

一从陶令评章后，千古高风说到今。[4]

不像是英雄的诗，倒像是美人的诗。他的诗作如璀璨珠宝一般缀于他的巨著之中，托佳人之口吟出，他胸中纵横的不是大丈夫的沟壑，而是那些曾经在他生命中如花一般盛开的女子们。

他笑说："我念给他们听的诗其实是这样的。"他做出"击石作歌"之态，唱道：

世人都晓神仙好，惟有功名忘不了！

古今将相在何方？荒冢一堆草没了。

世人都晓神仙好，只有金银忘不了！

终朝只恨聚无多，及到多时眼闭了。

世人都晓神仙好，只有娇妻忘不了！

君生日日说恩情，君死又随人去了。

世人都晓神仙好，只有儿孙忘不了！

---

1   出自李白的《将进酒》。

2   出自唐刘叉的《自问》。

3   出自敦诚的《佩刀质酒歌》。

4   出自曹雪芹的《咏菊》。

痴心父母古来多，孝顺儿孙谁见了？[1]

我听罢，眼看他起朱楼，眼看他宴宾客，眼看他楼塌了[2]。曹霑和少年时不同，这些年他作为罪臣家眷过得殊为不易，靠变卖祖宅度了一段时日，之后便穷困潦倒。为了糊口，他兼着好几份低微的差事，教书、夫役，能做什么他都会做。

他现在名号雪芹，我问何为雪芹？

他说，雪芽何时动，春鸠行可脍[3]。这道"雪底芹芽"是他如今的最爱，丝毫不觉其苦。

残羹冷炙有德色，不如著书黄叶村。[4]

我看着他的眼睛，里面有些东西似乎一直未变。

"这首《好了歌》我其实是听过的，在一本《风月宝鉴》的手抄书里，里面风月皆有，一睁眼全是红粉白骨，"我说完这句话，看着他的反应，继续道，"里面，还有'太虚幻境'。"

曹霑也不否认，说著书倒是他如今最好的营生了。

我的心里怦怦跳，我就是从未完的书稿中隐约认出了他，也认出了梅表妹……才千里迢迢来寻他。

那一夜，他又为我引荐另两位时常与他聊书的知交好友，我们一起聊着他的《风月宝鉴》，聊到兴高时难免一顿豪饮。

他们说我虽然为了便利身着男装，但是稍加注意便能发觉我是个女孩家，怎么也敢孤身千里，还与男子喝酒？清名不要了吗？

"女子又怎么了？"我还来不及反驳，曹霑便为我开脱，"这世间的王侯将相，天上的神仙菩萨，连书里的演义传奇都是男人的，怎的偏生女子这也不能做，那也不能做？"

"即便是到了我现在这副落拓的样子，我若不思上进，也有人赞我安贫乐道；我若奴颜媚骨，也有人会赞我识时务者为俊杰；我若是突然暴起杀了那些对我冷言冷语的人，也有人会赞我快意恩仇……然而若是一个女子，她无论怎么做，都能挑得出错处。"

他幼时曾被疼他爱他的女眷们环绕，他也眼见了大厦倾覆之后，她们如落花飘零的

1　出自《红楼梦》。

2　出自孔尚任的《桃花扇》。

3　出自苏轼的《东坡八首》。

4　出自敦诚的《寄怀曹雪芹》。

命运。

曹霑大笑："我看，这世上男子大都浊臭不可闻！"

《风月宝鉴》写的是一个不顺礼教的公子看一众才情横溢的小姐，如同幻境图景，天真无邪。

正如曹霑一样。

他曾经享受过大多数人一世都未见过的繁华，但他聪慧灵敏，自幼便知这些繁华不过一场空花幻梦。看着那些富贵像是纸扎的香车宝马，再怎么琳琅精致一旦燃烧起来也很快就化了灰，顺着烟火上扬纷飞，如脏了的雪。

唯一留下的，是那些曾经晶莹澄澈的、暖着园中人气的小雪娘们。

曹霑大醉，我们送他归家。他的家只是一间简陋厢房，一个陌生的夫人扶过了烂醉如泥的曹霑，向我们道谢。

我愣在原处，他的夫人……竟不是梅表妹。

他的友人见我惊诧，悄悄告诉我，曹夫人叫做柳慧兰，是个聪慧干练的女子，一直规劝丈夫走上功名仕途。

这个人似乎对柳氏不喜，言语中对她颇有微词，说这位夫人只怕是能与曹霑同甘却不能共苦。

我忐忑地回头望了望曹霑简陋居所，窗纸上隐约映出柳氏将夫君安放在床榻上，并为他擦拭脸庞上残留酒痕的身影，方才那房内冰凉，想是已换不起炭火，只剩一盆灰白的炭灰还有气无力地散着一些热气。

这样一个女子，跟着一个贫病交加的才子，过着一眼望不到出头的日子。我对她，竟辨不清自己心中究竟是悲苦，还是爱怜。

我听见她幽幽叹息了一声："不怨糟糠，怨杜康……"

过了几日，我听闻柳氏失去了踪影。

"你不怨恨她吗？"我问他。

他苦笑说："女子是水做的骨肉，若是拌入泥土，再扣进三从四德的框子里，出来的就像是一尊尊看似品行完美，实则污浊，亦没有生气的泥偶罢了。"

女子不应该如泥偶一般规制。她自己心中自有沟壑，眼见丈夫的荒唐随性，愿意容忍是真情使然，若是人各有志，各自分飞也是真情使然。

这算不上是她的过错。

她们就应该如水，流向所有的方向，凝聚成所有的形状。

即便她弃他而去，他仍然时常念着她，在他的太虚幻境中——

她现在过得如何？是从心所愿，嫁与了富贵？

又或者，脂正浓，粉正香，如何两鬓又成霜？

他的友人未见他多伤心，只道曾经沧海难为水，柳氏从不是他真心所爱，走了也就走了。毕竟，曹霑原本深爱的原配夫人梅氏，与他是青梅竹马的表兄妹，极有诗情，也多愁多病。

那时候，他和她靠在一块石头上读同一本书，只听水流潺潺，春风吹过，落红成阵，片片缤纷，顺水而下……

曹霑记得那日一起读的书极有意趣，仿佛能字字句句地细嚼出滋味来，齿颊留香。

他们念"如花美眷，似水流年"，也念"水流花谢两无情"。这些词句，应时应景，碎花细雪一样落了她满头满身。他望着她，一开始在笑，笑着笑着……忽而为她单薄的身姿透出的一丝不祥而心惊。

一朝春尽红颜老，花落人亡两不知。[1]

他于无人的寒夜中紧紧依偎着她，生怕留她不住。

只可惜天不见怜，一对有情人并未过几年恩爱悱恻的日子，梅氏因病故去，天人永隔。

乾隆二十八年，癸未。那年曹雪芹四十八岁，京中一场大疫，半城之人都在悲哭，门楣上挂满白幡，如同一夜冰雪世间。

一声悲哭，惊破了他的幻境，令他痛入心脾。

他仓皇不定地追去，眼前漆黑，辨不出方向，心中正自恍惚，只见眼前好像有人走来。

---

1 出自曹雪芹的《葬花吟》。

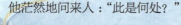

他茫然地问来人："此是何处？"

那人打量了他，说："这是阴司黄泉路。你阳寿未尽，怎么会来到这里呢？"

他说："适闻有一故人已死，遂寻访至此，不觉迷途。"

"你找的故人是谁？"

"姑苏林黛玉。"[1]

"京中一场时疫……"

他喃喃呓语，神志已不甚清晰，仿佛回到了与我初识之年，他告诉我他的哥哥身染天花夭折，而父亲悲痛交加，也不久于人世……"

我垂泪看着他的病容和房内为他的幼子设立的灵堂。

这一切竟像是一场宿命轮回，他的父亲是这样走的，他莫非……也是如此……

"真想回江宁啊。"他气息微弱地对我说。

我带着他的病躯回江宁，可此时的江宁已经什么都没了。

那一天，他精神忽然好转，竟然自行起身想要理一理他的书稿，我听见房内一声不祥的碰撞声。

待我跑入房中，只看见，曹雪芹未成的书稿，散落一地……

他的书稿有很多名字，名为《风月宝鉴》或名《石头记》……之后而最为人所通识的名字是——《红楼梦》。

红楼梦开篇有一位警幻仙子，她掌管着一处"清净女儿之境"，名为——太虚幻境。

能解者方有辛酸之泪，哭成此书。壬午除夕，书未成，芹为泪尽而逝。余常哭芹，泪亦待尽。

——脂砚斋

1　出自《红楼梦》第九十八回。

颜真卿

YAN ZHEN QING

真颜
卿

颜真卿

文
明戈

以血作书
写不完颜筋风骨

137

公元 1131 年，大宋已经破败不堪，仅存半个南宋政权风雨飘摇。

宋徽宗被金人抓去当了俘虏，在囚牢中日夜悲叹"家山回首三千里，目断山南无雁飞[1]"，新帝宋高宗更是曾入金营为质，亦在靖康元年奉命出使金营求和。

此时湖州骆驼桥旁，一座恢宏壮阔的祠堂中正在进行祭祀活动，鼓声震天，青雾缭山，官员百姓皆伏跪于地，口中切切声声地念着大宋永安。

抬眼看去，这庙宇中供奉的竟非神非仙，而是一前朝书法家——颜真卿。

颜真卿三岁时父亲就意外去世了，是母亲殷夫人一手把他拉扯大的。

父爱的缺失并没有让他成为一个叛逆男孩，他懂事又孝顺，从不惹是生非。别的小孩上树下河，他就静静待在房间里读书练字。除了母亲教育得好，也因为颜真卿从小便知道，他家本籍琅玡临沂，先祖是孔门七十二贤之首的颜回，所以他不能给颜家丢人。

可即便勤奋如斯，练习书法对于一个小孩子来说也不是一件简单的事，每每练得不好，颜真卿便会愤愤自责。

这天殷夫人隔窗瞧见了，抬步进屋，笑着摸摸他的头安慰道："我儿莫急，书法岂是一朝一夕之事？"

"可是我连自己的姓氏都写不好。"

颜真卿垂首紧紧攥着毛笔，抬起头望向殷夫人："娘，若我同子敬先生一样练枯十八缸水[2]，是不是就能成了？"

颜真卿黑葡萄似的大眼睛忽闪着，语气稚嫩天真。

殷夫人沉默半响，拿过他手中的笔，缓缓在纸上写下一个"颜"字。字态清丽婉畅，一看便是女子的字，可细瞧来，却是笔锋锐气，不失铿锵品格。

"你看，这是为娘的'颜'。"

颜真卿正想铺纸临摹，殷夫人却是摇了摇头："为娘不是让阿卿模仿，而是想告诉你，书法是一辈子的事，急不得。字容纳的是一个人的一生，一横一竖都是过往，一撇一捺都是风骨。现在阿卿年幼，尚不懂得许多道理，所以字才单薄。"

1 　出自赵佶的《在北题壁》。
2 　王献之练字曾用尽十八口大缸中的水。

殷夫人将笔递还给颜真卿，温柔坚定地看着他的眼睛。

"用笔在乎心，心正则笔法正，为娘相信，有一天阿卿会写出属于自己的'颜'。"

"我……自己的颜……"颜真卿似懂非懂点点头，垂眼看向手中宣笔。

烛火跳跃，竹笔杆泛出玉一般温润的光。

"三更灯火五更鸡，正是男儿读书时。黑发不知勤学早，白首方悔读书迟。"[1]

从那日起，颜真卿愈发刻苦学习。他在《大学》中读"国不以利为利，以义为利也"，在《论语》中思考"夫子之道，忠恕而已矣"。在万卷书的沁润下，颜真卿逐渐长成了一个品行端正的翩翩少年。

开元二十二年，颜真卿如愿中进士甲科。

此后，他历任醴泉县尉、长安县尉、临川内使等职，在任期间，他牢牢记得在书中所学的道理——治理国家的根本不是金钱，核心乃是仁义。因此不论颜真卿身在何处，他都注重为百姓言，扫平奢靡风气，浇风莫竞，文政大行。

后来他被提升为监察御史，奉命巡查河东、陇州。

行至五原，此处干旱已久，庄稼颗粒无收，恰逢有个棘手的案件也一直悬而未决。巡查的事本就繁多，颜真卿大可假装不知，走个过场便离开。但他选择留了下来，明察暗访，奔波处理，不知费了多少力气，终于为这冤案平反。

平反当日，随着蒙冤之人向颜真卿叩首感谢，五原天色突变，甘霖如银河倒挂倾盆而下，百姓皆畅快地仰面淋雨，口中喜悦高呼：

"冤案得反，老天爷展颜，这雨是'御史雨'啊！"[2]

颜真卿只想在一隅做个为国为民的好官，可他忘了一件事，只要沾了官字，就离不开那鱼龙混杂的名利场。

面对宰相杨国忠的拉拢，颜真卿以清正书生之姿断然拒绝。杨国忠笑他不知好歹，既然不遵守他们的规则，那就离开京师滚去平原郡吧，做你木讷正直的太守。

颜真卿是挺着脊背离开的。

1　出自颜真卿的《劝学》。

2　出自《新唐书·颜真卿传》：真卿辨狱而雨，郡人呼"御史雨"。

不过遭人排挤的滋味让他心如芒刺，许是对出身平原郡，也不得武帝信任的东方朔感同身受，他挥笔留下了《东方朔画赞碑》。

这时他的字体比起年少时端庄雄健了许多，笔画充实，线条充满厚重与力量感。可在他写至落款——唐平原太守琅琊颜真卿时，落笔还是犹豫了。

"娘，这份失落，该融到字里吗？"

可惜殷夫人早已不在人世，没人能给他答案，颜真卿举目四望，唯有连天旷野。

颜真卿所在的平原郡属平卢、范阳、河东三镇节度使安禄山的辖区，此时安禄山兼三大兵镇独掌大军，拥兵十五万，不过唐玄宗对他并没有戒备制衡，反而信任有加。皇帝早已被钟鼓馔玉盈了眼，再瞧不见天下，可颜真卿却从安禄山日渐狂傲的行径中，觉察出一丝异样。

——大唐要变天了。

颜真卿开始修补城墙，疏通护城河。不过安禄山的内应不是瞎的，这样的大动作属实惹人生疑。

"颜太守，您何故如此啊？"有人意有所指问道。

颜真卿僵住片刻，随即装出一副懦弱官员的样子，战战兢兢回答："近日阴雨不断，怕闹洪灾，朝廷问责。"[1]

原来背后一直有无数双眼睛盯着自己。于是颜真卿在修完基础防御后，开始日日宴请宾客，驾船欢饮。他用纵情大笑与醉红的眸子告诉众人——他就是个想偏安一隅、安分吃俸禄的胆小太守。

"书生本性，不足忧虑。"安禄山将视线从颜真卿身上轻蔑地挪开。

可在众人都看不见的地方，颜真卿褪去一身沾染酒气的官服，目光清明地拿起宣笔，青灯案前日日记录着已经储备了多少粮草，招买了几多兵马。

终于，渔阳鼙鼓动地来，惊破霓裳羽衣曲。

安禄山的铁舆烟尘千里，封住了长安城胡旋琵琶的旖旎太平音，叛军所经之处守军

1　出自《新唐书・颜真卿传》：阳托霖雨，增陴浚隍。

皆望风瓦解，守令或开门出迎，或弃城窜匿，或为所擒戮[1]。

唐玄宗接连收到河北州县沦陷的消息，呆呆坐到龙椅上，悲叹道："河北二十四郡，无一忠臣邪？"

士兵抱拳回复："回皇上，有一郡倒是严防死守，固若金汤。"

不等士兵继续，唐玄宗收到一封速报，这报告来自平原郡，笔锋苍劲如雄，力透纸背。

"臣已增招士兵一万，粮草充足，听凭朝廷调遣。"

与此同时，平原郡外叛军杀声一片。颜真卿派录事参军李择交统领，任刁万岁、马相如等人为将领，随后登于城门之上，振臂高喝。

"严守城池，唯死不降！"

北风猎猎，吹得颜真卿发须俱乱。他指尖仍染有墨色，可脸上神色坚定，像一位出生入死的武将。不久后叛军攻下了洛阳，可因着平原郡的顽强死守，清河长史王怀忠、饶阳太守卢全诚、邺郡太守王焘、济南太守李随等六郡皆领军前来归附。

为了震慑他们，安禄山派段子光带着东京留守李憕、御史中丞卢奕、采访判官蒋清的项上人头前去恐吓。

众人皆惧，可独独颜真卿看着他们惨白的头颅，眼底一片血红。他大步上前对众人道："大家莫惊，这三人我认识，头不是他们的，不过是叛军劝降的计谋。"

众将领见状，胆子也大了起来，冲向前与段子光一行人打斗。

叛军是不配被收尸的，人群乌泱泱散去，只剩遍地尸骸。颜真卿却没有离开，而是在一片血河断肢中焦急地四处寻找什么，终于，他找到了那三颗沾满泥污的头颅。颜真卿认真擦着他们的脸，忍不住失声痛哭起来。

同是在朝为官，曾一同把酒畅谈志向的故友，他……如何会不认得他们啊？

颜真卿用草为他们编成身体，衔接上头部，妥善收殓下葬。

"以草做身，来世安康。"他设好灵位祭奠，深深鞠了三躬，送了他们最后一程，随即再次投身到战斗中。

后来颜真卿许同其兄长颜杲卿与其侄颜季明，设计杀了安禄山心腹李钦凑，又擒高邈、何千年。

---

1   出自《资治通鉴》。

一时间唐军士气大涨，河北立刻有十七郡响应归顺朝廷，颜真卿被推举为盟主，有二十万兵力，朝廷任命他为户部侍郎，辅佐李光弼共讨叛军。

叛军史思明围攻饶阳时，平原郡的救兵被游军截断，颜真卿担心饶阳不敌叛军，恰逢刘正臣献渔阳而归顺，颜真卿为增加他的决心，渡海送去十余万军资，甚至将自己十岁的儿子送去作人质。

天宝十五载七月，新帝李亨上位。

面对混乱的朝堂，颜真卿决意重振朝纲，一切都严格按照律法行事，直言进谏。无奈他的刚直不阿又刺痛了某些人的眼，于是他被宰相贬出京，成了冯翊太守，后来又被御史诬陷，再次降为饶州刺史。

祸不单行，这时他又收到一条噩耗——其侄颜季明与兄长颜杲卿独守孤城，宁死不降，先后为叛军所杀，颜氏一门三十余人被害。

颜真卿浑身战栗跪倒在地，他只觉心脏被狠狠揪住，悲伤得几乎喘不过气。在找到侄儿的尸首后，他伏案悲哭，随后颤抖着手拿起毛笔，深吸一口气，笔尖重重落于宣纸。

"土门既开，凶威大蹙。贼臣不救，孤城围逼，父陷子死，巢倾卵覆。天不悔祸，谁为荼毒？"[1]

颜真卿衣袖翻飞，墨迹如海浪奔涌。这篇字和他以往规整端重的笔法截然不同，前十二行遒劲，后十三行书写节奏明显加快，急促匆忙，激愤之情如泣如诉，勾抹停顿毫无章法，用笔的提按轻重枯湿，全随情绪任意而为。

极度悲愤下，颜真卿写完最后一个句点，一篇字字带血的《祭侄文稿》跃然纸上。彼时的他并不知道，这篇涂改众多的草稿，会在后世被誉为"天下行书第二"。

"我儿，字容纳的是一个人的一生，一横一竖都是过往。"

母亲的这句话在他脑海中猝然炸响。

颜真卿看着面前这幅狂涛倾泻的墨字，泪水濡湿青衫，滴落在砚台里。

宝应二年春，李怀仙献范阳投降，史朝义于林中自缢，这场历时七年零两个月的安

1　出自颜真卿的《祭侄文稿》。

史之乱终于结束了。不过这位敢于舍子满门忠烈的大臣，在唐由盛转衰的旋涡中，仍旧风波不断。

大历元年，元载因先前对颜真卿怀恨在心，借口其诽谤朝廷，将他贬为峡州别驾，后又让他改任吉州司马。

这时的颜真卿已经五十七岁，这么多年里，他见证了玄宗时杨国忠的祸乱朝纲，肃宗时李辅国的擅权作福，直到现在代宗治下元载的独揽朝政，贪墨成风，恶者当道，大唐的江山已经要被蛀透了，救不回来了。

可即便这样，得有人要做点什么，得有人要守住点什么。

"政可守，不可不守。吾去岁中言事得罪，又不能逆道徇时，为千古罪人也。虽贬居远方，终身不耻。汝等当须会吾之志，不可不守也！"

次年，颜真卿写下一封信寄给子孙，此信被后人称为《守政帖》。

这封本应饱含规训的书信被他融合了楷行草三种字体，全篇以中规中矩的楷书为开始和布局，后面逐渐连意，字迹也越来越难以辨认。

因为只有赏字之人才会在意外表，他要传达的是内里的精神：纵使起伏如流云，也不应改变心中的坚持。

大历十二年，元载被杀，颜真卿重新获召入朝，担任刑部尚书。

可他并没有安稳太久，随着代宗驾崩德宗上位，奸相卢杞逐渐掌权。他极其厌恶颜真卿的刚正，时时想着将他排挤出京都。

卢杞是何人？是颜真卿先前亲自为其下葬的卢奕的儿子。

不过卢杞知道这层关系后，非但不尊敬颜真卿，反而对其更加憎恶。

建中四年，叛军淮西节度使李希烈攻陷汝州，唐德宗大惊失色，连忙问计卢杞，卢杞俯身谦卑下跪，眉梢眼底尽是狡诈。

"希烈年少骁将，恃功骄慢，若能选出一位儒雅重臣，向其阐明道理，希烈必革心悔过。"

唐德宗点点头。

"爱卿可有合适人选？"

卢杞笑着看向皇帝。

"三朝旧臣，颜真卿。"[1]

圣旨一出，满朝文武皆哗然。

让颜真卿去贼窝里"晓谕顺逆祸福"，这不是让他送死吗？宰相李勉立刻秘奏"失一国老"，河南尹郑叔则也万般阻拦。

面对卢杞赤裸裸的阴谋，颜真卿没有乞怜求饶。

"君命可避乎？"

这位年近八十岁的老人只轻飘飘留下这样一句，随即拂衣而去。

颜真卿到达李希烈军营，刚要宣读圣旨，李希烈便命部下和养子一千余人将其团团围住，手持尖刀谩骂威胁。没想到利刃逼颈，颜真卿面不改色。后来李希烈又设宴邀请颜真卿，指使戏子们借唱戏侮辱朝廷，藩镇侍者们更是对着颜真卿讥讽。

"早就听说太师的名望，现在人家要当皇上，您就来了，正可当宰相啊。"

颜真卿拍案大怒，痛斥诸贼。

"你们都听说过颜常山吗？那是我的兄长！他直到临死的前一刻，都在痛骂安禄山！我如今年近八十，官至太师，吾守吾节，死而后已，岂受你们威胁？"

李希烈将颜真卿逮捕，并在院中挖了一丈见方的坑，声称要活埋他。颜真卿被推至坑前，仍不卑不亢。

"死生分矣，何多为！"颜真卿视死如归。

他一身的忠义宛如明亮的火炬，照得李希烈肮脏龌龊立现。或许也正是因为如此，他们才一遍遍折磨他，想看他跪地求饶，想折他脊梁，断他脖颈。

后来李希烈把颜真卿押至蔡州的龙兴寺，颜真卿自知时日无多，于是常指着破旧的西墙下与人说："吾殡所也。"

为何是西墙呢？

残阳乱鸦，一山枫叶，颜真卿极目远眺——那是长安的方向。

果然，不久后李希烈派宦官前往蔡州杀害颜真卿。

1　出自《资治通鉴》：上问计于卢杞，对曰："希烈年少骁将，恃功骄慢……忠直刚决，名重海内，人所信服，真其人也！"上以为然。

临死前，颜真卿大骂叛贼，不卑不亢，如同自己的哥哥当初一样。

当白绫绕在他的颈间，空气一点点被抽离，弥留之际，满头白发的颜真卿仿佛又回到了自己小小的书房。

母亲殷夫人正将笔递给他，温柔坚定地看着他的眼睛。

"用笔在乎心，心正则笔法正，为娘相信，有一天阿卿会写出属于自己的'颜'。"

颜真卿缓缓地接过那笔，在虚空中一笔一画地写下了自己的名字。

"娘，阿卿写出来了。"

"贞元元年正月五日，真卿自汝移蔡，天也。天之昭明，其可诬乎？有唐之德，则不朽耳。十九日书。"

这篇《移蔡帖》是颜真卿死前的最后一幅书法，用了他最擅长的楷书，写得端正工整，仿佛是在为自己的人生画上句点，只是这三十六个字中，独独没有他的姓氏。

"才优匡国，忠至灭身。杀身成仁，视死如归。"[1]

他早已铺自己的一生为宣纸，用风骨作为撇捺，在大唐的天地间勾勒出铿锵雄浑、永世光耀的几个大字——琅琊颜氏。

三百余年后，绍兴三年。

宋高宗赵构御赐放生池[2]畔颜鲁公祠的庙额为"忠烈"，尊其为神。而就是在那场祭祀后，面对猖獗的金人，宋高宗命岳飞、刘光世等将领全面北伐。

颜真卿留给后世万代的，不只是他珍贵的书法作品，更是笔法筋骨下不死不灭的精神。

为人守心，为国守政。

总有些信仰，比生命更重要。

---

1 出自《旧唐书》。
2 颜真卿曾作《放生池碑》。

王希孟
WANG XI MENG

文 景步航

青绿春影
藏不住大宋群峰

146

一幅波澜壮阔的山水图缓缓展开。望不尽的千里江山，从平铺的画卷上拔地而起，横亘于宋徽宗的面前。

映入眼帘的是姿态各异的千山万壑，或雄伟庄严，或婀娜秀美，满目的青葱苍翠，奔腾起伏，连绵不绝。远处的江面云雾缭绕，烟波浩渺。层层叠叠、深浅不一的青绿，泼洒在重峦叠嶂与湖光水色之上，鲜艳，明媚，动人心魄。

一种磅礴的力量不由分说地将他深深吸引，恍惚间，徽宗已置身于画中，在青山绿水之间漫游。草木清新的气息扑面而来。他看见了云烟草树下的隐者、出没风波里的渔夫、往来村舍间的过客。人物细小如豆粒，却似乎能听见他们走动和交谈的声响。楼台立于林间，船只漂于水上，屋舍散落水畔，飞鸟掠过天际，寺庙禅房藏于云深不知处。画里的赵佶，神思飞扬，欣然自得，他走过了五十多座山峰、二十五座亭台、十一处桥梁，看见了大片的水域和数不胜数的屋舍、行人、草木、牲畜。

壮阔秀美，平和静好，这正是宋徽宗梦想中的大宋江山。

而实际上，此刻的北宋正处于风雨飘摇之中。海晏河清的太平盛世下，是内有奸臣当道、外有金辽虎视眈眈的暗波汹涌。距离宋江起义，还有六七年，距离靖康之变，还有短短十余载。

徽宗何尝没有意识到蛰伏的重重危机？他也曾有过力挽狂澜的决心，只是天生不擅长政治军事的赵佶，很快发现临朝问政并非他志趣所在。于是初登皇位时的那一点决心，便尽数化作了风中烟尘。他丢下了朝政国事与黎民苍生，转身走进了一个诗词书画堆砌而成的艺术世界，一去不回头。

帝王梦若要再做下去，那也是在画里的花鸟山水之间。丹青笔墨下的宋朝江山依旧固若金汤，画中绵延数千里的山峦江河，皆在徽宗的掌控之中，正如这幅被他尽收眼底的《千里江山图》。

此画出自宫中画院的一名学生——十八岁的王希孟之手。画作呈上去后，王希孟正紧张不安地等待着徽宗的评价。之前他也曾进献过许多作品，只是都未能入得了天子的眼睛。这一次，能令徽宗满意么？他的心悬在半空，年轻的脸上闪过一抹忧色，眼神却是清澈如水，显露出少年人的桀骜与稚嫩的野心。

王希孟望着眼前画中高低错落的殿阁屋脊，不由得想起了自己在画院中度过的数年时光。

刚入国子监时，他只是一名普通的学生，身着褐衣，吃在太学公厨，睡在太学官舍。每年，他还可以领取太学公府发放的八千缗年金。

崇宁年间，宋徽宗发起了一场兴学运动，兴办专业学校，招徕拥有一技之长的青年才俊，为宫廷培养专业人才。其中的画学，是热爱艺术的徽宗最为重视的。赵佶虽不通文治武功，却在艺术鉴赏和创作上展示出了超常的天赋与兴趣。他痴迷于书画收藏，志在改革宫廷绘画，将自己的审美意趣发扬光大。

徽宗所设立的书画学，有着严格的录用标准，每年各招三十人。报考者先要通过身份检查，提供籍贯所在地出具的"无犯罪证明"，才能得到考试资格。考试内容包括作画和经义两部分，这就需要考生不仅要掌握专业技艺，还要具备一定文化素养。

来自全国各地的年轻人聚集在太学和国子监的门口，他们遥望着不远处凤阁龙楼的威严身影，心潮澎湃。

王希孟也曾是这些年轻人中的一个。千军万马过独木桥，费尽辛苦到达了河流彼岸，才发现这不过是第一重挑战。考入画学后，还有无休无止的学习、考试和层层选拔。"私试"每月一次，"公试"每年一次。每隔一年，画学会举办"舍试"，"舍试"一共分为外舍、内舍、上舍这"三舍"，画学生需要先考外舍，成绩优秀者升入内舍，内舍成绩优异者升入上舍，如此过关斩将，一级一级地往上升。只有通过了"三舍"考试的学生，才能被授官。[1]

按照北宋旧制，以书画技艺得官之人，待遇上是无法比肩文官的。好在当朝官家看重艺术，为了培养一批合乎他心意的美术人才，徽宗甚至亲自执掌翰林书画院。他设立了书画博士一职，负责向学生传道授业，大名鼎鼎的米芾便担任过此官位。

画学设置了绘画技能课和文化修养课，意在培养内外兼修的艺术家，而非流水线上的技术工匠。专业课包括道释、人物、山水、鸟兽、花竹、屋木六门，文化课有"说文""尔雅""方言""释名"等。专业技艺仅仅是最基本的考验，徽宗更为看重画作所营造的意境，因此画学的考试多以古诗为题，画意应与诗意相通。

譬如，以"踏花归去马蹄香"为题，大多数考生皆着重于描画落花。唯有一幅作品，

1　出自《宋会要辑稿》。

不见花卉，但见数只蝴蝶追逐着马蹄翩然起舞，徽宗以其为魁首。又比如，以"山中藏古寺"为题，交上来的画作大多描绘深山寺院，可夺得第一的作品并未画任何房屋庙宇，只画了云雾缭绕的崇山峻岭，和一个溪边挑水的和尚。画面不见古寺，而古寺自在画中，"藏"字被刻画得淋漓尽致。

画学生们终日为课程和考试忙碌着。学成文武艺，货与帝王家[1]。如果能够进入翰林书画院任职，那将会离天子很近很近，这是所有画院学生梦寐以求的一条晋升之路。

彼时籍籍无名的少年王希孟，也曾在心底发问，自己的画作和才华什么时候才会被天子看见呢？

这个问题亦在其他学生的心里生根发芽，茂盛生长。他们与王希孟穿着同样的衣服，面临同样的未知，心怀同样的期许。远远看上去，他们是那么的相似，好像被复制出的一个个小人，前仆后继地疾行于同一条道路上。

他们的共同目标，就是绘制出令皇帝满意的画作。这位不爱江山爱丹青的皇帝，对于艺术作品的要求极高，他注重写生、写实，要求画师笔下的万物贴近现实，符合自然规律。他曾让画师们绘制孔雀升墩的画面，众人各极其思，所绘孔雀皆是华彩灿然，徽宗却并不满意。几日后，徽宗下达旨意道："现实里的孔雀往高处飞，必先举左脚，而非右脚。"如此细致入微的观察，令众画师叹服不已。

徽宗本身就是一位天赋过人、造诣深厚的书画艺术家，他自创的瘦金体，苍劲爽利，有兰竹之姿，如割金断玉。他笔下的花鸟，形象栩栩如生，笔墨工致纤巧，乃写生花鸟画的典范。

对于久居深宫的赵佶而言，大宋江山的一草一木、飞鸟走兽，是那么的遥远和陌生。而眼前的画作，却是触手可及。他将一腔热忱倾洒于此，笔走游龙，描绘着万物生灵的每一处细节，花瓣的形态、禽鸟的翎毛、水波的纹理，唯恐难尽其详。

于是妩媚的芙蓉花在赵佶的笔下盛开，斑斓的锦鸡在纸上活过来，观画者似乎能闻到浮动的暗香，能听见锦鸡的鸣叫，还能触碰到鸟羽光滑的质感。

有这样技艺高超、审美一流的帝王艺术家统领书画院，一大批杰出的书法家与画家从这里诞生。张择端的《清明上河图》正在缓缓地展开卷轴，王希孟的《千里江山图》

---

1 出自元代《杂剧·庞涓夜走马陵道》。

亦在长绢上浮现出了浅浅的影子。多少惊艳千古的恢宏与壮丽，此刻都还在酝酿之中。

一千年前的王希孟，心怀着对绘画的热爱与对前途的憧憬，临风而立。白色的纸张洁净而舒展，只等他饱蘸了淋漓的墨汁，去绘制属于他的人生。无限的可能正在前方等着他展开。

王希孟日复一日地磨炼着绘画技巧，他秉承着谦卑的文艺态度，认真对待每一丛野草、每一片落花、每一叶小舟和每一段羁旅。他日夜不休地思考、练习、创作，多次向徽宗呈上他精心绘制的画作，可皇帝并不十分满意。

幸运的是，或许是因为他的勤勉温顺，又或许因为他的绘画天赋，总之，徽宗认为年轻的王希孟是个可造之才，决定亲自教导他。

于是这个十八岁的少年，成为当朝天子的学生。他在得到徽宗的指点后，绘画水平又步上了一个新的台阶。徽宗的三言两语和寥寥几笔，往往起着画龙点睛的作用，能点醒困惑的王希孟，赋予画作新的生命力。

从模仿到创造，从困于昨日的旧作到开拓崭新的图景，在临摹了无数历代名家的画作之后，王希孟手中的画笔逐渐被唤醒了自我意识，他想要创造一个别样的画中天地。

王希孟吸收并内化了徽宗亲授的技法，绘画技艺日趋精湛。他开始绘制一幅他想象中的大宋山水画，这也是宋徽宗心目中的《千里江山图》。

洁净的画绢铺展在王希孟的面前。他身在小小的屋舍，却探寻着壮阔的山川、浩荡的流水、无垠的苍穹和起伏的大地。他的思绪化作了长长的枝蔓，向外面的世界无限地延伸。他跨过一重重山，涉过一道道水，又走过烟柳画桥，再登上亭台楼阁，最后穿过茅居村舍。他倾听苍松翠竹在风里沙沙的声响，倾听群山又深又长的呼吸，他还听见了市集上喧嚣的人声，闻见了炊烟里饭菜的香气。

他尽情地想象，尽情地感受和创作。他的生花妙笔之下，出现了争雄竞秀的千山万壑，交错绵延的江河湖水。巉岩飞泉、茂林修竹、茅屋瓦舍、渔村野渡、水榭长桥、红花绿柳，皆点缀于山水之间。

重重山石的肌理脉络清晰可见，种种景物的排列布置疏密有致。整幅画采用了传统的青绿山水画法，却更为细腻严谨。王希孟以赭石色[1]铺底，层层叠加石青石绿，单一的青绿色在他的笔下变化万千，化作青山绿水与万顷碧波，时而浑厚，时而缥缈，时而沉重，时而轻盈，如宝石的光芒般灿烂夺目。

青绿的山峦、赭色的岩石、墨绿的树木、苍黑的房屋、浅碧的水波、青灰的云雾，种种风物的色彩相辅相成，鲜艳而不媚俗，雅致而不寡淡。

他以皴法[2]勾勒峰头、山脚、岩崖，一笔一笔地画出水面的纹路与山石的肌理，毫无懈怠。又以没骨法[3]画树干，用皴点画山坡，点画晕染皆一丝不苟，人物虽细小如蚁，形象姿态却鲜明逼真。景物的布局采用深远、高远、平远的构图法则，从多重视角尽现大宋江山之美。

咫尺之间，有千里之趣。这幅《千里江山图》，王希孟仅仅用了半年的时间便绘制完成。按照常理，画家通常会在自己的画作旁题词留字，即便不题诗，至少也会留下落款和印章。可这幅画是个例外，画上并无王希孟的名字和任何信息。

后世通过宋朝宰相蔡京在画上的题跋才得知，作画者是天才少年王希孟。

政和三年闰四月八日赐。希孟年十八岁，昔在画学为生徒。召入禁中文书库，数以画献，未甚工。上知其性可教，遂诲谕之，亲授其法。不逾半岁，乃以此图进。上嘉之，因以赐臣京，谓天下士在作之而已。

徽宗见画，甚是满意，在一次宴会上，将此画赐予其宠臣蔡京。蔡京的这几句话，是关于王希孟其人的唯一信息。至于他是哪里人，有怎样的出身和家庭，为何入宫廷画院，他是否真的踏足过画中的一山一水，这些问题的答案，无人知晓。

王希孟像一个谜，隐没在这幅旷世之作的背后。人们只知道，他是那般年轻，又是那般天赋异禀。这个鲜妍的天才少年，创造出了气势磅礴的《千里江山图》，可是除此之外，他再未留下任何画作。更为可叹的是，他的生命结束于二十岁出头的年纪。

可在世人心里，王希孟似乎并不曾真的离去。有这样一种浪漫的猜想，他的灵魂附着在了这幅图画上，他时而徜徉于树下，时而独上兰舟，时而登临楼台，遥望远处的流

1　赭石色：通常指暗棕色或红棕色。
2　中国画技法名。即表现山石、峰峦和树身表皮的脉络纹理的画法。
3　国画术语。即直接用彩色作画，不用墨笔立骨的技法。

云与飞鸟。那树下飞舞的落叶，小舟漾起的涟漪，鸟儿抖落的羽毛，都是希孟一次次的轮回转世所留下的痕迹。

徽宗的帝王梦，亦寄托在了《千里江山图》之上。这是一个末路帝王梦里的锦绣山河，也是风雨来袭前的太平盛世最后的惊鸿一瞥。

北宋宣和七年（1125年），金军南下，汴京岌岌可危。宋徽宗禅位于太子赵桓，是为宋钦宗。钦宗上位后，蔡京被贬岭南，客死潭州，其子孙后代被流放远方。于是这幅画回到了宫廷，被宋朝内府收藏。大宋的千里江山正在异族的铁骑下备受摧残，王希孟的《千里江山图》却依旧完好无损，它在一片黑暗中兀自散发着清寂的光芒。

中原大地硝烟四起。靖康元年（1127年）十二月，北宋灭亡，此画流落至金国。南宋皇室一路逃亡，《千里江山图》亦在敌国颠沛流离。王朝的命运捆绑着画的命运。山河破碎风飘絮，身世浮沉雨打萍。风雨飘摇中，这幅画流转至金朝寿国公高汝砺的手上。

到了元朝，它又被李溥光和尚收藏，此后在世上时隐时现。时局混乱时，它隐入尘烟；局势太平时，它被妥帖收藏。明代三百年，它又一次销声匿迹，秘藏于不知谁人之手。明末清初，它被大收藏家梁清标收藏。乾隆年间，它流入宫廷内府。清末，它又被溥仪带出宫，搁置于长春的小白楼内，直到1945年日本投降，满洲国灭亡，长春小白楼的文物被哄抢一通，它再次流落民间。

解放初期，《千里江山图》出现在北京的琉璃厂，被爱国商人靳伯声收藏，并捐给了国家。1953年，这幅作品正式入藏北京故宫博物院，传承至今，结束了它数百年的流亡生涯。

一幅画承载了一个少年的生与死，寄托了一个帝王的艺术梦想，见证着四代王朝的盛衰兴亡。九百年前，那个明媚少年在画出他心中的千里江山之后，生命如同转瞬即逝的烟花，迸裂出极致的美丽，又消散于茫茫的黑夜。

可他留下的那幅旷古绝伦的画作，却如同悬于天际的星辰一般，永恒地照耀着艺术的殿堂与历史的长夜，千年不朽，直到地老天荒。

王希孟依旧是那个临风而立的少年，在画中漫游，他的灵魂与那万古长在的山水一样，伫立在天地之间，默默散发着无穷无尽的力量。

第四卷

乾乾斯人转化钧
天工艺绝惠民生

致 探索群星者：

　　从远古岁月，我便守望着你们的民族。那时，你们用木炭、赭石和铁矿在洞穴中留下稚嫩粗犷的笔触，描绘着远古的高天。你们曾问，有朝一日，能否触摸天上的月亮？

　　血脉里的执着，使你们步履不停地丈量疆土。轮匠执其规矩，以度天下方圆，战国名匠鲁班手中的叮叮当当之音，千锤百炼，彻夜不歇，一件件发明流传不朽，平地筑起广厦千万间；数千年后，大明探险家徐霞客背起行囊，迎风出发，他发誓要像曲尺般，以渺小之身考察万里河山："朝碧海暮苍梧，此身乃山川之身！"

　　五千年的坚定，让你们遥望着夜空寻找答案。东汉灵台，经张衡之手改良的浑天仪缓缓运转，将辰宿列张真实呈现在世人眼前；北宋某夜，星空仍是那片古老的星空，年迈的沈括呕心沥血一生，他将成果编成书，缓缓合眼："此生已不能再研究，唯望后人继续向前。"七百年后，清朝出现一位仰望星空的少女，她的名字叫王贞仪。月食现象在她镜中做出最严谨的推演，地圆理论自她笔下写出最清晰的解说，远行大道万里，眼底铺开日月山海，平生驳辩不公，只愿世间真理永存："毁我誉我，不妨两任之！"

　　朝闻道夕死可矣。每个渺小的身影，他们用尽一生来撬动真理，足以迸发出照亮宇宙的耀眼光芒，劈开所有蒙昧与迷信。宇宙写下晦涩浪漫的谜题，所有解开或解不开的真相，所有正确或者错误的猜想，都同样具有令人沉迷的魅力。

　　许多年后，我终于惊喜地看见，你们的探测器挣脱地心引力，载着五千年间的深情回响，向着我的怀抱，徐徐赴约而来——

　　它的名字，叫做嫦娥。

星辰来信——月亮

沈括
SHEN KUO

文 明戈

梦溪笔谈
才冠绝世未轻议

论起别家孩子的特长，有的小孩好书法，有的小孩好练武，唯有沈括和他们都不一样。

他好奇。

沈括没开智前，沈家画风是这样的。

"爹，彩虹是什么啊？"

沈周慈爱地点点沈括的小鼻尖："傻孩子，那是连接人间与天堂的桥啊！"

沈括开了智后，沈家画风是这样的。

"爹，为什么会有二十四节气啊？"

"傻孩子，那是因为劳动人民的智慧呀！"

沈括："可我问的是这种把太阳的一个回归年长度分成二十四等分而设置的节气，与依据月亮运动设置的月份，这两者间不固定关系所造成的不可调和的矛盾该如何解决呢？"

沈周："……我去厨房看看你娘。"

沈括屁颠屁颠跟在后头："爹，我还没问完呢，磁石是什么？"

"为什么蜂窝拿在手上会发麻？"

"诗云'人间四月芳菲尽，山寺桃花正盛开'，可四月桃花早就谢了，您说白居易是不是写错了？"

沈周终于崩溃了："你上书里问白居易去！"

白居易是问不着了，不过沈括记住了两个字——"看书"。正好自家是个官宦世家，家中藏书无数，小沈括开始没日没夜地埋在书堆里。在这种备战高考的学习强度下，不到十四岁他就把家里所有的书都看完了，上至四书五经下至家传药籍《博济方》，就没有他不翻的。

不仅看，沈括还实践，因为自幼体弱，沈括不仅在自己身上应用，还在别人身上"试验"。别人患了目疾，沈周一眼没照顾到，沈括大笔一挥就给人家开了张方子。

"此药名为乌头煎丸。黑豆，二两小者，川乌头，一两去皮；青橘皮，半两去白……保管你药到病除。"

沈周知道后吓得不行："你再给人家吃出毛病！"

沈括拍了拍胸脯："爹你放心，在我表哥许复常身上试过了，没问题。再说，我这眼睛不都吃好了？"[1]

沈周被硬控整整半分钟，一时不知从何问起。

"你表哥……你眼睛……啊？"

沈周觉得不能再让他这么学了，如此下去不成疯便成魔。正好他要宦游四方，便决定带上沈括一起，用祖国的壮丽美景给他歇歇脑子。就这样，从"海上丝绸之路"的起点泉州，到"天府雄州"的简州，年少的沈括随父亲周游了大江南北。

不过沈周没想到，沈括见过的景致与风土人情越多，他的问题就越多，比如山是怎么形成的？登州海上有蛟龙吐气[2]？水淹金山寺是因为一颗龙蛋[3]？

"这孩子已经开始不琢磨人事儿了……"沈周重重叹了一口气，趁着自己知明州[4]的工夫，把他送到了他苏州母舅家借居。

好巧不巧，沈括他二舅许洞[5]是个能文能武的全才，因此沈括在苏州这段日子，不仅把他舅舅家的书也全部看完，等沈周来看他时，他已经研究起兵法了。

"儿啊，你最想做的到底是什么？"沈周无奈道，"毕竟咱得考虑就业，给爹一个明示吧？"

沈括听罢父亲的话，低头看了看手中的兵书，陷入思考。的确，好像从小到大，他从来没有什么最感兴趣的东西，他只是对一切不知道不了解的事物好奇，然后想弄清原理。如果非要说个方向的话……

沈括耸了耸肩："数学地理天文医学化学物理军事……"

沈周听着这段贯口沉默了。

可惜沈周没来得及看到沈括成才，次年就撒手人寰了，这也令沈括以父荫入仕，直

1　出自《苏沈良方》：有中表兄许复常，苦目昏，后已都瘥。问其所以瘥之由，云服此药，遂合服。未尽一剂而瘥，自是与人，莫不验。

2　出自《梦溪笔谈·异事》：登州海中，时有云气……或曰："蛟蜃之气所为"。

3　出自《梦溪笔谈》：是岁大水，金山庐舍为水所漂者数十间，人皆以为龙卵所致。

4　明州：现浙江宁波。

5　出自《宋史》：许洞字洞天……献所撰《虎钤经》二十卷……又著《春秋释幽》五卷、《演玄》十卷。

接上任海州沭阳县主簿。

主簿是干什么的呢？主管文书簿籍，起草文件，约等于现在的秘书。而二十三岁的沈括刚上任就遇到了一个大问题：沭河流域降水丰沛，十年九患，近来更是有滞留不动的泥泞沼泽，急需治理。

县令两手一摊开始摆烂，表示这活他干不了。当然，他也没指望沈括这个毛头小子能帮上什么忙，毕竟他就是个靠父辈功绩上位的秘书。

没想到沈括人狠话不多，到现场勘查一番，随后拿来纸笔勾出张图纸，直接找人干起了工程。

不出多久，百条水渠、九个堤坝[1]建成了。这不仅解除了水灾危机，还顺势开垦出七千顷良田，直接把沭阳打造成了农业示范城。

县令乐开了花："你小子怎么整的？"

沈括拍了拍袖子："用科学。"

所有人都以为沈括会留在沭阳，没想到他辞了职，来到哥哥沈披在任的宁国县备起考来。虽说他对做官没什么兴趣，但他祖父曾任大理寺丞，父亲和伯父又都是进士，他只当过一个小小的主簿，太给自己家丢人了。

沈括备考期间，正值沈披主持芜湖万春圩工程，这等利国利民的好事，竟有不少反对派阻拦。为了帮哥哥驳斥他们，沈括援笔立成《圩田五说》，条理清晰，思维缜密，反对派被打得瞬间闭嘴。随后沈括又帮人帮到底，积极参与工程规划，不到三个月就修复好了圩田。

后来沈括又在衙门里看见仵作打着把红伞，便跑过去问怎么回事，原来这是江淮一带一种验尸的办法。查不出尸体的殴打伤迹时，在正午阳光下用新赤油伞罩在尸体上方，再往尸身上淋些水，伤迹便能显现出来[2]。沈括好奇心顿起，立刻掏出小本本开始研究原理。

沈披：弟弟你还记得你是来备考的吗？

不过沈括毕竟聪明，这么溜号都没耽误进士及第。治平元年，守选期满后，他奉命去扬州做了司理参军。

1　出自《宋史》：括新其二坊，疏水为百渠九堰。
2　出自《梦溪笔谈·官政一》：以新赤油伞日中覆之，以水沃其尸，其迹必见。

这日沈括在街市上散步，忽然一妙龄女子撑着红纸伞，娇羞地向他走过来。

烟花三月，岸柳繁桃，行人都向他投来羡慕的目光。沈括抬头看了看伞，却是深思起来，片刻后眼里突然发出精光。

"我知道了！"

女子面色一红："公子，可是奴家还什么都未说。"

"原来红光能提高皮下瘀血与正常皮肤的反衬程度，红伞则是起到了滤光片的作用！"沈括清冷的嗓音里带着兴奋，"姑娘，你这是把验尸的好伞啊！"

姑娘：……

"腰缠十万贯，骑鹤上扬州。[1]"在这片自古多情的土地上，沈括凭借直男之力毁掉了一众艳遇，不过严格来说，他也不是没有心动过。

某次他去新开湖游玩，周围众人忽然爆发出一阵惊呼，随后纷纷指向湖面，沈括也随之望过去。只见那漆黑一片的水面上，竟有一个泛着淡光的巨大神珠，飘飘忽忽，时而与水相平，时而飞到云里。[2]

从那天起，沈括的心就被它牢牢牵住了，没事他就拿着笔记本跑到湖边观察记录。直到某天，这珠子突然变形了，先是开了一条缝，里面倏地射出一道明晃晃的金光。而后那口子越来越大，有半张席子那么大，里面的金光变成了白光，银亮夺目，开口中有一颗拳头大小的宝珠，光芒万丈，亮到周边十几里的树木都能看见影子。随后那东西突然飞了起来，莹莹有芒焰，像太阳一样映亮了整片夜空，最后没入云层，消失不见了。

沈括简直惊讶得不得了。听当地人说，这东西其实已经存在十年了，只是没人知道是什么。

夜空繁星璀璨，沈括看着浩渺无垠的宇宙，心中的求知之树再次发出新芽。

治平二年，沈括离开了扬州，被调回京师昭文馆编校书籍，闲暇之时，沈括开始研究天文历法之学。

可惜他能找到的书籍甚少，完全不能解答他的疑惑。三年后，沈括升任馆阁校勘，

1　出自殷芸的《殷芸小说·吴蜀人》。

2　出自《梦溪笔谈·异事异疾附》：嘉祐中，扬州有一珠甚大……始类日光。

这个职务让他有机会接触皇家藏书，沈括像只不知饱足的饕餮，不舍昼夜苦读。

虽然最后他没弄懂那神珠是何物，却因此精通天文，成了行家。

熙宁四年，此时正赶上王安石变法，于是样样通的沈括走进了他与宋神宗的视线。次年，宋神宗下令疏浚汴河，拜历任治河官员徒挂虚名所赐，汴河整整淤塞了二十年。

找谁来治理呢？宋神宗扫视一圈，挑中了有两次治水经验的沈括。

面对这种难搞的工程，沈括也没犹豫，二话不说就赶去了施工现场。经过他的实地考察，他发现部分河道的河底竟比堤外的平地高出一丈二尺多，"自汴堤下瞰，民居如在深谷中。[1]"

要想针对性地制订治理汴河的工程方案，那就需要精确知道汴河上下游之间的地势差。可这东西怎么测？老师傅们面面相觑，无计可施。

沈括眉头紧锁，双手抱胸站在河边来回踱步。他时而停下来用手朝远处比画着什么，时而在草稿纸上涂涂改改。

"好了。"一日后，沈括骨节分明的大手上摊着张天书般的图纸。

众人围过来："这是个啥？"

沈括眉梢微挑："分层筑堰测量法。"

后来工人们根据他的指挥依次筑起多层堰坝，并分段测量出上下堤堰里的水位高低。沈括站在上游负手而立，从容开口："自开封上善门到泗州汴河入淮口，距离八百四十里一百三十步。两地水平高差……"

沈括闭目心算，把所有的水位高差加在一起，随后睁开眼："十九丈四尺八寸六分。"[2]

他的精密数据，为河流治理提供了严谨的科学依据，而分层筑堰测量法更成为世界水利史上的创举。由于工作完成得漂亮，神宗很满意，为他升任为太子中允，提举司天监。

终于能和天文打交道了，沈括兴冲冲地前去报到。结果他到灵台一看，这些科研人员的学术水平没一个比自己强的，甚至很多日官都是走后门进来的混子。

"你们这是对科学的亵渎！"

沈括十分生气，决意大刀阔斧改革机构。不仅是人，就连仪器与历法他都看不顺眼。

1　出自《梦溪笔谈》。

2　出自《梦溪笔谈》。

"这浑仪用着又复杂，又不能正确显示月球公转轨迹的月道环，窥管口径也小，如何观测极星？改！

"这漏壶乃测定时刻所用，对精度要求极高，为何非用曲筒铜漏管，不用放在下部的直颈玉嘴？流水一点不通畅！改！

"测日影的圭表[1]，就没人考虑蒙气差[2]对测量精度有影响吗？要用三个候影表来观测影差，才能克服蒙气差！改！

"还有这《大衍历》，沿袭至今已整整落后天象五十余刻了！还在用呢？改！"

爆改完天文台后，沈括又开始认真观测天象。为了测量出北极星与北天极的真实距离，他每夜起来观测三次，连续坚持了三个月，绘制两百余张图，终于得出极星"离天极三度有余"的粗测结论。此外，他还用晷与漏观测，发现太阳连续两次经过中午的时间间隔有长有短。

沈括在司天监干得风生水起，而宋神宗经过背景调查，又发现了他的军事才能。

熙宁七年，神宗调任他为河北西路察访使，让他专注改革军政和巩固国防。沈括出差一年，完美交上三十一条整改意见。后来神宗觉得兵器产量低质量差，便让沈括兼判军器监，总领军器之事。沈括经过一顿调研，建议大量制造"神臂弩[3]"，八个月后，兵器产量直接提高了十几倍。

就在这时，宋辽边界忽然发生冲突，辽使萧禧来到汴京，要求以黄嵬山为分界线，重新划分国土。可黄嵬山这块领土究竟属宋属辽，历史早有定论。

本着"沈括是块砖，哪里需要哪里搬"的原则，神宗连忙召来他，搓了搓手。[4]

"不知爱卿嘴皮子如何啊？"

沈括了解了大概情况后，淡定前往枢密院查阅以前与辽商定的档案，又和下属们把

1　圭表：在石座上平放的一把尺，南北两端各立一个标杆。根据日影的长短来测定节气和一年的长短。

2　蒙气差：光在空气中传播，会有折射效应，天体发出的光穿过大气层时，光发生折射，使我们看到的天体比实际位置要高，这种光现象叫作蒙气差。

3　又称"神臂弓"。

4　出自《资治通鉴·宋纪》：帝不得已，遣知制诰沈括报聘。括诣枢密院阅故牍……今所争乃黄嵬山，相远三十余里，表论之。

相关的几十份书信资料全部背了下来。沈括出使辽国后，与契丹宰相杨益戒先后进行了六次谈判，每一次沈括都用缜密的逻辑与扎实的史料储备，把杨益戒堵得哑口无言。

最终，辽廷退让，两国关系缓和。此时契丹刚下过一场暴雨，雨过天晴，碧空如洗。在沈括一行人营帐前的溪涧中，一道彩虹赫然出现 [1]

沈括和同僚看见后，走近涧边观赏。只见那虹的两端都垂在溪涧里，周围是飞溅的晶莹水珠，绚烂又美丽。

"不知这虹从何而来？"

"世传虹能入溪涧饮水。"

同僚七嘴八舌讨论着。沈括恍惚了一下，随即摸了摸自己的鼻尖，似乎想起来些久远记忆，片刻后清了清嗓。

"什么虹能饮水。孙彦先 [2] 说过，彩虹就是雨中的日光影像，都懂不懂色散？"

同僚看着一脸理工相的沈括，遗憾地摇了摇头。

"咱不懂得色散，他不懂得浪漫。"

此次出使，沈括不仅圆满完成任务，还以"打猎"为由，摸清了辽国的每一片土地。根据一路上"山川险易迂直，风俗之纯庞 [3]"，沈括写了份沿途考察报告——《使契丹图》，此文中的地图不仅精确到了辽国的每一条道路和河流，对地方风俗人情也有记载。

神宗龙颜大悦，提拔他为淮南、两浙灾伤州军体量安抚使。熙宁九年，沈括官拜翰林学士、权三司使。

因为沈括杰出的军事才能，元丰三年，他又出知延州，肩负抵御西夏的重任。

在军队中，他发现兵士喜欢用皮革箭袋作枕头，据说能听到远处的人马声。沈括猛然联想起儿时蜂巢的疑问，于是提出了"虚能纳声"的空穴效应。 [4]

士兵自然不理解沈括在研究什么，大家更加在意与打仗相关的设备问题，比如指引

1　出自《梦溪笔谈》· 熙宁中，予使契丹……是时新雨霁，见虹下帐前涧中。

2　孙彦先：唐代精通天文历算之学的进士。

3　出自《宋史》。

4　出自《梦溪笔谈》：古法以牛革为矢服，卧则以为枕，取其中虚，附地枕之，树里内有人马声，则皆闻之。盖虚能纳声也。

方向的司南。沈括经过比对观察，发现比起传统的水浮法和碗沿法，还是悬丝法最准。

"大人，您不是都改良完了吗？"士兵不解地看着还在做实验的沈括。

沈括嘘了一声。

"别说话，磁针能指南，然常微偏东，我好像发现磁偏角了。"

后来沈括又在军营内点燃漆状液体，帐篷滚滚浓烟，熏得漆黑一片。

士兵大叫着冲进来："大人！您没事吧？"

沈括嘘了一声。

"别说话，我好像发现石油了。"

沈括常用朝廷所赐之钱给大家买酒[1]，以至于库房墙边酒坛子高高摞起，沈括没事就拿着本子蹲在旁边写画。

"大人……"这次不等沈括嘘，士兵直接发问，"您又发现啥了？"

"用连续模型解决离散问题，我在发明高阶等差级数求和。"

"那这是……"士兵甲指了指酒桶盖上的几条白线。

沈括漫不经心道："会圆术，平面几何。"

士兵乙猛一抬头："在哪儿集合？"

沈括在边境干得非常出色，元丰四年十月，他以少胜多攻下磨崖寨，一个月后，又兵不血刃地拿下了浮图、义合等地。因他"守安疆界、就副边事有劳"，次年二月，沈括荣升龙图阁学士，先后用计攻下了金汤和葭芦。

仕途的顺利与战事的繁忙令沈括没有时间再研究自己的爱好，他的本子放在角落里，慢慢落了一层浮灰。

后来西夏国王听闻宋神宗想在三州界筑永乐城，甚感威胁，于是遣三十万大军进攻。由于这是他们的生死存亡之战，国王派出了西夏最著名的骑兵——"铁鹞子"。这些悍将皆骑良马，着重甲，刺斫不入。

在势不可当的攻势下，西夏军所向披靡，宋军大败，死伤二十余万，沈括则因"议筑永乐城，敌至却应对失当"，被贬为筠州团练副使。

---

1 出自《宋史》：至镇，悉以别赐钱为酒。

被贬的日子很不好受，俸禄减半，没有实权，甚至不能随意离开随州。

野草粘天雨未休，客心自冷不关秋。寨西便是猿啼处，满目伤心悔上楼。[1]

秋雨连绵，冷风萧瑟，沈括登上汉东楼，拿起自己写满公式推演的本子，面色哀伤地题了这样一首诗，这是这个理工直男为数不多的柔软时候。

沈括："我悔啊……"

儿子沈冲心疼安慰道："爹，别难过了，贬官而已，还能东山再起。"

沈括："真不该当官，耽误我做学术。"

沈冲：……

元丰八年，沈括改任秀州团练副使。在风景如画的江南，沈括继续专心做起了学问。

他听闻铅山县有苦泉，流而成涧，于是开始查资料调研；他想起儿时空中有龙吐气的传闻，于是四处走访；他觉得传统历法不科学，又开始琢磨革新。

一开始一切都很正常，后来画风逐渐就跑偏了。

歌伎正在抚琴演奏，他往人家琴弦上放小纸人；路边有人用蜡烛与铜镜变戏法，他天天蹲点看；山林有飞鸟，他自制网兜去捉鸟……

邻里们不理解，于是摇头叹息。

"这老爷子做学问做疯了。"

元祐四年，沈括举家搬到了梦溪园。

此时沈括年岁已高，他隐居于此，整理记录自己所有的研究成果，编为《梦溪笔谈》。没想到几年后，他突然身染疾病，数月间便骨瘦如柴，常精神恍惚，神志不清。

沈冲每次去探望父亲，都会忍不住哭泣。

他眼中的父亲一直是世界上最酷的人，永远淡定沉着，什么都懂，可如今他却要亲眼看着父亲日渐糊涂，这种滋味实在难受。

润州刚下过大雨，雨过天晴，沈冲扶着满头银发的沈括来园中散步，溪水中倏尔出现一道彩虹。

1　出自沈括的《汉东楼》。

沈冲欣喜地指了指："父亲，您曾教过我，虹是雨中的日光影像。"

沈括慢慢抬起头，呆呆愣愣地看向彩虹，浑浊的眸子中明暗交杂。

"不，那是连接人间与天堂的桥。"

绍圣二年，沈括没能再从榻上坐起来。临终前，他嘴里一直念叨着，黑土是天上星辰，高山是汪洋大海。

前来见他最后一面的亲友听后皆掩面悲泣，他们不知沈括竟已经神志混乱到这种地步。可在无人注意的房间书案上，一本破旧凌乱的笔记中，有一页却正在发出光来。风把笔记吹开，在世人看不见的维度里，这一页页浸满墨迹的纸，正在飞速以宇宙为尺度翻动。

天有大声如雷，乃一大星……是时火息，视地中有一窍如杯大，极深，下视之，星在其中荧荧然。[1]

火光与雷声闪过，穹顶之上有陨星骤尔落下，星尘荡风四散落于大地，不知几多。

余奉使河北，边太行而北，山崖之间，往往衔螺蚌壳及石子如鸟卵者，横亘石壁如带。此乃昔之海滨，今东距海已近千里。

纸张上巨浪滔天，辽阔的华北没于深海之中，转瞬间亿万年流逝，海洋消失，巍峨的太行山拔地而起。

……

黑土是天上星辰，高山是汪洋大海。

宏大场景如烟散去，画面唯剩残灯半盏，枯笔一支。

一个白发老人坐在案前不知疲惫地记录着，他从信州苦泉中归纳出湿法炼铜技术，为空中宫室台观称为海市蜃楼。

他用十二年绘制出《天下州县图》，其图幅之大，度量之精，前所罕见。

他用琴弦上的纸人发现了应弦共振现象，这比国外的纸游码试验早了五百年。

---

1 出自《梦溪笔谈》。

他发明出的"十二气历"[1]，弥补了古代历法的缺陷，而与之原理相同的英国"萧伯纳历"，比之整整晚了九百年。

当文物"透光镜"出土，没人能解释为何其背面的花纹能从正面映射到墙上，无数现代人都惊其为"魔镜"时，这古旧戏法的谜底，就静静躺在桌面上，那本《梦溪笔谈》中。

为了纪念这位科学家，1979年7月1日，紫金山天文台将小行星2027(1964 VR1)命名为"沈括星"。

沈括这辈子做了太多事，可归根到底，其实只有一件，那就是探究真理。

这个严肃较真的古人，由心中所感出发，然后用他的一生去穿越一片片荆棘迷雾。而他脚步丈量出的土地，则成为了中国，乃至世界古代科学的瑰宝。

科学是以怀疑为基础的信仰，质疑则是通往真理的奠基石。

沈括留给我们的不仅仅是《梦溪笔谈》这部百科全书式的著作，更是这种永远质疑、永远探索的精神。

而这种精神，最终会化为一道长虹，指引着无数科研人，勇敢地走向未知浪漫的广袤之地。

——虹，是连接人间与天堂的桥。

注：本文主要围绕着沈括的科学成就进行叙述。

1　十二气历是完全按节气来定历的历法制度。

徐霞客
XU XIA KE

文
顾闪闪

且向前去
朝碧海而暮苍梧

166

弘治十二年，明朝发生了一桩大案。

那一年，我们熟知的风流才子唐伯虎入京参加会试，但在即将放榜时，他和另一位考生却被人举报"贿金取题"，存在严重的舞弊行为。

此事轰动一时，虽然最后经查实，他们两个人并不在录取名单中，自然也谈不上什么"暗箱操作"。不过，秉持着"息事宁人"的一贯原则，他们两名考生还是被削去仕籍，不准再考，发为县衙小吏。

唐伯虎十分崩溃，拒不就职。

然而彼时彼刻，有一个人比唐伯虎还要崩溃——他便是后人在谈及唐伯虎传奇人生时，一直会提及，却也一直被忽略的"另一位考生"，他的名字叫作徐经。

满怀入仕报国之志，却沦为天下笑柄。即便蒙受了这等天大的冤屈，登上了大明历史报的头版头条，徐经的名字也只能小小地缩在唐伯虎的单人大画像下。

二十几岁的徐经欲哭无泪，悲哀得简直想笑，他不禁深思："人生的意义到底是什么？难道我寒窗苦读十余载，为的就是今日之辱吗？"

从这一刻起，徐经就看破了，什么功名利禄，什么富贵浮名，土鸡瓦犬耳！舞弊风波后的第七年，徐经便客死在北上旅行的途中，他的看破没能救得了自己，但却成全了他的一位后人。

这位后人名叫徐弘祖，是徐经的五世孙。不过，比起这个带着士绅味的名字，他本人还是更喜欢用"外号"来称呼自己——

他便是中国历史上的大旅行家徐霞客。

弘祖这两个字用在徐霞客身上，是非常贴切的。他用一生弘扬了高祖徐经的志向，但这志向却并不是世俗意义上的"升官发财"。他与他的曾祖一样，无心官场，酷爱远游。徐经因为英年早逝没有实现的梦想，在他的这位后代的身上，以一种无比绚烂的姿态绽放了。

这当然主要得益于徐霞客本人的优良品质，但这种用一生游遍大半个中国的壮举，单单靠一个人或一代人，是无法完成的。徐霞客在这场征途中虽然孤身，但并非独行。

他其实是在徐家的几代人的"陪伴"下，欣然上路的。

徐霞客出生于现在的江苏省江阴市，明末时期，这里是最发达富庶的地区，而徐家则是江南富人圈中的佼佼者。从徐霞客曾祖父那代起，徐家的田产和作坊就多到数都数不清，虽然后来家道中落，但在徐霞客父亲徐有勉和母亲王孺人的用心经营下，家境又渐渐殷实起来。

正因如此，徐霞客才能拥有充足的启动资金，即便不上一天"班"，也能天南海北四处走，全无后顾之忧。

除此之外，徐家的祖先还给徐霞客留下了两样比财富更加重要的东西，那就是"书籍"和"自由"。

徐家有自己的"万卷楼"，收藏的书籍"充栋盈箱，几比四库"，简直比国家的官方藏书还要全。而徐霞客自己也酷爱读书，他的族兄徐仲昭说他只要看见别人那里有自己没见过的书，就激动得不得了，即便兜里没钱了，也要脱下衣服来典当掉，当场把这套书买下来，而后再喜滋滋地背着书回家。[1] 在这些书籍中，徐霞客最喜欢看的，就是各种介绍祖国大好风光的舆图地志和山海图经。

光是倒背如流还不够，随着个子一天天长高，他对亲眼看一看这些山川大海的渴望也越来越强烈。对于徐霞客这样的人来说，龟缩一隅、碌碌营营是世间最残酷的折磨，他无时无刻不想走出去，期盼着过上"我欲倒骑玉龙背，峰巅群鹤共翩翩[2]"的生活。

然而，在所有读书人都被儒家思想规训的古代，这是不切实际的，甚至是古怪的。徐霞客并非"怪咖"，他只是年纪轻轻便看清了，在无涯的时间面前，众生皆是蝼蚁。与其将自己困死在方寸屋檐之下，对厨房中的半罐蜜糖垂涎，成群地将食物残渣搬来搬去，面临着随时被人碾死的风险，他这只蝼蚁更愿意爬上一座座高山，在有限的生命中去看更多的风景，用小小的步子丈量天地的辽阔。

正因如此，他才会年纪轻轻就喊出那句："大丈夫当朝碧海而暮苍梧，乃以一隅自限耶？[3]"

---

1 摘自《徐霞客墓志铭》中徐仲昭所写内容：霞客性酷好奇书，客中见未见书，即囊无遗钱，亦解衣市之，自背负而归，今充栋盈箱，几比四库，半得之游地者。

2 出自徐霞客的《鸡山十景·瀑布腾空》。

3 出自陈函辉为徐霞客所写墓志铭。

今天，因为徐霞客成功了，出名了，还留下了一部蜚声遐迩的《徐霞客游记》，所以后人肯定他的志向，歌颂他的成就，尊称他为大旅行家、大探险家、地理学家。

可当我们关闭上帝视角，和青年徐霞客一起站在故乡的十字路口，会听见乡亲们怎样的议论呢？我想，那多半是一阵不掩嘲笑的切切察察："他啊，败家子！徐家的那个街溜子嘛。"

那么徐霞客真的是一个四处闲逛、不让人省心的"街溜子"吗？

答案当然是否定的。

前文我们提过，徐霞客酷爱读书，除了地理图志外，该读的经史子集和历代史书，他也半点没落下。徐霞客的游记写得相当优美，不同于一般的考察笔记，他笔下的风景如诗如画，严谨中饱含飞扬的浪漫，寥寥几笔就把大千世界的万种风光展现在我们眼前。这也就是为什么，他在拥有旅行相关的头衔之余，还有文学家的头衔。

除了好读书、爱学习外，徐霞客的性格也没得说。他虽然是个富 N 代，但一生都过着勤俭节约的生活，因为眼中只有山水，所以他从不在衣食吃穿上挑剔。他侍奉双亲至恭至孝，是发自内心地爱自己的父母，他继承了父亲蔑视权贵、清高正直的个性，从不屑巴结那些有权有势的冠盖之流，可一旦遇到志同道合的朋友，哪怕对方再贫贱，他都会立刻穿上鞋履，前去登门拜访，送上自己的名帖。

在徐霞客背起行囊闯世界前，他几乎满足世间父母对于"好儿子"的一切幻想，可他却偏偏选择走上了"叛逆"的道路。

万历二十九年的一天夜里，十五岁的徐霞客站在父亲的房门前，悬在门前的手迟迟未动，他心中万分忐忑，几乎想要转身逃离。可最终，他还是鼓起勇气推开了门，直视着父亲的眼睛，他胆怯却坚定地说出了自己的心里话："父亲，我不想再考科举了。"

当时的大明朝是一个巨大的"考公"大国，科举几乎是所有读书人唯一的人生晋升通道，多少人像《儒林外史》中的范进一样，皓首穷经，直到老眼昏花了，还被困在八股文的牢笼里，就是不肯放弃。

可徐霞客才刚刚十五岁，试水一样地参加了一场童子试，就敢说自己告别科举了？

结局可以预见，轻则劝勉威逼，重则家法伺候啊！

然而，听了儿子"大逆不道"的宣言后，徐有勉却只是释然地笑了笑："不喜欢，咱

们就不考了。"

是的，不喜欢，所以不选了。

在大多数人的认知中，越是富裕的家庭对子女的期望越高，但徐霞客的父亲却说："仲子弘祖眉宇之间有烟霞之气，读书好客，看来可以继承我的志趣，我不愿他富贵。"不仅如此，徐有勉还在温暖的灯辉下，将自己这些年来旅行的所见所闻，都一一地讲述给少年徐霞客听。

徐霞客趴在桌上，枕着自己的手臂，听得入迷，一个了不起的志向在他心中生根发芽。

于是世界少了一个老眼昏花、佝偻应试的老朽，多了一位丈量天地、素履以往的奇迹行者。

遗憾的是，这样一位开明的父亲，在徐霞客 19 岁时便去世了。在守孝三年后，22 岁的徐霞客在母亲王孺人的目送下，正式开始了自己的远游。

端方者往往比轻率者更难迈出第一步，可一旦启程了，他们的足迹将延伸至无限远。

"好学生"徐霞客的旅行路线的辐射之广，令人咋舌。据记载，除了遇到至亲去世这种大事，徐霞客自出发起，几乎每一年都在路上。他的旅行历时 30 余年，北历燕冀，南涉闽粤，西北直攀太华之巅，西南远达云贵边陲，足迹遍及我们现今的 16 个省，这才写下了共计 62.8 万字的《徐霞客游记》。

远游刚刚开始，徐霞客便乘船沿京杭大运河直奔有"五岳之首"之称的泰山而去。这一路上，徐霞客游泰山，拜孔庙，脚踏玉皇顶，途中还顺便打卡了"江南明珠"太湖，攀登了风光秀美的西山和东山。

从这之后，他又陆续登顶了天台山、雁荡山、黄山、武夷山、嵩山、华山、五台山、落迦山、太和山、恒山、罗浮山、盘山……

如果当时有朋友圈，可以想见徐霞客朋友圈的画风必然是：

"小小泰山，拿下。(附照片)"

"小小华山，拿下。(附照片)"

在这些奇峰中，徐霞客最喜爱的还要数号称"天下第一奇山"的黄山。黄山并不是五岳之一，但却以"奇松怪石，云海温泉"闻名于世。作为一位行程很赶、几乎不走回头路的旅行家，徐霞客一生两次登临黄山，还发出了"登黄山，天下无山，观止矣[1]"的由衷感叹，靠一己之力把黄山的知名度打到和五岳齐平。

那么问题来了，吸引徐霞客的黄山到底有什么魅力？

这时候，徐霞客喜欢写游记的好处就体现出来了，打开《徐霞客游记》中关于黄山的两篇日记，我们能清晰地随着他的视角，感受这座奇山的魅力。

初四日，十五里，至汤口。五里，至汤寺，浴于汤池。扶杖望硃砂庵而登。十里，上黄泥冈。向时云里诸峰，渐渐透出，亦渐渐落吾杖底。

转入石门，越天都之胁而下，则天都、莲花二顶，俱秀出天半。路旁一岐东上，乃昔所未至者，遂前趋直上，几达天都侧。复北上，行石罅中。石峰片片夹起；路宛转石间，塞者凿之，陡者级之，断者架木通之，悬者植梯接之。下瞰峭壑阴森，枫松相间，五色纷披，灿若图绣。因念黄山当生平奇览，而有奇若此，前未一探，兹游快且愧矣！

徐霞客两抵黄山，第一次是充满遗憾的，因为他进山时，刚好赶上了大雪封山的三月。但这并没有让他萌生退意，作为一名读书人，他在山顶僧人连口粮都运不进去的情况下，蹚着积雪，与同伴们一同向山巅的光明顶攀去。

既然山路已被大雪掩埋，徐霞客又是怎么上去的呢？

在游记中，他作出了解答："数里，级愈峻，雪愈深，其阴处冻雪成冰，坚滑不容着趾。余独前，持杖凿冰，得一孔置前趾，再凿一孔，以移后趾。"

群山环绕，石峰陡峻，天门的两面石壁更是高达数十丈，光是向上看一眼，便令人感到阴森悚骨。脚下的积雪都冻成了坚冰，稍不留神就会滑下万丈深渊，更绝望的是没有路，随行的人们都胆寒地面面相觑："回去吧，玩命不值得。"

只有徐霞客孤身向前，奋力用手中的竹杖在坚硬的冰面上凿出小孔，尽管这个小孔连一只脚都放不下，他还是紧接着凿出了第二个，就这样一边凿，一边踮着脚向上爬。就这么一步一步地爬上了黄山之巅。

大明书生，恐怖如斯。

不过此次大雪和阴天没能让徐霞客将黄山景色看足，于是仅仅过了两年，他又来了。

1　出自徐霞客的《徐霞客游记》。

这一次，他终于饱览了"云里诸峰，渐渐透出，又渐渐落吾杖底"的盛景。

他看见诸峰飘浮在云雾之中，时为碧峤，时为银海；也看到了峰顶巨石如峙，中空如室，高峻奇诡；在他的游记中，奇诡交错生长的奇松和枫林散布在黄山峭壁之间，五色缤纷，灿烂得仿佛锦绣画卷，周围层层的山峦就仿佛有了生命一般，美得令人狂叫欲舞。

这一趟，徐霞客还登上了天都峰和莲花峰两座高峰，在这里，他有了一项惊人的发现。在他抵达之前，前人都以为天都峰高于莲花峰。徐霞客在没有精密仪器的情况下，仅靠自己的双脚和目力，便丈量出来莲花峰才是黄山的最高峰。

这一点在现代得到了验证。经测量，天都峰海拔 1810 米，而莲花峰海拔 1864 米，两者海拔仅仅相差了 54 米，这是何等的敏锐？估计勘探人员在看到这个结果时，都会惊得倒吸一口凉气。

西方探险家在攀爬高峰时，总喜欢用一个词——"征服"，仿佛攀上高峰，大自然就被踩在了脚下。

但徐霞客从不讲"征服"，游记中的他如同一粒蒲公英的种子，能够被山风吹远，飘至山崖，在山巅静静伫立片刻，将此间的景色尽收眼底，便已将其当作莫大的幸运。

所以他才会在黄山的祥符寺静坐一整天，只为了听雪滑落的声音。

徐霞客享受的，不过是与山川共同呼吸的那一刻，是"人意山光，俱有喜色"，是"明星满天，喜不成寐"，是"木秀石奇，意甚乐之"。

好友陈函辉说他："寻山如访友，远游如致身。"群峰于他而言，不是需要征服的敌人，也不是狭路相逢的对手，而是新朋旧友，他与它们一同赏流霞漫天，看冰花玉树，像春游的孩子一样，激动得久久无法入眠。

对于一般的旅行者来说，旅行当然是怎么舒服怎么来。但徐霞客却恰恰相反，他非但不避险远，还哪有"绝路"，就往哪处钻。

徐霞客在爬黄山的时候，文殊院的僧人曾告诉他，想要登高览景，有两条路线可以选：天都峰虽然近一些，但却没有路；而莲花峰有路上山，但却路途遥远。僧人建议他，等第二天时间充裕了，去爬莲花峰，至于天都峰，只在近处看一看便罢了。

但徐霞客哪里是会听劝的人？

他甚至没有等到第二天，便拉着友人们上路了。其实上山的时候，望着石崖荆棘，徐霞客自己也嘀咕："上山尚且如此艰难，下山时要怎么办呢？"

可紧接着，他便给出了自己的态度："管他呢？去了就知道了。"

正因有这样的精神，我们才把徐霞客和那些走马观花、游山玩水的旅行者区别开来——他不仅仅是旅行家，还是一位当时少有的探险家，旅行对他而言，并不仅仅是消遣，他不光要游得开心，还要游得明白，游得透彻。

地质学家丁文江曾说："然则（徐霞客）先生之游，非徒游也，欲穷江河之渊源、山脉之经络也。"

比如看到喀斯特地貌，一般人也就是感叹一下它的神奇瑰丽，勤快的可能会去找找图示，但徐霞客绝不满足于此，他一定要亲身到有着十万大山的贵州境内去看一看才行。

《禹贡》中记载"岷山导江"，徐霞客不信，所以他跋涉万里，到长江的源头去亲眼求证，如果与事实不符，即便是划定九州的大禹，他也要质疑。

徐霞客还尤其喜欢钻各种"怪洞"。湖南茶陵县有个麻叶洞，在当地人眼里，这洞就像《西游记》中的盘丝洞一样，里面有妖魔横行，据说去过的人都在里面看到了诡异的景象。徐霞客一听，这怎么能不去，当即便找向导带路。

向导看他满眼兴奋，还以为这是位得道高人斩妖除魔来了，二话不说就把人带去了，可到了洞口才知道，徐霞客竟什么法术都不会！向导连滚带爬逃下了山，反倒是徐霞客，拿着火把进了洞，看了个痛快。

在洞里，他并没有邂逅什么蜘蛛精白骨精，而是饱览了"两壁石质石色，光莹欲滴，垂柱倒莲，纹若镂雕，形欲飞舞"的溶洞奇观。

或许有人会觉得"好奇心害死猫"，徐霞客也太较真了，少上一座山，少进一个洞穴，又会怎样？

可正因为有了这些"较真"，才有了徐霞客笔下对于我国境内几百个洞穴的详细考察，才有了对于种种自然地理现象的科学分析，也是因为徐霞客的较真，才有了溯源三江的《江源考》。从那时起，中国人才第一次意识到，原来金沙江才是长江的源头。

徐霞客曾感慨："达者之言，大半欺人。[1]"即便是古籍经典中记载的"真理"，也未

1　出自《霞客圹志铭·并序》。

必是事实，而他不愿自欺，所以定要求个明白。

但他也为自己的执着，付出了惨痛的代价。

《徐霞客游记》中对于徐霞客旅途伤病的记述不胜枚举。

除了伤风受寒引发的发热咳嗽外，受云贵地区瘴气的影响，他常年患有多种皮肤病，从头面到四肢都长满了疹块，"累累丛肤理间，左耳左足，时时有蠕动状"。他手脚多生脓疮，发作时行动都成了问题，更不用说各种跌打损伤和风湿骨痛，都无时无刻不在折磨这个已不再年轻的旅行者。

可即便如此，徐霞客还是想一直走下去，但这个计划却在他 38 岁的时候，不得不暂时搁置了。

天启四年，徐霞客的母亲王孺人已经八十岁高龄，这位慈爱的母亲自徐霞客十几岁起，便义无反顾地支持儿子的理想。按照当时的"父母在，不远游"的观念，在父母还健在的时候，徐霞客如此离家远游，简直是大不孝，但王孺人却从容地为他补上了后半句：谁说父母在，一定不能远游，"游必有方"，不就可以了？

身为男子，志在天下，天下者，山川也；羁留家园，一如篱中小鸡，车辕小马。儿能为乎？

为了激励儿子，她还专门为徐霞客缝制了一顶"远游冠"。这些年来，只要看到这顶远游冠，徐霞客就会想到母亲对自己说过的话，脚步也更加坚定。然而越是如此，他心中对于母亲的亏欠便越甚。

终于，在母亲八十岁那年，他停住了，他遗憾地笑着对母亲说："儿子这回，真的不走了。"[1]

知子莫若母，王孺人当然明白徐霞客的心意，可即便到了这时，她仍然不愿自己成为儿子前行路上的累赘，所以她做了一个最伟大的决定——她要陪徐霞客一起出游，她要用行动支持儿子，走完这最后一程。

这是徐霞客一生中，走过最慢也最安心的一段旅程，母亲在他的搀扶下，望着他看

---

1 出自《霞客圹志铭·并序》：先以母在堂，定方而往，如期而还……母以八十余大归，始放志戴远游冠，而过名山福地，必涕泣博颡为久母求冥福，即今日从海外归父母之邦，犹日以身还父母也，可以远游目之耶？

过的那些绿水青山，嘴角含笑。可惜的是，母亲的年纪已经太大，再美丽的风景在她眼中，也看不真切了。

于是徐霞客只好指着眼前浩渺的烟波层峦，向她描述道："娘，这就是孩儿毕生的事业，是儿子这多年来所见所爱的一切。"

母亲遂点点头："嗯，这很好。"

那一瞬间，徐霞客像个孩子一样红了眼眶，他强忍着泪水，就仿佛一只飞了很久的鸟，忽然找到了一根可以歇脚的树枝。

他不再是漂泊的旅客，母亲在哪里，故乡就在哪里。

除了亲情外，在旅行的路上，徐霞客还收获了生死不渝的珍贵友情。

徐霞客有许多朋友，可以确定的一点是，这些朋友都不是为了钱财而来——毕竟在旅途的后半程中，徐霞客已经是个穷光蛋了，多少家财也经不起自己一生的挥霍，窘迫到头的时候，徐霞客没准还要去他们那里"打秋风"[1]。

但朋友们都欢迎徐霞客，因为志同道合，因为意气相投，也因为眼前的这个人做成了他们想做，但都没有勇气去做的事情。

滇南高僧担当和尚曾写诗赠予徐霞客，诗云："从此未须劳淡想，留君一坐即名山。[2]"

徐霞客亦以诗回赠："知君足下无知己，除却青山只有吾。"

崇祯九年，徐霞客开启了他人生中行程最远，也最艰难的一段旅程，他的足迹直抵被称为瘴蛮之地的楚、粤西、黔、滇，后世称之为"万里遐征"。当时，年近五十的他身体已近乎千疮百孔，可这更坚定了他出行的决心——他怕再不去，就来不及了。

在云南，徐霞客结识了他生命中一位非常重要的朋友，他的名字叫作木增。

作为纳西族的领主，木增在向徐霞客展现纳西族淳朴热情的同时，也给予了徐霞客极大的尊重。他用最高规格的宴席"大肴八十品"盛情款待了这位来自远方的客人，邀请他到木家院去做客，向他请教中原文化，还请他担任自己儿子的老师。[3]

1　打秋风，俗语，指利用关系向人索取财物。

2　出自担当和尚的《留先生小坐》。

3　出自《徐霞客游记》：公命大把事以家集黑香白锒送。下午，设宴解脱林东堂……银杯二只，绿绉纱一匹。大肴八十品，罗列甚遥，不能辨其孰为异味也。

作为回敬，徐霞客废寝忘食地为他整理编校了《云莲淡墨》，修纂《鸡足山志》，还在游记中详细地记下了纳西族的风土人情。

在徐霞客的朋友中，还有一位名气并不响亮的静闻和尚，他是徐霞客万里遐征的伙伴，也是他至死无法忘怀的知音。

旅行开始时，静闻本欲带着自己刺血写就的《法华经》，到云南鸡足山供奉，但两人却在湘江遭遇了盗匪，行囊都被焚烧劫走，他们自己也身受重伤。令徐霞客没有想到的是，在这样危急的时刻，静闻竟然冒刃、冒寒、冒火、冒水救出了《徐霞客游记》的手稿，而他自己却因为伤重不治而离世了。[1]

临终前，静闻对徐霞客说："我志不得达，死愿归骨于鸡足山。"

徐霞客也不负重托，他冒着被南宁崇善寺和尚谋害的危险，用匍匐在地的方式，用竹筷将静闻的骸骨逐一捡起，而后背负几千里，将它们葬在了鸡足山的文笔峰下。

而鸡足山，也成了徐霞客旅程的最后一站。

公元 1639 年的一个晚上，丽江府土司木增夜不能寐。

一年来，他几乎每天都在盼望徐霞客带着新游记，从鸡足山归来。他想念那人眉间的烟霞之气，想念他绘声绘色的讲述，想念他笔下别有洞天的大千世界。他早已备好了美酒和佳肴，只等对方与自己分享那些或绮丽或惊险的经历见闻。如今徐霞客真的回来了，但却不是自己走回来的，而是被人七手八脚地抬下了山。

送他回来的当地青年哽咽着说："徐先生再也站不起来了。"

一豆灯光下，木增再次翻开了派人誊写的《徐霞客游记》，读到开篇游天台山的段落时，这位以刚毅果敢著称的大人物不禁潸然泪下。他的眼泪落在字里行间，晕开一团墨迹，那里以轻快的口吻写着："又里余，为珠帘水，水倾下处甚平阔，其势散缓，涓涓汩汩。余赤足跳草莽中，揉木缘崖，莲舟不能从。暝色四下，始返。"

这是二十七岁的徐霞客，面对眼前的石梁卧虹、飞瀑喷雪，他流连忘返，跑跑跳跳地与僧人莲舟一起徜徉于天台山的青山绿水中，这是他一生中最快乐的时光。

1　出自《徐霞客游记》：静闻因谓石曰："悉是君物乎？"……不知静闻为彼冒刃、冒寒、冒火、冒水，夺护此箧，以待主者，彼不为德，而后诟之。

因为年轻和热爱，所以从不忌惮冒险，他从百丈高的山间石梁上小心翼翼走过，低头俯瞰脚下深不见底的幽潭，毛骨悚然；

他在陡峭如削的石壁上，凿出不到半个脚掌宽的石孔，贴壁而行，神魄为动；

他在登山途中，偶然看见珠帘般飞泻的瀑布，便兴奋地光着脚跳入草丛里，仅靠双手攀缘山崖间垂下的树藤前行，只为了到溪流深处，看那些常人看不到的美丽风景。

书中的徐霞客仿佛脸上还带着肆意的笑容，在攀岩途中，仍不忘回头看一眼穿着僧袍、站在岸上气喘吁吁的友人莲舟。可不是所有人都有这样飞檐走壁的身手的，莲舟上人只能抚着胸口，无奈地远远望着他。于是徐霞客更加得意，抓住另一根藤蔓攀向更险峻处，直到夜幕降临，才恋恋不舍地折返。

然而就是这样轻巧敏捷、敢想敢做的徐先生，此刻却双足俱废，永远失去了行走的能力。

这是理想主义者的灭顶之灾，是上天降下的最残酷的玩笑。

作为旁观者，木增尚且心如刀绞，他不知道徐霞客心里会有多难受。他也不知道，当徐霞客双腿脱力地跌倒在山路上，救他的人还没到来的那段时间里，望着上方交织的树影和头顶澄明的天空，徐霞客心中都想了什么。

是绝望？是挣扎？是追忆？又或许他只是苦笑着在高原刺目的阳光下，闭上了双眼。

长年的跋涉和缠身的疾病摧残着徐霞客的躯体，双脚已废这件事，又在精神上给了他沉重一击，尽管没人明面上提起，但所有人都知道，徐霞客的时间不多了。

他是木增的朋友，又是木增孩子们的老师，以木增在云南的势力，足以供养他在当地优渥地度过所剩无多的晚年。

可徐霞客却握着木增的手，说他想回家了。

"鸟飞反故乡兮，狐死必首丘。[1]"落叶归根是中国人刻在骨子里的执念，远行万里的徐霞客也不例外。

他已经离开家太久了，久到他觉得自己的家人已经以为自己死在路上了。这场万里遐征历时四年，四年来，他穿过了无数烟瘴之地，多番从强盗手下死里逃生，至于险些

1　出自屈原的《九章·哀郢》。

摔下深谷、跌落崖间的次数，更是数都数不清。

在行到太保山时，友人俞禹锡有仆人即将前往江苏，便热心询问，需不需要帮他送一封家书回家。徐霞客沉凝许久，还是作书婉言谢绝了："余念浮沉之身，恐家人已认为无定河边物，若书至家中，知身犹在，又恐身反不在也……[1]"

此身浮沉，居无定所，他是怀着死志出门的，哪怕哪一日殒命在无名山崖下，也并不意外，但他实在不忍心让家人再为自己牵肠挂肚了。他知道，这封家信如果寄回家去，必然会打破家人们平静的生活，勾起他们的惦念，接下来的时间里，家人们难免要为他的生死而日夜担忧……

然而晚间他辗转反侧，久久难以入眠，末了还是没忍住写了一封家书，打算次日寄回家去。

徐霞客不惮葬身于山水之间，化为腐草，可他毕竟是个活生生的人。人非草木，何人不起故园情？他的朋友木增为他备好了护送他回家的滑竿和官船，他一生的奔波终于结束了。

这场最后的苦旅历时 156 天，从云南到江苏，横贯了大半个中国，用脚步丈量过的名山大川，如今徐霞客只能躺着看。

一路上，他好像又听到了父亲在他儿时的声声教诲，听到了母亲鼓励他"志在四海，勿以老母为念"的话语。如今，母亲为他缝制的远游冠早已破旧褪色，而远行未归、上下求索的游子徐霞客也终于回家了。

返乡途中，太祖徐经一百多年前在旅途中深思过的那个问题，又无比鲜明地浮现在徐霞客的脑海中："人生的意义到底是什么？"

是"修身齐家治国平天下"，是"大丈夫当立功名，以正身心"，还是"学成文武艺，货与帝王家"？

不，人类诞生几百万年，世上有几亿人，绝不该只有固定的活法。

于是徐霞客作出了心满意足的回答："张骞凿空，未睹昆仑；唐玄奘、元耶律楚材衔人主之命，乃得西游。吾以老布衣，孤筇双屦，穷河沙，上昆仑，历西域，题名绝国，

1　出自《徐霞客游记》。

与三人而为四，死不恨矣。[1]"

回望历史，张骞凿空西域，玄奘、耶律楚材西行，无不是奉人主之命，或倾举国之力。而我徐霞客，不过是一介老布衣，但竟也能有幸凭着这双草鞋，穷尽浩浩长江的源头，看过黄山之巅的雪落，见证丽江江畔的花开，这样的人生，还有什么遗憾呢?

徐霞客这辈子做出了许多了不起的壮举。他花费30年写成的《徐霞客游记》，为后世留下了极为宝贵的地理资料；他纠正了人们当时对于长江、左江、右江、大盈江、澜沧江等多条水道源流的认识，树立了科学严谨的地理考察观念；他是世界上最早对石灰岩地貌进行系统考察的地理学家，他对岩溶地貌的记述，比西方早了130多年……

但他最大的成就是向后人和整个世界证明了："生命的意义远不止一种，每个人都有权利去追寻自己想要的一生。"

1　出自钱谦益的《徐霞客传》。

张衡

ZHANG HENG

文 清秋桂子

机巧奇才
所思在太山

东汉永元七年，洛阳，就读于太学的崔瑗听同学说起最近太学里来了个新人，是个天才。

崔瑗起初有些不以为意，因为作为全国最高等学府，太学里学识渊博、才华横溢的人不在少数。但一个叫马融的同学跟他说，这人并非寻常的天才，即使是在人才济济的太学里，他也是出类拔萃的。

崔瑗来了兴趣，抬眼问："这人都有些什么才学？"

马融说："首先，他辞赋写得很不错。"

辞赋乃时下盛行的文体，词句华丽，气势恢宏，极能展现创作者的文采水平，太学里面多的是饱读诗书之人，胸有锦绣，文采不凡者不足为奇。

崔瑗点点头，继续问："还有呢？"

马融又说："此人熟读经史，博览群书，尤其对天文历法感兴趣，且颇有一番自己的见地。"

崔瑗眼前一亮，坐直了身体。

"他对堪舆很有研究，阴阳五行、地理风貌都有所涉猎，听说他此前还曾在长安游学了两年。

"他在算学上也颇具天资，据看过他术算解答的弟子说，他的算解过程十分精妙，让人叹服。

"还有，他在机械创造方面研究能力也很强，他针对某些机关应用提出的改进想法可行性很高。哦，对了，顺带提一下，就连机关图绘那些都是他自己画的。"

崔瑗拍桌而起，这何止是个天才啊，这简直是个全才！被这一连串技能震惊了的崔瑗好半晌才出声问："这位多才多艺的仁兄到底是何方神圣？"

马融道："他叫张衡，南阳人氏，年纪也不大，不过十八。"[1]

张衡的来历和太学里大部分弟子差不多，他出身官宦世家，家族乃南阳著姓，家学深厚。祖父张堪少时机敏，有"圣童"之誉，曾先后出任蜀郡、渔阳太守，廉洁奉公，素有政声。

1　出自《后汉书》：张衡字平子，南阳西鄂人也……因入京师，观太学，遂通《五经》，贯六艺。

虽说出身不错，但张衡幼年却过得贫苦，他父亲因体弱多病早逝，祖父为官清廉，家中并无积财，能留给他的唯有优良的家风教导，而张衡不仅继承了刻苦好学的优秀品质，他还得到了一份更为宝贵的东西——得天独厚的天资。

张衡幼年便十分聪慧，善于观察思考，读书也是一点就透。最难得的是，他性子谦虚稳重，不骄不躁，小小年纪就能沉得下心苦读，十来岁时便能通晓五经六艺。而像他这样的人，注定是不该困在一方小小天地里的。当读遍家中藏书，学完了在家乡能学到的所有学问后，他内心的求索欲让他不由将目光投向更广阔的世界。

读万卷书，行万里路。不过十五六岁的少年背起了沉甸甸的行囊，踏上了游学的道路。

他的第一站是祖父年少受业的长安。作为西汉时期的京师，长安是天下许多人向往的地方，张衡也不例外。除却蓬勃发展的商业之外，这里还曾是政治文化的中心，无数杰出的政客文人在此书写时代的兴衰荣辱，其中就有他所憧憬的辞赋大家——编著了《汉书》的兰台令史班固。

班固曾用一篇洋洋洒洒的《西都赋》[1]尽书昔日长安的宏伟壮丽："众流之限，汧涌其西。华实之毛，则九州之上腴焉。防御之阻，则天地之隩区焉。是故横被六合，三成帝畿，周以龙兴，秦以虎视。"

初来乍到的少年带着难以遏制的激动，循着《西都赋》中的锦句华章，踏遍这座传奇的古城。两年里，张衡在长安访古探幽，走遍名山古迹，寻访名士宿儒，求师问学，登终南，临渭水，足迹踏遍大半个渭河流域。

在眼界的开拓和学识的增长中，张衡结束了长安之行，前往下一站——洛阳。班固曾作《东都赋》描绘这座城市的威严繁华："太液、昆明，鸟兽之囿，曷若辟雍海流，道德之富？游侠逾侈，犯义侵礼，孰与同履法度，翼翼济济也？子徒习秦阿房之造天，而不知京洛之有制也。"

——西都的太液、昆明等池沼和畜养鸟兽的囿苑，都比不上东都的辟雍，以及那如四海无边的道德上的富有。西都游侠逾法越纪，东都之人则遵国家法纪，皆有谦恭容仪。

在西汉历史中有着重要历史地位的两都在班固汪洋恣肆的《两都赋》中徐徐展开，也在众多少年的心中种下了热切向往的种子，张衡便是其中一个。

1　班固创作了《两都赋》，包括《东都赋》与《西都赋》。"两都"指的是东汉时期的东都洛阳和西都长安。

在东都，还有一所闻名遐迩的太学，里面汇聚了天下众多饱学之士，充满了极为浓厚的学术氛围。张衡几乎轻易地就融入这片学术交流当中，并展露了自己的锋芒。

在太学学习的日子里，张衡不出意外地成为同学中口口相传的"天才少年"，而崔瑗和张衡成为朋友，似乎顺理成章。他们二人年龄相仿，又在学问兴趣上有诸多重合，加上崔瑗性情豪爽，二人相识后分外投缘，很快结为好友。

那几年的太学时光纯粹无比，风华正茂的学子在此尽情徜徉于书海，他们孜孜不倦地钻研，相互探讨交流，诸多有识之士在此尽情地抒发着他们对学术的看法，将智慧凝结成火花迸发。

张衡在这些灿烂生辉的思想学术碰撞里成长得极快，有时候崔瑗都无法评价这种可怕的知识增长速度，他读张衡写的《七辩》，其笔锋飞扬，锦绣烟云，入眼满是勃勃生机。

这样的瑰玉之才，不知往后会绽出何等的光彩。

太学的学生来此大多存了寻求机遇之心，若受官府举荐，日后便好平步青云。其实以他们二人的才华品行，本就已经有了孝廉的身份加持，此后定能入朝拜官。

但崔瑗志不在此，他所愿乃继承家学，专心做学问。但他觉得张衡是不一样的，尽管此前张衡已经接连拒绝了几次朝廷的征召，对功名利禄之事态度淡薄[1]，可他私心却认为这位好友的才能应当为这天下大放异彩，毕竟惊艳绝伦的明珠蒙尘，总是让人惋惜。

可那时的朝廷算不上清朗，外戚宦官专权，边境异族侵扰，内忧外患之下天灾频发，朝政凋敝，人祸不穷，以张衡那淡泊的性子，他不愿入仕也是理所当然。

不过，万事总是有契机的，明珠的皎光终会在与清风高洁相映中流溢。

那个让张衡愿意为之追随的人是鲍德，张衡的故乡南阳郡太守，志节高尚，襟怀磊落。他闻张衡才名邀其为僚属，而张衡亦仰慕鲍德贤明气节，遂应邀返乡，出任南阳主簿。

洛阳别后，崔瑗时常与张衡有书信往来。张衡在一封封尺素上说着近况，他说南阳这位太守果然名不虚传，仁爱正直、体恤百姓，又说他们如何劝课农桑，兴修水利，防旱救灾，推广铁质农具。

---

1 出自《张衡传》：虽才高于世，而无骄尚之情。常从容淡静，不好交接俗人。永元中，举孝廉不行，连辟公府不就。

书信里的热忱显而易见，南阳太守的政绩崔瑗也有所耳闻，当时各郡多因灾荒歉收，南阳郡却能连年丰收，治安水平也是远超其余郡，想来他这位好友与那位方正贤良的太守功不可没。览毕好友佳作，他也不忘回信一封，问他《二京赋》作得如何了？

昔年在太学读书时，同窗的那些好友皆知张衡素来推崇大家班固所作的《两都赋》，常言其气象恢宏，妙绝天下。彼时有人开玩笑说："张平子你既然这么钟爱《两都赋》，何不自作一篇赋来？"

旁人不过是无心之言，《两都赋》这等雄文壮赋是何其登峰造极，后人又如何能企及。只有好友崔瑗没来由地就相信自己这位朋友，他觉得只要张衡想写，那就一定写得出能比肩《两都赋》的大作来。

深受《两都赋》感染的张衡内心深处其实是生了写仿作的念头的，文思虽起，可珠玉在前，迟未下笔。他构思琢磨已有许多年了，深夜对案闭目回想从前游学时在长安与洛阳的所见所闻，往日的风物一幕幕从脑海中掠过。

他当南阳主簿已经第八个年头了，距离最初构思《二京赋》竟已有十年了。那些文辞在他心中整整生长了十年，前人辞赋早已被他翻烂，昔日的游历也融在所有的文思里，他仍在静静地等待心中的积淀冲破胸膛。

青衿之志，履践致远，那天终于来了。某个月夜，无数壮阔的景象骤然从他脑海中浩浩荡荡奔涌而出，张衡迅速提笔，笔尖仿佛生出了鲜活的力量，过往纷至沓来——长安的高墙，渭水的山川，王朝的变迁，洛阳的宫殿，天子仪驾，煌煌鸾鸟，歌舞曼妙，盛大祭祀在天地间荡去恶浊，传去仁爱兴旺……

他笔耕不辍，仿佛与手中的笔融为一体，他的思绪飘过旷野，掠过起伏的山峦，穿过了沧桑的岁月，轻盈自由地流淌在这寂静无声的苍穹之下，星月朗朗，万古不灭。

当他推门而出的刹那，日光落在那消瘦的身躯之上，他的心间却是一片澄澈。鲍德看着这个闭关多日的青年面容憔悴，而他眼中的精光仍未散去，电光石火的刹那，他知道，至此《二京赋》已成。[1]

他观那文辞奔涌而出，巍峨山川，广袤雄浑，盛世气象，磅礴绮丽，那些亭台楼阁、奇珍异兽、神木灵草、商贾百族、昌荣市井，皆一一纷呈至眼前。宛如苍穹之上长风吹

---

1 出自《后汉书》：衡乃拟班固《两都》，作《二京赋》，因以讽谏。精思傅会，十年乃成。

开漫天绮霞星辰，焕彩破云的那刻，摄人心魄。

而灼光之下，有上古遗风，清扬之声传遍四野，传去德馨昌明。鲍德读毕，心间久未平息，当目光从赋上移开之际，仍觉周身滚烫，他明白《二京赋》将是丝毫不亚于《两都赋》的杰作。

张衡造就这一巨作后，业界一时哗然，但彼时的张衡并未沉浸于欣喜中，当时的他有更重要的事情需要处理。

《二京赋》作成的那年，神州发生了一场大范围的地震，连同南阳郡，十八个郡国均遭此难，一时间，山崩地裂，死伤无数。就在朝廷上下忙着赈灾时，次年，十二个郡国再度遭遇了一场地震，而且祸不单行，京师内又发生了大面积暴雨、大风、冰雹等灾害。

灾难中人们惶惶不安，争相传言朝政失德，故而天出异象，降灾惩戒，恐慌伴着流言传播，人人自危。永元二十年，朝廷罢了大司农[1]的职，继而选中了这位政绩突出的南阳太守替任。共事九年了，鲍德有心带张衡这位得力助手去往京师，只是这次张衡却拒绝了。

朝堂的权力斗争暗流汹涌，如今幼主临朝，邓太后掌权，他无心去趟京师的浑水，况且，他心中已有另一个更重要的决定——卸任归家。

那几年百姓过得分外艰难，年年都在爆发地震，时有雨水冰雹不止，并、凉二州大饥，竟发生了人相食的惨况。

天象有异，惩戒世人的说法日渐盛行，神学交织着迷信大行其道，更胜从前。

张衡不信天道，自卸任后，他不舍昼夜地博览群书，专攻之前就很感兴趣的天文、阴阳、历算一类，他知道要击破那些鬼神邪说，就要从源头进行钻研。

他开始精读扬雄模仿《周易》文体而作的《太玄经》，此书涉及内容广泛，当中蕴含天地阴阳诸多哲理，又涉及了不少天文历法知识，当中"浑天说"尤为吸引张衡。

他给崔瑗去信，直言内里玄妙，道是汉初至哀帝二百余年才终于有这样的大作，兴盛者运数，其规律一定明显，越是竭力深思越能领悟其中奥秘。

就在张衡埋头一门心思给《太玄经》绘图时，却不知随着鲍德将《二京赋》传入京

1　大司农：西汉时，大司农掌钱谷，是国家财政长官。

师后声名远播，当朝邓太后的兄长、大将军邓骘听闻其大才，屡屡召请。[1]

浸在浩瀚书海里的张衡无心应征，毫不犹豫地回绝了。邓骘也不恼，只跟人说这人醉心学问，是个人才。

永初五年，闭门读书三年的张衡，被邓太后以公车特征入京，并官拜郎中。虽说入了朝，也不过是从小官做起，幸运的是邓太后对技术研发颇为重视，她提拔了许多能人，也为其提供了不少支持。

张衡一边继续研究《太玄经》，参与议礼，一边在能工巧匠的协助下捣鼓机械。他想法层出不穷，动手能力也强。他听人说起，在西京长安时期，天子舆驾有记道车，能计算道路里程，时隔多年，图纸早已失传，他便靠着自己的理解和琢磨，花了大半年的时间，几经实验，最终造成了传闻里的那台记道车。

同僚见了大吃一惊：本来就是随口闲聊的传闻，谁知道兄台你还真的造出来了。

那阵子大概是资源给得充足，职务也不繁忙，张衡对机巧制造分外上头，他又按照记道车的原理把指南车也捣鼓了出来。

他还制作了一件让人极为震惊的独飞木雕，仿照鸟翼以机关衔接，腹中施机，三轮运转自转，能飞行数里。

不断涌出的才能让他脱颖而出，入朝四年后，他便被提拔到了太史令。

那时的人们还没有意识到，这个奇才将彻底开创一个属于他的时代，彰显出这个王朝极为灿烂的智慧之光。

太史令这个职位主要负责掌管天时、星、历、祭祀等重大要事典礼。凡国有瑞应灾异，掌记之。张衡多年来所研读的学问与这个职位完美契合，太史令非常重要的一项职责是观察天象、制定历法。

但历法的制定远没有那么容易，宇宙万物天地起源自古以来就是个十分深邃的问题。古时人们信奉盖天说，认为天是圆的，而地是如棋盘一样的平地，即"天圆如张盖，地方如棋局[2]"。但后来"浑天说"逐渐兴起，即"天形穹窿似鸡蛋壳，地居天内似蛋黄，

1　出自《张衡传》：大将军邓骘奇其才，累召不应。

2　出自《周髀》。

天地乘气而立，载水而行"。

自西汉以来，两种学说相互驳难，各有推崇者。关于到底以哪种学说制定历法，素来是天文学家争论的焦点。

张衡在多年的研究和观测中，对浑天说有了更为详细的解说。他不仅驳斥传统"天圆地方"的说法，提出了大地"如鸡中黄"，推测出大地是球形，更是摒弃"天柱地维"的神话，指出天半覆地上，半绕底下，定黄赤二道，立南北极。这关于天地的认识，是不是逐渐变成了如今的我们听得懂的样子？

可当时仅理论实现飞跃还不够，时人重事实，他需要拿出更多证据来说明其中运行道理。他在担任太史令不久后就着手复原古书所说的"浑仪"，据说武帝时期，落下闳曾制造过一种被称为"浑仪"能演示周天运转的测天仪器。不过这台仪器早就不知所终，制法也毫无依据可循。

要将满天星辰都尽数展现何其艰难，观测星轨，计算日月运行周期，需要大量的数据支撑。身为太史令的张衡站在这些盈千累万的记录基础上，开始夜以继日地于灵台上观测天象。无数个深夜，他凝视着那片幽邃无垠的星空，从中探索着那些神秘至极的运转规律，进而一点点填充勾画着他测绘的星图。

他的专注更胜从前，脑海中那些飞扬的神思在不断和这片夜空交融，他仿佛悬浮在这天地间，感受这天体周旋、众星列布、阴气与阳气的相互交接和合形成四时变换，四时变化又形成天地万物无穷变化。

在经过整整一年的记录后，按说铜仪日月度之则可知，然而测录时，中间又有阴雨。他担忧数据不准，铸造浑仪兹事体大，他不敢轻易下定论，只命人用竹木做了个"小浑"，然后反复试验，直至试验准确，次年才命工匠以铜铸成这尊"浑天仪"。

浑天仪的铸成一石激起千层浪，当天子携朝中重臣赶至存放浑天仪的密室时，出现在他们眼前的是一座精巧庞大的球状铜仪，水流从层层的漏刻流淌而下，将齿轮依次推动，而被齿轮之力所带动的球体开始缓缓转动，铜球之上清晰缀着四百四十四宫二千五百颗星星，星体露出地平环则为星出，落地平环下则为星没。

侍者闭户高声唱之，浑天仪上哪一颗星正在升起，哪一颗星正到达天顶，哪一颗正在落下，一切均与天象相符。

这等精密卓绝的演示让在场者震撼不已，他们惊诧地看着天地之谜以这等不可思议的方式一一展现在眼前，日月轮转、星辰变换是如此巧妙而动人心魄。

人们纷纷争相议论着这位风头一时无两的太史令，谈论着那尊精巧绝伦的浑天仪。除却浑天仪之外，张衡还制造出名为"瑞轮蓂荚"的机关，能随日月盈亏，依历法开落。在任几年内，他所著之作涉及的内容更是宽泛无比，不仅绘制出标注了以山川为主体、标注地势高低的《地形图》，还写成了囊括天地宇宙生成演化、日月星辰本质的《灵宪》，甚至在机械研制之余，还专门写了《算罔论》这等术算之作。

他所做的这一切仅仅是他上任后短短四五年内的成果，没人知道他的身上到底还有多少能量，京师芸芸学者甚至难以想象，倘若这位太史令长此以往，究竟还会带来怎样的惊世创造。

测量苍穹的浑天仪无法探测朝政的风云，建光元年，太后邓绥去世，不满长期以来外戚专权的汉安帝亲政后对朝堂进行了一次"大清洗"。是年五月，邓骘自杀，从前邓太后提拔的官员被悉数换下，张衡受到波及，被汉安帝调任为公车司马令，一年前受度辽将军邓遵征召的崔瑗也被免职。

二人再相见时，言语里平添了诸多叹息和黯然，除却感叹时运不济之外，崔瑗亦是惋惜好友被调离了那方能让他大放异彩的天地。张衡何尝不是无奈至极，现如今在公车司马令一职上和来来往往的官员接触，愈发见朝堂新贵腐败，政事失衡，他无心参与权势争斗，唯有专心志学，一连几年，他虽居朝堂，却始终游离于政外。

时局总是瞬息万变，安帝亲政不久后病逝，顺帝刘保发动政变后即位，于阎太后手中夺权，又一阵腥风血雨后，权力再一次更迭。这一场政变后的张衡被顺帝调回原职，重掌太史令。崔瑗则决定远离政治斗争旋涡，不再应征州郡征辟。

崔瑗问张衡："这次回去准备做些什么？"

"地动仪。"

"那是何物？"

"能感知地震方位的仪器。"

崔瑗有几分诧异，问道："你为何想做这样一件仪器？"

张衡语气有几分深长："我有这个设想，已经许久了。"

他自从南阳入朝已十余年，却总是忘不了在南阳任上最后那一年里的惨况，他为之热忱奉献的故土在崩塌的废墟里变得触目惊心，那些费尽心力所修的水利工程、创造出的仁和兴旺皆毁于一旦。

自永初元年起，大汉几乎年年遭受地震之灾，无数黎民百姓流离失所。重掌太史令后，那些历历在目的地震记录让他心中沉痛不已，他已然有了决心，要为此做些什么。

"倘若朝廷在地震发生之际便得知灾情，便可提前安排赈灾调运米粮，如此受灾百姓也能及时得到救助。"

崔瑗沉默了半晌问："那你所说的这个地动仪造起来难吗？"

张衡看向他，笑了笑："终归要试试才知道。"

这寥寥数语背后的艰难险阻远超想象，古来常以阴阳错位解释地震起因，暗喻帝王失德，朝纲祸乱，故而灾祸横生，殃及世人。因天灾频发，时人多兴图谶，以编造各种隐语或绘制图画来解释吉凶，这等装神弄鬼之术被朝中不少宵小利用，以达到铲除异己的目的。

眼下又是宦官乱政，朝中奸佞之辈层出不穷，若想要创造并推行这样一件能判断地震的机巧仪器，其中困顿可想而知。另外，这是一件前所未有的仪器，无任何前人经验可用，也无法像之前的浑天仪那样大张旗鼓地研究制作，甚至整个设想都显得虚无缥缈。

张衡不断地尝试着各种能感知地表细微颤动的方法，计算、推测、琢磨，庞杂烦琐的细节设计在漫长的时间里磋磨着他的精力，而外界也时有流言蜚语，道太史令终日钻研机械，却始终未见成果，怕是不复当年才思。

时间年复一年地过去，曾经期待他再创奇巧的那些人渐渐失望，朝堂也并无人在意他这个小小的太史令，昔日炙手可热的奇才似乎被众人渐渐遗忘。

可出乎所有人意料的是，张衡再度出手，一时朝野震动。

阳嘉元年七月，汉顺帝被邀至灵台，观览太史令献上的一样仪器。那是一座精铜铸就的庞大仪器，形似酒樽，直径八尺，上有顶盖，外部刻有山龟鸟兽等图案，周身有八条龙，每个龙口衔有一颗铜丸，龙口对应底座则有八只张口的蟾蜍。

年轻的天子好奇地听着太史令张衡的解释："此为地动仪，能判定地震方位，如有地震时，对应方向的龙首所衔铜丸则会滚出，落在蟾蜍口中，通过击落声响报告地震方向。"

　　然而除了饶有兴趣的天子之外，在场的朝臣无一不觉张衡此言荒谬至极——地震乃失德惩戒的天灾，岂是人力所能判断的。

　　顺帝有心推行改革，倒是分外重视张衡所创的地动仪。次年京师地震，灵台的地动仪八珠皆吐，此事让顺帝对地动仪大加赞赏，又召张衡询问应对地震之策。

　　很快，张衡呈上了《阳嘉二年京师地震对策》，顺帝对这篇策论称赞不已，越发觉得他是个可用之才。张衡便趁热打铁，再度奏上了一封《请禁绝图谶疏》，剖根析源，引经据典地将图谶欺诈的本质掀得干干净净，直言图谶不过是虚伪之徒借机牟利的手段，应予以全面禁止。

　　他此番上疏过于激烈，在朝中引起了轩然大波，尤其触怒了朝中的宦官势力，几乎成了众矢之的。不过因顺帝颇为看重学问高明，品行端正的张衡，将他从太史令一职升迁为侍中，随侍天子左右赞导众事，宦官们虽心生嫉恨，却也无计可施。[1]

　　昔日在权力斗争中被殃及的崔瑗清楚错综复杂的朝野之下暗藏的汹涌危机，如今陛下年轻，宦官势力强大，好友张衡此举无异于直刺他们那些龃龉，他不禁担心好友被卷入更深的政治旋涡里。

　　当得知张衡升迁为侍中后，他心中的忧虑更深，灵台才是能将张衡的才华最大限度发挥出来的天地，一旦掺入那动荡的朝堂，稍有不慎，便会惹祸上身。就似他费尽心血所创的地动仪，尚未真正发挥作用，就已经被有心之人用来当作惩戒失德、排除异己的把柄。

　　宦官乱政愈演愈烈，不畏权贵的张衡最终果然成了被宦官党羽打击的对象。永和元年，顺帝听信谗言，将张衡逐出洛阳，调任河间相[2]。河间绝非什么良善之地，河间王刘政是出了名的目无法度、肆意妄为。河间当地豪族的势力扎根多年，环环相扣，牵连甚广，更不为朝廷所能辖制。

　　当时的张衡上任后投入了他的全部精力，上治威严，整法度，收擒奸党，清理冤案。他的上任让浑浊的河间出现了片刻安宁，但这些还远远不够，他走得越久，就越发现这

1　出自《张衡传》：宦官惧其毁己，皆共目之，衡乃诡对而出。阉竖恐终为其患，遂共谮之。

2　河间相：河间王刘政的国相。

条路的前方是没有尽头的黑暗。

朝政在根源上就已经腐烂了，在这片沉沉的晦暗中，纵使他燃烧殆尽，也无法照亮前路。

他的诗文中染上了愁意，亦平添了诸般清冷绝望。他不由得生了隐逸避世之心，再度提笔作赋时，他已然写不出从前那般雄阔的《二京赋》。他写信跟崔瑗说，大概自己是真的老了，近来不知为何，常常想起故乡的情景。

许是在失意中开始淡然，他的辞赋卸去了繁重之累，轻巧了许多，他动笔写下《归田赋》，想象归于宁静美好的田园风光中，纵情物外，超然自在。

永和三年，是张衡居住河间的第三年，他上书朝廷乞骸骨返乡。可是，命运的轨迹总是那般微妙，那年的二月初三，洛阳城中，位于灵台之上的地动仪朝西的龙首忽然吐出了铜珠，一声脆响惊起了灵台众人。人们愕然地看着这台昔日引起风波的仪器，地面仍是平静无风，洛阳城中毫无任何不祥征兆，众人议论纷纷，皆言此物不过形同虚设罢了。

数日后，快马奔入京城，驿使上报陇西地震，时日竟是与龙首吐珠时间相差无几。

霎时间，朝野间所有关于地动仪的质疑和攻讦在那一刻不攻自破。当这个消息传到远在河间的张衡耳中时，这个年过花甲的老者面上露出了一丝怔然，随后他如释重负地笑了，他所倾注的心血终究没有白费。那晚他披衣立于院中，再度仰望着那片他看了几十年的星空，明月朗朗，星河璀璨，一如从前。

他没能回到故乡，那年震惊于地动仪精准神妙的顺帝召他回京征拜为尚书。只是这次他已再无余力支撑下去了，永和四年，在尚书任上还不到一年的张衡于病中辞世，他被葬回故乡南阳的西鄂，终是让灵魂长眠于故土之下。

当崔瑗赶至挚友的墓前，这个风烛残年的老人带了一壶酒、一卷手书。他不必言语，那几十余年岁月知交，伴着哀思，早已浸入笔墨之间：

于惟张君，资质懿丰，德茂材美，高明显融。焉所不学，亦何不师，盈科而逝，成章乃达。一物不知，实以为耻，闻一善言，不胜其喜。包罗品类，禀授无形，酌焉不竭，冲而复盈。[1]

---

[1] 出自崔瑗的《河间相张平子碑》。

鲁班
LUBAN

鲁班

绝技哲匠
妙手铸大成

文
明戈

河岸边，村里的小孩子们正互相追逐嬉戏。

不知是谁扬了一把河水，其余人顿时爆发出一阵惊叫。很快，这惊叫变为清脆肆意的笑声，追逐也变成了一场打水仗。斗大的金黄落日为他们铺上一层童话般的柔光，河水清澈透明，激起的水花在夕阳下闪闪发亮。

在孩子们欢快的大笑中，一个小男孩独自一人坐在不远处的桥头，耷拉着双腿，手托下巴瞧着。

忽然，一颗水珠飞溅到他脸颊上。男孩眉头微微皱起，他愤愤站起身来，还不等他喊话，身后便有人拍了拍他的肩膀。

"小朋友，前面可有一户公输氏？"

男孩转过身，只见那男子背着大布袋，一看就是刚赶了远路。

"有啊。"男孩点了点头，"你找他们何事？"

男子抹了一把额上的汗："听说公输氏木匠活做得极好，我家正缺案子，就想着找他们打一张。"

男孩一边听，巴掌大的小脸浮现出得意的神色。

"我带你去吧，正是我家。"

男子面上一喜，连连称好，便与男孩并排向村里走去。

两人路过那群打闹的孩子，男孩摇摇头，老成地叹了口气，男子不由奇怪道："你怎么不与他们一同玩耍？"

男孩一摊手："一帮小孩子，谁像他们这么没正事儿。"

男子看了看不过半人高的男孩，乐了，逗他道："那你这小孩可有正事？"

男孩停住脚步，抬头瞅了眼男子："重新认识一下，我叫公输般，大家也叫我鲁班。"

鲁班清了清嗓，补充道："上班的班。"

公输家是世代做工匠的，鲁班作为公输家族的后裔，打小就特别勤奋地跟家里人一起参加各种土木建筑工程劳动。

别的小孩四处遛，他在工地九九六。

鲁班这么有上进心，除了是传承衣钵外，还有一个最主要的原因——他听闻自己刚出生的时候，房前院后白鹤群集，满室生香，后来足足过了好几个月，白鹤和香味才终于散去，邻里乡亲们皆啧啧称奇。[1]

因此记事后的鲁班笃定——自己以后是个干大事的人。

"文学方面应该是不可能了。"鲁班看了看自己零分的卷子，把视线投向了家族产业。

很快，鲁班的天赋显露了出来，不管工艺多复杂难学，他都能飞速掌握，甚至还能用自己的办法进行技术革新。由于鲁班的手艺精湛非常，日子一天一天过去，他的名号也在十里八村越来越响。成年后，他径直坐上了自家建筑有限公司的第一把交椅。

尽管鲁班的事业蒸蒸日上，可他却犯了难。

"这样下去，我充其量是个被大家喜欢的木匠，什么时候才能干成大事？"

这天，一筹莫展的鲁班终于接到个大活儿——给鲁国国君修宫殿。帮君主干活，这可属于国家级别工程，干好了重重有赏不说，兴许还能直接进体制内，如若再混得风生水起，何愁不青史留名啊。

鲁班笑开了花，脚下生风就去君主那里报到了。等他到了施工现场，接过图纸顿时傻了眼——这哪儿是普通宫殿，鲁王这是要造云顶天宫啊。工艺难度暂且放到一边儿，就说需要的木头，整个施工队不眠不休砍三年都砍不完。

鲁班的徒弟泰山[2]见状好心帮忙分析："师父，现在你面前有两条路，一是让月亮上那个叫吴刚的下凡来帮你；二是规定时间内完不成任务，你作为领队被处死刑。"

鲁班："我谢谢你啊。"

工程如火如荼地开始了，鲁班面如死灰躺在一边，人已经凉透了。

罢了，再挣扎一下吧，鲁班站起身来抬步上山，打算先挑选好明日要伐的木头。

因为头一夜刚下过雨，现在山上翠色欲滴，漫山碧透，鲁班不禁想到这样的景色自己恐怕再也见不到了，于是悲从中来猛一跺脚。他这一跺，正好踩在一块烂泥上，于是脚下一滑，整个人向后栽倒，顺着坡便滚了下去。

"完了，死早了。"

鲁班更难过了。

1　出自《鲁班书》：师生于鲁定公三年甲戌五月初七日午时，是日，白鹤群集，异香满室，经月弗散，人咸奇之！

2　鲁班的徒弟，俗语"有眼不识泰山"中的泰山，是一名竹匠。

或许是不甘于命运，鲁班发出惊呼开始挣扎，慌乱间抓住了一大把茅草。伴随一阵手心的剧痛，鲁班竟真的停了下来。

他惊魂未定地深呼吸几下，爬起来坐到一旁的大石头上，他手心的伤口滴滴答答流着血，正落在脚下薅断的茅草上。

"这小小茅草，竟能割出伤口来。"

鲁班好奇地捡起一根观察起来，只见那茅草边缘并不平滑，满是锋利的小细齿。鲁班试着又划拉了一下，手上果然又出现一道伤痕。

茅草细嫩，可只要给锯齿边缘施加一定的外部力量，便能割伤皮肤。那如果把茅草换成更坚固的东西，比如铁条，那是不是……鲁班猛一拍大腿，站了起来。

徒弟泰山闻声赶来："师父！你没事吧？"

鲁班再次用草使劲划伤自己，兴奋演示着。

"来得正好，瞧，我想到伐木的法子了！"

泰山一撇嘴。

"师父，要不咱治治脑子吧。"

鲁班回去后，第一件事就是把傻徒弟泰山打发回了家，第二件事就是连夜找来铁匠，让他把铁条打制成有锯齿的茅草的样子，自己又在两边加了弓形的木头把手。第二天，当朝阳的第一缕曙光照在工地上，鲁班高高举起它，摆着造型浑身发光地站在高处。

众人纷纷围过来，揉着眼睛仰望。

"鲁工，你拿了个啥？"

鲁班微微一笑。

"希望。"

所谓授人以鱼不如授人以渔，鲁班的厉害之处在于，他不仅自己技术过关，更能制造工具。毕竟技术是自己的，可工具是能造福全人类的。随着这第一把"锯"的诞生，鲁班不仅顺利完成了修建宫殿的任务，他发明的"锯"也广泛流传开来，工匠们的工作效率都大大提升了。

小火了一把，鲁班很得意，直到他遇到了命运中的宿敌——墨子。

墨子比他小不少，是个典型的斜杠青年[1]，政治哲学军事教育什么都沾点边，最近听说他闭关三年，研究出了一种能在天上翱翔一整天的木鸢。

木鸢？这不砸自己第一巧匠的招牌吗？

鲁班一甩袖子，也开始闭关研究起来，誓要超过墨子。鲁班毕竟是专业的，没多久就用竹木制作出一只木鹊，比起木鸢，这木鹊能在天上飞三天三夜[2]。

鲁班拿着自己的新发明，开开心心地找到了墨子，要和他比试比试，没想到墨子避而不战，称自己早就把木鸢毁了，也不打算再做这玩意儿。

鲁班眯眼挑眉：“戾了？”

墨子摇了摇头：“子之为鹊也，不若翟之为辖，须臾刘，三寸之木而任五十石之重。”

鲁班：“……我文化课不好。”

墨子哈哈一笑，解释道：“您做的鹊，有什么用处呢？普通匠人顷刻削出来的一个车辖，装在车轴上，就可以多担五十石重的东西。”

鲁班争辩：“可此鹊甚巧。”

墨子指了指立在墙边的锯，意有所指：“作为工匠，所做之物利于人谓之巧，不利于人谓之拙。”

——能发明好用有用的产品的工匠才是好工匠。

听完墨子说的，鲁班憋屈巴巴地走了。明明是稳赢的局，怎么听起来还输了呢？不对，一定是这厮太过能言善辩，自己吃了嘴上的亏。

过了几年，鲁班又得着一个机会。

时值楚国与越国在长江上交战，楚国位于越国上游，因此楚进攻易，撤退难。反观下游的越国，迎流而进，顺流而退，见利而进，见不利则退。凭借这种地理上的优势，越国屡败楚国。

鲁班南游至楚，楚王听说这位巧匠来了，连忙请进宫，让他帮忙制造适用于船战的工具。

1　斜杠青年指的是一群不再满足专一职业的生活方式，而选择拥有多重职业和身份的多元生活的人群。
2　出自《墨子·鲁问》：公输子削竹木以为鹊，成而飞之，三日不下上天。

鲁班想了想，这工具一旦制成，楚国赢了战争自己便是头功，干成如此大事，何愁史书上没有自己激昂一笔。更何况这次的工具有利于人，符合墨子先前说的"巧"，看他还有什么话说。

　　鲁班站在岸边细细观察着水流，在脑海中复盘着两国战争。现在越国善逃，也能加速追击，究竟何物能利上不利下，既能阻碍越船逃跑，还能拦住他们的进攻呢？

　　鲁班苦思冥想了几日，脑中灵光乍现，钩与镶便应时而生——越船逃跑便可用钩钩住，越船进攻便可用镶推拒。

　　由于这套工具完美适配楚国，越国毫无作业可抄，楚军连连告捷。

　　鲁班带着钩与镶前去拜访墨子，听闻他最近不再制造工具，反而开始四处游说起什么虚无缥缈的"兼爱""大义"，于是鲁班打算狠狠赢他一番。

　　"我在舟战中有钩强，不知道你的大义也有钩强吗？"鲁班嘻嘻一笑。

　　墨子波澜不惊："自然。我义的钩强，远胜过你舟战的钩强[1]。"

　　鲁班双手抱胸，满脸"行行行你又有话说"的表情。

　　墨子继续道："人岂能保证永远处于上游？一旦落入下游，这钩镶就变成了不利自己的武器。上下双方钩来镶去，互相残害，何日为终？可如果能以义为钩、镶，用爱来钩，用恭敬推拒，双方互爱互敬，互惠互利，不就能达到永远的胜利与双赢了吗？"

　　互爱互敬，永远的胜利……

　　如果说上次鲁班是十成十的不服，这次鲁班竟觉得墨子说的颇有道理。好像比起工具，"大义"更有用处。

　　等等……那还要自己这个木匠做什么？

　　鲁班看着墨子远去的身影，嘿了一嗓子："被绕进去了！好家伙，差点儿给我整改行了！"

　　此次事件后，鲁班便决定不再与墨子比试，还是寻觅哪里有大机会，自己好以工匠之身，扬名立万。几年后，楚国打算攻打宋国，又找来了鲁班。鲁班一看，既是老甲方，

1　出自《墨子·鲁问》：公输子善其巧，以语子墨子曰："我舟战钩强，不知子之义亦有钩强乎？"子墨子曰："我义之钩强，贤于子舟战之钩强……"

又是打仗这种大提案，好说好说，于是三下五除二就制出了"云梯"等攻城器械。

没想到这边楚国挥兵向宋[1]，那边墨子竟主动前来，敲开了鲁班的院门。

"北方有人欺我，我想请您帮我制造工具杀掉他。"门外墨子风尘仆仆，躬身谦卑道。

鲁班还以为他有什么事，听完顿时有点生气："怎么，又要我改行当刺客了？"

墨子又道："只要您肯帮忙，我便送您十金。"

鲁班一叉腰："你拿我当什么了，我怎么能平白无故杀人？"

墨子起身反问："既然一人不可平白被杀，一国又何故要平白被攻？"

原来宋国是墨子的故乡，他刚一听说楚王要带着鲁班的秘密武器进攻，便立刻派出自己三百余名弟子帮宋国守城，这边自己日夜兼程十日，赶来楚国游说。

鲁班听罢，忽然语塞。是啊，别人用自己制造的工具杀人，自己不就等同于帮凶？而杀人和屠国，又有什么本质区别呢？

楚王闻讯召见，两人来到楚国大殿上。

墨子谦卑道："今有人于此，舍其文轩，邻有敝舆而欲窃之；舍其锦绣，邻有短褐而欲窃之；舍其粱肉，邻有糠糟而欲窃之，此为何若人？"[2]

鲁班这次听懂了，墨子意思是说，有人舍弃自己的豪车、美裳、鲜肉，去偷邻居的破车、粗布衣服和糟糠，这是什么人呢？

楚王笑了："莫不是有偷窃病。"

墨子又说："荆有云梦，犀兕麋鹿满之，江汉之鱼鳖鼋鼍为天下富，宋所为无雉兔鲋鱼者也，此犹粱肉之与糠糟也……臣以王吏之攻宋也，为与此同类。"

——楚国有云梦泽，满是犀牛麋鹿，长江汉水鱼鳖众多，宋国却连野鸡兔子都没有，正如鲜肉比之糠糟……楚王攻打宋国，和得偷窃病的人有什么不同呢？

"这……也是哈。"楚王被说动了，迟疑片刻后看了看云梯，"可这好东西造都造了。"

墨子转头看向鲁班，笑道："既然我来都来了，不如你我直接模拟攻城，比试一番吧。"

鲁班：不是我就一木匠……

随即，墨子解下衣带围作城墙，又用木片拟作武器，让鲁班与他分营对垒。云梯灵巧，

---

1 出自《墨子·公输》：公输盘为楚造云梯之械，成，将以攻宋。

2 出自《墨子·公输》。

可不管鲁班如何攻城，都被墨子一一挡住了。鲁班又使出其他器械，但无论如何都无法突破墨子的防守。[1]

自己的工具竟然无用，眼看招牌要砸，鲁班忽然想到了什么，随即勾起嘴角。

"我知道如何对付你了，可我不说。"

墨子一同笑了："我也知道你指的是什么，可你会那么做吗？"

墨子神色坦荡。鲁班静静注视着那双清湛的眸子，他有的是办法杀了墨子，这样宋城必破，自己也能随之扬名。但墨子说得没错，他心中有些东西在阻止着他。

楚王看着两人打了半天的哑谜，随即摆摆手退了兵，墨子道谢后，也退下离开了，唯剩鲁班一人。他慢吞吞地走出大殿，瞧着精巧高耸的云梯愣神。

自己作为一个工匠，成大事与守住内心道义，这两者……究竟要如何平衡？鲁班觉得有些事还须问问墨子，便驾马紧随其后追了过去。途经宋时，天降大雨，墨子想去闾门避雨，守闾门的人却没有接纳他[2]。

鲁班远远瞧着，只觉讽刺异常。墨子救下了整个宋国，竟没有一个人知道他的功劳。

他迎着雨走过去，到墨子面前站定："为何不让大家知道你是功臣？"

墨子淡淡笑了笑："我的目的是救下故国，至于其他，并不重要。"

鲁班不解，摊开双手："那你的名声呢？你不想声名远扬，被人敬仰吗？"

墨子看了看鲁班掌间密布的茧子，意有所指道："但问耕耘，莫问收获。凭'义'行事，声名自能远扬。"

鲁班回忆着与墨子的对话，回到了老家。没想到故乡正遭大旱，那条幼时蜿蜒流淌的小河早已干枯，河床开裂，庄稼也全部枯黄。

他看着求雨无门的乡亲们，心底忧从中来。这该如何是好……

鲁班猛然想起舜帝曾在地下掘出过水来，若能挖一个笔直细长的深坑，令地下之水盈满此坑，不就不愁没有水了吗？

他四卜瞧了瞧，选了一处地方，然后拿来一个瓷碗，碗底朝上，倒扣地下。第二天

---

1 墨守成规的出处。
2 出自《墨子·公输》：子墨子归，过宋。天雨，庇其闾中，守闾者不内也。

日出时分，鲁班翻开此碗，只见一股雾气随风散去。鲁班随即锁位定桩，披星戴月地凿了起来。

大锛，大铲，他用尽了做木工活的器具，终于在砸破最后一道岩层后，清水从中流了出来。为了防止泥沙混入，他又用竹片编织成桶，贴在壁上。

就这样，第一口鲁班井诞生了。邻里乡亲们皆闻讯赶来，打水痛饮，对鲁班热泪盈眶地连声道谢。因着这口井，枯萎的庄稼再次青翠起来，而乡亲们也逢人便夸："那叫鲁班的工匠，是个大好人哩！"

"故所为功，利于人谓之巧，不利于人谓之拙。"

这句许多年以前的话，再次乍现在鲁班脑子里。

或许成大事未必是指做出一件大事，而是做好每一件小事，名扬天下也不是身居高位万人敬仰，而是有口皆碑，为百姓所称赞。

从那以后，鲁班开始四处云游，并凭借自己的一双巧手，为平民百姓发明创造便利的工具。当时农民制作面粉多用石臼与杵来舂捣，鲁班见农民不仅辛苦，而且效率还低，便想着将石杵的上下运动变为更加省力的旋转运动。于是他在两块圆石上凿出密布的浅槽，叠在一起，再用力使它转动，米便磨成了粉。磨的出现，大大减轻了农民劳作的负担。

鲁班又见许多看门人辛苦，不论酷暑严寒，都需站立于此，于是便想着制作工具替代人力。经过日夜研究，他终于将周穆王时期形如鱼的简单锁钥，升级为蠡状的复杂锁头，再内设机关，每个锁头须配备钥匙才能打开。

木匠制作的木板不光滑，打磨费力，于是他发明出了刨子。

百姓们在井中取水不便，他便发明出拉水的滑轮。

为给孩童益智，他利用自己的绝活榫卯结构，制作了鲁班锁。

……

见世间，遇众生，鲁班就这样一直走着，直到他的头发花白，背渐渐佝偻下去，再到他腿脚不便，不得不给自己做了一副拐杖。尽管年岁已大，但鲁班依旧没有停止脚步。

现在他已经名满天下，上至各国君主，下至黄口小儿，无人不知他的名号——那个善于发明的土木巨匠。

可鲁班却发现，不知从什么时候起，他已经不在意扬名立万了。或许早在回故乡之前，他已在成大事和守道义之间做出了选择。

他习惯于穿着最普通的粗布衣服，背着自己干木工的工具，隐姓埋名地四处转悠。他见到了自己曾看不上的徒弟泰山，现在人家手艺一流，鲁班又愧疚又欣慰，感叹自己当年真是有眼不识泰山。

他遇到遭难的同行，亭盖举不上，大梁短七尺，鲁班便化名鱼日，帮助他们用"鱼抬梁，土堆亭"的方式完成了工程，随后在众人的欢呼声中悄然退场。北京皇城的角楼、福建的五里长桥、赵州的大石桥，华夏各地到处都有他留下的手笔。

……

直到有一天，鲁班再也走不动了。

他觉得自己应该毫不吝惜地把这一身绝学传下去，于是他抬笔写成《鲁班书》，其中建造房舍的工序、鲁班尺的运用、常用家具农具的基本尺度等，一应俱全。

不过这书写成了任谁都能翻，自己死了，又要如何筛选徒弟呢？毕竟绝技学好了是造福一方，学歪了便是贻害无穷啊。

鲁班想着，忽然狡黠一笑，将书分为了上中下三卷。上卷是风水与建造之法，利人利己。中下卷则尽是符咒巫术，损人害人。随即，他又在卷首题字：欲学此书，必先五弊三缺，即在鳏、寡、孤、独、残中任选一样。

——想学可以，但完整读罢此书的人，必定"缺一门"。

如此一来，那些本就心术不正的人，见卷首语便会摒弃此书，而真正的良善之人，亦不会去翻阅害人之术，也不会应了这诅咒。

鲁班心满意足合上书，拄着拐，慢悠悠走到院子里。夕阳金灿灿的，将他的白发映得明亮又金黄。

鲁班眯起眼睛回忆着过往，美滋滋感叹道："真是极好的一生啊。"半晌后他又忽然睁开眼，没头没尾道了句，"嗨，那小子原来是这个意思。"

"自翟得见子之后，予子宋而不义，子弗为，是我予子宋也。子务为义，翟又将予子天下。"[1]

此后，若把宋国以不义的方式给你，你不接受，那便是我把宋国送给你了。如果你维护义，那便是我把天下送给你了。

何为义？善，敬，公，直是也。

纵观鲁班此生，他不正是在用一个工匠的方式践行"义"字吗？当他选择守"义"而放手一切时，反而得到了一切，达到了工匠的最高境界。

院中杨柳如烟，模糊中，墨子的身影似乎站在那里，一如当时他站在楚王大殿上，待那人转过身来，鲁班朦朦胧胧中看到的却更像是自己的脸。

鲁班化为一颗星子悬挂在泱泱历史银河中，他用自己的一生，教会后人如何脚踏实地。而他的后人们，面对这位建工鼻祖除了崇敬以外，甚至将许许多多没有出处的发明都归结到了他的身上。

因为在所有人眼中，他早已不是一个单独的个体，而是一个符号、一面旗帜、一团炬火，象征着古代千千万万人民的勤劳与智慧。

——他用光辉照耀后世，后世同样将星辉镀在他的身上。

这是一场跨越古今千年的交互。

也就在这场交互中，中华历久弥新的匠人精神，传承万代的勤劳智慧，得以灿烂夺目，生生不息。

1　出自《墨子·鲁问》。

王贞仪

WANG ZHEN YI

文
芒种鱼

仰望星辰
满身皆落星

长风入室，轻吹着门帐随影移摆。这样晴好的天气，庭下空明，屋内的人却无心赏庭院光景，听草木虫鸣。云雀落在枝上探头，屋内女子的声音飘溢而出，落在了雀子耳中。

"我少时在江宁有位闺中好友，她通星象，精历算，工诗文，擅医理。曾骑骏马，踏山川行万里，也曾行医济世……"钱与龄的目光落在了窗外的云雀上，又眺到更远，她闭了闭眼，"可惜天不假年。"

"姑母节哀。"钱仪吉略微沉思后开口道，"这位前辈涉猎如此之广，还擅长我等常人不常研习的星象历算，如有著述……"

"我便是想和你说此事，我有幸在她离世前得她交托手稿，这几年也逐步整理成册，可凭我一己之力，无法帮她实现刊刻发行的遗愿。子侄辈中唯你自小善诗文著述，又早早中举，将来前途明朗，或许有这个可能完成这一遗愿。我知道如今为女子出书不易，但你可先翻阅些许，就能明白我的意思，这样广博而精通的著述不该被埋没，她也不该……"

一摞线装成册的书卷被轻轻放到了钱仪吉手边，在钱与龄的轻叹中，书卷被翻开，生纸脆响，那翻页声惊起了刚刚窗边云雀，鸟儿振翅飞走，抖落枝上三两花瓣。

笑声惊着花瓣从枝头飘落，溪边余晖里一老一少并肩而坐，老者胡须飘飘面色慈爱，女孩笑容狡黠眸如点漆，抓着老者刚钓上来的大鱼邀功。

"祖父，你看用我配的饵料是不是钓上的鱼更肥美！我翻父亲的医书，特意找的一味秘方——"

"那我能将钩拉上来岂不是更显德卿功劳，不得先给祖父我添半壶酒。"王者辅捋捋胡须，看了看一旁嘴开始和钓到的胖头鱼一样瘪起来的孙女王贞仪接着道，"再奖你一本书。"[1]

"那可要祖父讲给我听。"

"今日天朗气清，就读《管窥辑要》吧，一会儿就带你认一认这天上繁星……"

两人讲说着便提鱼拿竿沿着溪水往家走去，身影渐远。

1　出自王者辅的《卜居金陵柬程启生》：为爱青溪好，垂竿学钓鱼。墩谁争我屋，柳恰近君庐。每过墙头酒，时窥架上书。素心晨夕共，不负买邻居。

日暮星垂之时，祖孙两人坐在小杌子[1]上望着无垠星空，王者辅的指尖沿着七颗星画出一个"斗"的形状。

"北斗星便是一个斗，斗身这四颗星分别是天枢、天璇、天玑与天权。"王者辅又点出三颗星，"这是玉衡、开阳、瑶光，它们组成的这个弯形就为斗柄。每一个昼夜斗柄就转一周，每一个季节斗柄的位置也不同……"

"祖父我记得！你曾说过'斗柄指东，天下皆春；斗柄指南，天下皆夏；斗柄指西，天下皆秋；斗柄指北，天下皆冬'[2]。"

王者辅笑着点了点头："不过随着岁差的变化，北极点的位置也在变化，这天空中的所有恒星都在整体向北极点旋转的方向偏移，这个谚语以后或许就不适用了。这无垠天空，也不知道什么时候真正能被我们了解。"王者辅拍了拍孙女的脑袋，带着些说不出的慨叹。

王贞仪拽住祖父的衣袖："那我从今日就开始观察记录，总能发现新的规律告诉以后的人，如此，我多看见的每一眼星辰都是我们离它们更近的一步。"

"惟江上之清风，与山间之明月，耳得之而为声，目遇之而成色，取之无禁，用之不竭，是造物者之无尽藏也，而吾与子之所共适。"[3]

王者辅闻言低头看向王贞仪，女孩的那双眼睛明亮生辉，与满天星斗交相呼应，他知道这里面装着的是一种名为痴迷与热爱的情感。

许多年后，每当王贞仪再想起江宁，想起的便是这般丰沛平和的孩提时光与头顶神秘广袤的星空。

柔婉的江南水乡，她和兄弟姊妹在德风亭中读书作诗。她身边皆是良师，祖母教她写诗作文，钻研医术的父亲带她问习医道，时不时外出问诊直面世情，而刚直豁达、博学深厚的祖父为她打开了面向广阔天地的一扇门。[4]

1　小杌子：小凳子。
2　出自先秦典籍《鹖冠子》。
3　出自苏轼的《赤壁赋》。
4　出自王贞仪的《德风亭初集》序言：稿而系以。

205

王贞仪始终觉得这扇门不只是天文历算[1]，包括那些祖父早年多舛的读书经历和多变的官途际遇，比如如何惩治揭旗而山聚的盗匪，诉司执法为何被称作"怪尹"……

不论是何内容，祖父都愿意一一拆解讲述，也更爱听自己分辨提问。

王贞仪曾问过祖父："祖父被同僚们称为'怪尹'，是因为好直言、执法过严而多次得罪上官。可我读《论语》时，里面又讲'中庸之为德也'，那究竟应该怎么做呢？"

"祖父少时家贫，未得先生教导而屡试不第，二十三岁才考得一秀才，得上官推举而面见先帝，后入朝为官。祖父觉得为官之道，其一应在其位谋其政，不仅要对得起推举我的上官和先帝的赏识，更要造福一方百姓；其二便是这中庸之说，中庸不能背人天性，违逆至真至诚之道。我这一路虽有坎坷，却也无愧于本心，若真让我虚与委蛇，我倒是不会当这官了。"

祖父拍了拍贞仪，示意她抬头看向天空："如若发现放弃自己坚守的东西更难，那就一直走下去，他人的言语评说并不重要，就好像这世间如何变化，这星辰轨道始终都遵循着自己的规律。"

这是王者辅为王贞仪打开一扇门后，继而扶起的一道天梯。

但命运仿佛早有预料，王者辅因直言犯谏，加上蒙冤被贬斥，最终被发配吉林戍边，此时十一岁的王贞仪和祖母一同踏上了去东北陪伴祖父的新旅程。[2]

临行前，好友钱与龄来与王贞仪告别，钱与龄见眼前的少女面容清隽，恍若初见之时。那时，钱与龄正对着自己的兰花图愁眉不展，总觉得缺少什么而冥思苦想不下，正逢王贞仪随祖母来做客，见钱与龄愁容便道："或许可以在这里添上一笔沿阶草。"

"如此确是更加有生机、野趣了些。"钱与龄拿笔添上后端详。

"我随父亲在外采药时曾见过，野外生长的花枝不比家养，横枝外斜很是恣意自由。"

钱与龄闻言抬头，才看清面前少女的模样，为之一愣。后来钱与龄常想，但凡见过德卿的人一定会先记住她的那双眼睛，明亮得如天上星子。

昔日情景历历在目，只是如今时移世易，两人只得依依作别，约定常以书信往来。

1　出自王贞仪的《德风亭初集·岁差日志辨疑》：贞仪幼时侍先大夫恒斋公，公算法细训，既长，又学历算，复读家藏善本，历学十余种，稽巧十余年，潜屯、不少倦。

2　出自王贞仪的《题女中丈夫图》：余年十一，侍先大母董太恭人之吉林。

踏入吉林，奔驰入眼的马群拉开了王贞仪的新天幕。时光星奔川骛，在马蹄声伴随烟尘一路向前之时，王贞仪骑在骏马之上，与好友一同在蒙古阿将军的夫人处学习骑射。[1]

少女的身影驰骋在草场之上，身后的好友大喊着："德卿——今日与你再比骑射！"

"好啊！"话音未落，箭已离弦，不偏不倚压在靶中红点之上，笑声与欢呼再次充斥着草场。

旁边的好友也不气恼，只夸赞道："不愧是德卿，就这几年，我们这些戍边长大的姊妹如今都不如她箭术精进了。"

得胜之后，王贞仪回到家中，丢下手中弓箭便给钱与龄写信，这样的通信已持续两年之久。

九英：

见字如晤！

不知上次信笺是否收到，你随信捎来的茶叶幽香而余韵不绝，让我怀念起江宁的日子。

如今我的骑射愈发精进，横戈跃马，每发必中！在马上往来若飞时，不免感叹，这广阔天地如何不能有我们女子一份！

现今有不少迂腐之人，动辄就说女子不应读书吟诗，但我看我们与男子没什么不同，诗书礼易教人正性明善、修身齐家，如何就只为男子可读！[2]

好在天下不都是这样的迂腐之人，我如今在卜太夫人门下读书，受益颇多，夫人既帮我修改拙作，又见我致力于术算、天文和医学，更是勉励支持，幸甚幸甚。

在吉林目睹许多世情，如今百姓贫病交加者多，亦有女子撑起整个门户。余虽不才，随父行医多年，当勉力帮之。

贞仪

数月之后的钱与龄读到信件，那个风姿绰约、踏马如飞、性情豪爽的王贞仪于纸上

1　出自王贞仪的《题女中丈夫图》：复习骑射于蒙古阿将军之夫人。
2　出自王贞仪的《上卜太夫人书》：今世迂疏之士，动谓妇人女子不当以诵读吟咏为事，夫同是人也，则同是心性，六经诸书皆教人以正性明善、修身齐家之学，而岂徒为男子辈设哉！

跃然而出，钱与龄也放下了那颗为好友担忧的心。

而此时的王贞仪阅读祖父珍藏的各类书籍后，在祖父的指导下，开启了自己的天文实践之路。

她找到凹镜模拟浑天仪，将北极之点放在镜子中心，南极之点放在镜子旁，以东西南北一轮来模拟赤道，黄道则是太阳日轮运行所经过的路线，赤道与黄道相交，一半在黄道内，一半在黄道外，展现整个周度十二宫。[1] 此外，她还采用梅文鼎的测量方法，用浑仪的理论，验证了地球的形状是圆形无疑。[2]

潜心学问，日夜都涉心其中，王贞仪在吉林的日子过得飞快，十六岁的她又随父亲回到江宁。

从宴席上溜出来躲懒的王贞仪，终于与数年未见的钱与龄再次相见，很多年后钱与龄才发觉，这居然是她们人生所见的最后一面。

"你倒是让我好找！"

"你知道的，我最不喜在宴席上应酬，不如回家读书。"王贞仪继续看着天际，"九英，你可知天圆地方其实是不准确的，应该是天圆地也圆，我们生活在一个球里。[3]"

"若是在一个球里，我们看到的地为何是平直的呢？"

"我是根据梅老先生的方法测算出来的，加上观星的规律，这地实际如空匏，内虚而外实。"贞仪对着与龄歪头一笑，"不过也不一定就是如此，这些现今被视为奇技淫巧，除了祖父我也无人讨论，只好和你说上一二。[4]"

"无妨，其实我也很好奇你每次夜坐观星时到底是在看些什么。"钱与龄流露出有些向往的神色，"如今女子能入学的少，你家倒是特别，天文历算都教。你又如此爱读书，你祖父的那七十五橱书怕是不够你读的！"

1　出自王贞仪的《德风亭初集·黄赤二道辨》：余尝以凹镜之旁与心譬之，凹镜体圆，而凹有釜状……中心以其中界周围为东西南北一轮，则赤道也，黄道则太阳日轮之躔路斜络乎，赤道半出内半出外。

2　出自王贞仪的《德风亭初集·地圆论》：悉因之宣城梅氏定九云，以浑仪之理……况以简平仪测天星，其二百五十里，差一度者，又昭然可推也哉。

3　出自王贞仪的《德风亭初集·地圆论》：近时历家有天球、地球之解，夫拟之以球，则天地之形皆圆矣。

4　出自王贞仪的《德风亭初集·象数窥余自序》：仪少小习历习算诸籍，恒废寝食以求之，又研究勾股测量方程之术，然指示者不得，故终属望洋，迄莫精通其奥。

少女笑得狡黠："是啊，迟早会读完的。"她想抓紧时间读完这些书，然后再去走脚下的万里之路。

钱与龄看出她眸中流光，感慨道："真羡慕你可以常在外行走。"

"在外行医能看到不少世情，就是人言可畏，不过既然我有更看重的东西，这点流言也没什么好怕的，这次回江宁父亲有意四处行医，我应该会随行。"

……

世事难料，乾隆四十四年，王者辅溘然长逝，王贞仪随家人赶回吉林奔丧。

若说星辰不可触及，那祖父则是帮贞仪扶住天梯的人。天梯需得修多长才能让人一探这无垠星空，王者辅不知道，王贞仪也不知道，但他们依旧踽踽独行着不断探索着。而如今帮王贞仪打开大门、架上天梯的人离开了。

这条路终究只剩她一人继续前行。

祖父对自己的悉心教学还历历在目，王贞仪潜心十多年研究天文历算，就算废寝忘食王贞仪也未曾感到厌倦，可见幼时得祖父教导之深，对自己的那份赤诚与热爱保护之极。[1]

人生学何穷，当知寸阴宝。所难在实践，所尚在闻道。[2]

祖父留下家藏历学善本十余种，加之其他书籍共七十五橱。王贞仪抬头望向和祖父共同看过的那片天空，她想，属于自己的那条路一直都在脚下，她从未偏离。再一个十年又有何妨？

向东出山海之地，向西游临撞之所，而后复历吴、楚、燕、越等地。[3]

两年时间，从江宁到京师，再辗转陕西、湖南、粤东一带，王贞仪几乎踏遍三山五岳。她渡黄河长江感念波涛之汹涌，登泰山时写"谷云蒸万岫，海日浴三宫"[4]之景，泛

---

1 出自王贞仪的《德风亭初集·岁差日至辨缺》：贞仪幼时侍先大夫恒斋公，公以算法细训，既长，又学历算，复读家藏善本，历学十余种，稽究十余年，潜心不少倦。
2 出自王贞仪的《自箴》。
3 出自王贞仪的《答胡慎容夫人》。
4 出自王贞仪的《登泰岱作》。

舟洞庭时讲"扁舟浮片叶，急浪转圆灵"[1]之趣，上岳阳楼，观钱江潮，看秦淮竞渡，所行之路不下数万里，望见了不同的星空，更是将读过的那万卷书深深地印入了胸怀之间。

每到一处，王贞仪都留有作品，偶有命题也皆成篇章，她的诗文几乎融入了大半个华夏河山的风土人情与山川美景。路过粤东一带时，因为粤地时令节候、风俗习惯和草木虫鱼皆与中原不同，王贞仪还写下一首直抒性灵的《竹枝词》：

粤东灵秀属罗浮，不独山中蝶种幽。四百三十峰奇特，七十二溪水倒流。

东风晨起散蛮烟，白衣儿摇翡翠船。打得江鱼不自吃，市中换酒醉江天。[2]

结束南北漂萍的生活后，王贞仪跟着祖母回到了天长老家，在祖宅近万卷藏书的藏书阁中畅游。

读到东汉张衡的《灵宪》一书时，王贞仪对月食的论述产生了疑问："亥子之时，日入地中，月出上，中既间隔，日岂隔地而会月？"

她疑惑地球月亮间既然隔着太阳，为何月升日落之后，阳光会隔着地球照到月亮上去呢？[3]

此时，已经没有了能为她解惑的祖父。这个问题困扰了她近十天，直到家中举办宴会，她见到宴会厅中的晶灯与屏镜，才终于茅塞顿开。于是当场便用灯与镜作为工具，模拟出了简易的月食模型。

在旁人不解的目光里，王贞仪恍然发现，原来天之内地之外的四围都是空洞，尽管太阳落下，月亮升起，但它们仍然相望，并不是不再相见。[4]

据所一得者，辨其疑以详其法，则证其得失，而著成一篇。[5]

自此开始，贞仪仿佛打通任督二脉，离开天长又返回江宁后，她几乎日日沉浸在研究历算与天文之上。之后的五年，她开始撰写属于自己的著作。

1　出自王贞仪的《舟过洞庭遇雨》。

2　出自王贞仪的《粤南竹枝词三十首》。

3　出自王贞仪的《德风亭初集·月食解》。

4　出自王贞仪的《德风亭初集·月食解》：因戏移窗西之一镜于地，觉桌以上之晶灯其光遂不能及乎镜，盖镜焉为桌所间也……于是恍然悟月食之理，且可以悟天之内、地之外、四围空洞。虽日在地下，月在地上，若不相见而实无不见也。

5　出自王贞仪的《德风亭初集·岁差日至辨疑》。

——春秋如此好佳日，输与深闺静读书[1]。

又是深夜，王贞仪坐于院中记录当晚星象，正愁眉不展之时，一件衣服披在了她的肩头。

"何事如此苦恼？"丈夫詹枚坐在了她的身边。此时的王贞仪不再是少女时的装扮，她在二十五岁时遇到了宣城儒生詹枚，两人在著书立说方面志趣相投，遂结为夫妇。

"根据以往的经验，这个天象显示今年会有大雨，如果农田受涝，今年的收成大抵不会太好。[2]"王贞仪轻叹了一口气。

詹枚点了点头："到时提前知会村民邻里做好准备吧。"

"宣城一向物产丰饶，其他物产也应该足以支撑大家度过今年了。"王贞仪突然想起什么，笑着转头看向詹枚，"你知不知道我朝历算第一名家梅文鼎，也是宣城人士？"

"我知道，如今的宣城梅家子弟应该继承了他的学说吧。"

"我祖父曾参与修撰《梅氏丛书》[3]，所以我幼时便就在跟着祖父研习梅老先生的《中西算学通》，极其敬佩这位老先生的学问研究。"王贞仪脸上露出心神向往的表情，"也不知道他们的子弟对历算的研习如何，我现在对于历算的改良与研究有一半都是来源于梅氏。"

"你是说你的《筹算易知》吗？"

"是啊，我将梅氏解方程法从八种压缩到了六种，只要学的人懂乘除，就能熟练掌握这六种解方程法，不再像以前那么难了。"王贞仪看向自己的手指心下默算着，"时下学风不重历算，但数术对于测量、历法甚至节气都有作用，我忧心有一天它真的变为绝学，如今改良一二，好便于人掌握。"[4]

詹枚安慰地拍了拍她："无须忧心，你改良的勾股测量和方程之术，我都能看懂，便知其直观通俗。"

"这是吸收了一下如今西方的三角学和几何学知识，不过他们的学说本就源于我们的

1　出自王贞仪的《题幽草矮屋图为许夫人燕珍作》。

2　出自王贞仪的《德风亭初集·小传》：夜观天星，言晴雨丰欠则验。

3　出自蓝鼎元的《平台纪略》。

4　出自王贞仪的《德风亭初集·筹算易知自序》：截其六法而独用乘除，既熟除乘，……而无虑难知语云。

《周髀算经》，算是从优择之了。"[1]

詹枚望向因为数术眼中焕发着光彩的王贞仪："德卿，你的著述不留下来就太可惜了。"

王贞仪默然，这些年世情不容、流言蜚语也从未从她身边散去过，"妇人女子，帷酒食缝纫是务，不当操营握椠，吟弄文史翰墨"这样的评说不少，她甚至曾以"闺阁狂士"自居自嘲过。王贞仪似是自言自语地问道："文木，你可知我为何出阁如此之晚？"

王贞仪没等詹枚回答便又说："我儿时便希望自己能振兴家学，长大后才知还有'女子不能承家学'[2]这样的规训。我祖父离世后家道便中落了，父辈无暇顾及祖父藏书，我若是出嫁一册也不能带走，只能眼看藏书逐渐毁蚀，所以我得留在闺中守着这些书。"

"如今执掌中馈，也分去了我大部分精力，我也希望我的著述能留存长久，但是……"[3]

"我家虽不殷实，但德卿，我们既已结为夫妇，便如同一体。你曾说过想整理与岳丈大人一起收来的医方[4]，索性我们此次一起都做了，也了了你的心愿。"

看着詹枚真挚坚定的目光，王贞仪想起了祖父曾说过的话"如若发现放弃自己坚守的东西更难，那就一直走下去"，她再次望向沿着自己轨道运行的漫天繁星，长舒一口气："好。"

数年后的一个午后，王贞仪发现整理出来的手稿竟有五十七卷之多，心里生出一些讶异。她闺中密友擅长的几乎都是写诗作画，此时无师无友的她静静地坐在那里看着自己的满箱手稿，视线逐渐挪到午后阳光照亮的浮尘之上。

尘埃轻若鸿毛又纷乱地飘舞着，却又不自觉地向上浮升，王贞仪的嘴边展露了一点欢欣，尽管她此时身染沉疴，但她似乎完全明白了儿时祖父说过的话，她终于在自己的天梯下为自己垫上了一摞能助她登上苍穹的手稿。

而她幼时曾说一定会再发现这星辰规律的诺言也早已实现，此时的历法，岁差数值

1 出自王贞仪的《德风亭初集·自藏》：勾股术是数学之本，认为西方的三角学、几何学实际上皆法祖我国古代的《周髀算经》。但贞仪并不排斥西学，而是主张兼收并蓄，从优择之，治学"所难在建实"。

2 出自王贞仪的《德风亭初集·敬书先大父惺斋公读书记事后》：女子不能承家学。

3 出自王贞仪的《德风亭初集·自序》：虽与夫子相唱和，然分职中馈，遂半费笔墨。

4 出自王贞仪的《敬书家大人医方验抄后》：仪侍家父侧，亦素究诸医药之书，又常问习其道，故略知门径。

应七十年后退一度为准确[1]。而"岁差渐而东者"的观点是错误的，如今是"岁差渐而西"，对应不同的节气时刻，太阳的位置每年都在逐渐向西移动，不在原处。

王贞仪觉得此时的星星似乎离自己更近了一步，仿佛感知到多年来沉浸在星空的每一个深夜，被照耀到的每一寸星光，都会以另一种方式传递到更久远的时间之后。那里会有更开阔的天地，不再有束缚和规训，而星光穿越千年，依旧明亮，人们始终会沐浴在同一片星空之下。

思及此处，她长吐出一口气，挽起耳边碎发，一同拂去曾经耳边不断扰人心智的话语，提笔写下：

足行万里书万卷，尝拟雄心胜丈夫。

始信须眉等巾帼，谁言儿女不英雄。[2]

不久之后的清朝嘉庆二年，王贞仪病逝于安徽宣城，年仅二十九岁。无人知道，那天深夜星光格外闪耀，似是为照亮故人归去的路途……

成册的书卷渐渐合上归拢，室内一片寂静，钱仪吉按捺住心中惊讶问道："姑母的这位好友真的在而立之前就完成了这些著述吗？"

"这著述不仅体量庞大，涵盖面也甚是广泛，其文体就有十余种，而专论天文、历法、气象、地理、算术等内容粗略算来就有十六篇，此外还有医方与实践病案。

"其诗文皆质实，说理不为藻采，风格不拘一格又触类旁通，尤精天算，又贯通中西。"

钱仪吉说完后不免深吸一口气，望着窗外已深的夜色平复了一会儿，对钱与龄道："姑母之友，窃谓班惠姬之后，一人而已。我一定会尽力整理，将其传之后世。"

钱与龄欣慰点头，终是不负德卿所托。

钱仪吉看姑母忽然起身，便跟着姑母走到了院子中，他看着这位长辈伫立在那里，长久地凝视着头顶那片夜空之中的闪烁星子。

"你每次夜坐观星时到底是在看些什么？"钱与龄想起曾经问过王贞仪的问题，看着自己满身星光，忽然了然。

此时一阵穿堂风吹起桌上手稿，哗啦声悄然响起后，风又静。

1　出自王贞仪的《岁差日至辨疑》：至郭守敬始定为六十六年有八月差一度。回回泰州西二历法之差略相似，考之近历，则定以七十年度始一差时，以为准。

2　出自王贞仪的《题女中丈夫图》。

四大发明的成长日记

文/明戈

成长日记

【我的诞生——其父何人？】

关于我爹到底是谁，我也记不太真切，毕竟那时还小，有人说是东汉的蔡伦，也有人说我在西汉时期就呱呱坠地了，毕竟后人出土了西汉的"灞桥纸"与"天水放马滩纸地图"。

不过根据我的调查研究，"灞桥纸"并没有经历过切断处理，不符合造纸的基本流程，可能只是一些衬垫物；而"天水放马滩纸地图"却在积水广布、尸骨皆腐的墓葬中保留了下来，被许多专家认定为早期麻纸；至于其余的西汉麻纸，质地粗糙，使用价值不大，最多只能算是我的表亲。

因此针对我出身的谜团，我还是倾向于生父就是蔡伦。

至于我爹当初为什么发明我，这就不得不提到我的其他表亲们了。

在我诞生以前，人们来往书信、记录典籍都是用甲骨和简帛。甲骨即龟甲和兽骨，简帛则是竹简与帛书。帛虽轻薄，却十分昂贵，写东西等于烧钱。竹简便宜，但笨重，不方便保存和运输。[1]

当时的皇帝是汉和帝，他每次批阅奏折时，都需要太监用车拉来成捆的竹简，再由几人抬到御案上，汉和帝面对这堆"简牍"开开合合，和无氧健身没什么两样。因此，我那负责"监作秘剑及诸器械"的爹，决定创造新的书写材料。

【我的成长之路】

我爹很聪明，他从赫蹏[2]中获得了启发，经过反反复复实验，终于研究出了植物纤维纸的制作流程。

元兴元年，我爹将我呈给了汉和帝。因为我的制作原料简单廉价，成品又平滑光洁，皇帝很开心，举国上下大力推广，"自是莫不从用焉"。我也有了我的第一个名字——蔡侯纸。

后来我爹去世了，不过随着我走进了千家万户，无数巧工能人都纷纷来改良我。东汉末年的左伯改进工艺，将我造得光亮整洁，使用价值更高，南朝竟陵王称赞我"子邑之纸，研妙辉光"，到这时，我有了第二个名字——左伯纸。

等到了魏晋南北朝时期，我的产量、质量与制作工艺再次提升，造纸名工辈出，我也更加洁白，结构更紧密，几乎接近机制纸。"古无纸，故用简，非主于敬也。今诸用简者，皆以黄纸代之"[3]。东晋以后，我完全代替了简牍缣帛，成为承载绘画文字的唯一工具。

此时各地都建立了官私纸坊，我的兄弟姐妹们也多了起来，诸如楮皮纸、桑皮纸，甚至还出现了采用特殊技艺制成的特制纸张，比如将白色矿物细粉刷于纸面，再以石砑光的表面涂布纸。这项涂布技术可比欧洲早了一千四百余年呢。

隋唐时期，我的原料更加丰富，除了麻类楮皮，还有藤皮、瑞香皮和竹等，像唐代女诗人薛涛就以芙蓉制纸，制成了五彩缤纷的薛涛笺，我的皮肤花样日益翻新。繁荣的

---

1 出自《后汉书·蔡伦传》：自古书契，多编以竹简，其用缣帛者，谓之为纸。缣贵而简重，并不便于人。
2 古代称用以书写的小幅绢帛。
3 出自《太平御览》。

文化艺术促进了我的发展，而我的革新也反过来加快了科学文化的进步。绘本、书籍，均以我为载体飞速传播，仅大中三年一年，单唐内府集贤书院这一处，便消耗蜀纸一万多张，抄书三百六十五卷。

除此以外，我的用途也愈发广泛：代替绢布防油、糊灯笼、剪裁纸衣纸花、包火药及充当引线……古人用聪明才智把我应用在各个方面，这也印证着我的时代全面到来。

【我的环球旅行】

我第一次出国是在公元二世纪左右，跟着汉末逃难的国人去了越南。越南习得中原的制纸技术后，用当地蜜香树制出了蜜香纸。后来我又去了朝鲜半岛和日本，他们也在学会技术后，做出了皮纸与和纸。此后，我又去了印度、泰国、柬埔寨、缅甸等国，完成了我在东南亚的旅途。

天宝十载，唐帝国与大食交战，部分唐军士兵被俘后留在了当地。在他们的指导下，撒马尔罕（今乌兹别克斯坦）建立了第一个纸厂。随着阿拉伯势力延伸入非洲，开罗也建立了非洲第一个造纸基地，我因此走遍阿拉伯世界。

在阿拉伯倭马亚王朝被推翻后，前朝太子逃难至西班牙，我随之首次踏上欧洲大地。1150 年，西班牙第一个纸厂建立，随后我前往临近的法国，又通过地中海前往意大利。在接壤国众多的优势下，造纸技术在欧洲飞速传播，大大促进了他们的思想启蒙。

解放完欧洲思想后，我又于 1690 年前往美国，1868 年前往澳大利亚。

至此，我完成了自己耗时一千五百余年的环球之旅，中国的造纸术遍及全世界。

纵观我此生，我诞生于最普通的树皮与清水，可我见证了古老东方永不褪色的水墨，我的身上誊写着它连绵更迭的历史。后来这个古老善良的民族毫不吝惜地将我分享给众国，赋予我更加伟大而艰巨的使命。

从赤壁下的清风明月到勒阿弗尔港口的"日出印象"，从明成祖的《永乐大典》到孟德斯鸠《论法的精神》，从费城的独立宣言到天安门城楼上那纸庄严宣告，我承载着全球一百九十七个国家丰沛的文明，记录着每一个人类历史拐点，也接纳着芸芸众生最平凡的悲喜。

世界的灵魂，安歇在我身上。

【我的前世今生】

在我诞生以前，古人一直是靠天象地貌等来辨别方位的。

直到某一天，人们在磁州武安县西南发现了一座磁山 [1]，那里产的一种石头不仅可以吸铁，还能在可以自由转动时指示南北。虽然大家并不了解原理，但仍依据磁石的特性制出了司南，这也是我最初的名字。

关于我最早的介绍，可以从《鬼谷子》中窥见——"郑人之取玉也，必载司南之车，为其不惑也。"这位郑人去拿玉时，为了避免迷路，必须乘坐司南之车来指路。这时我的形状基本是个长柄勺，放于械盘之上，盘四周有 24 个方位，中心则刻有北斗七星的标志。有时我也会被置于液体之中，不过不论在哪儿，我的勺柄永远指向南方。

勺子配个盘，这种装置怎么看怎么不方便，人们为了增加我的实用性，开始一代一代地改良我。由于我的功能除了指引方向，主要还是结合天象卜卦，所以改良我的大多是堪舆家 [2]。在他们的手中，我进化成了指南鱼。北宋曾公亮编撰的《武经总要》中，详细记载了我的制作方法。

用薄铁叶剪裁，长二寸，阔五分，首尾锐如鱼形，置炭火中烧之，候通赤，以铁钤钤鱼首出火，以尾正对子位，蘸水盆中，没尾数分则止，以密器收之。

——把铁片剪成两寸长、五分宽的鱼形，鱼的肚皮略微下凹，形若小船，随后将其烧至赤红，再放置在子午线的方向上，浸入水中，便能利用地球磁场使铁片磁化，最后把鱼放在水碗里，便可指南北。

这时人们已经逐步弱化我的占卜属性，更倾向于方向的指引，因此我成了比指南鱼更灵巧的水浮磁针——"方家以磁石磨针锋，则能指南。"而经过沈括的研究比对，我又

1　出自《明史·地理志》：磁州武安县西南有磁山，产磁铁石。

2　风水家。

从"水浮"法升级为"缕悬"法，在精度上实现了质的飞跃，古人甚至就此发现了磁偏角，而为了航海读数方便，人们将磁针与分度盘结合，制成了更加精密的罗盘。

从起初的司南，到用轴支承的旱罗盘[1]，我在这片中华大地上，基本完成了全部进化。

【我的结语】

后来我经由水陆两路传往欧洲各地，他们也依靠我开启了大航海时代。

在我坚定不移的指引下，一艘艘船只鼓动着风帆，勇敢地在大洋上乘风破浪，织成遍布全世界的贸易网络。东方的丝绸茶叶、印度的布匹香料、北美的朗姆、中东地区的宝石，各个国家由此不再分居一隅，往来的商品令地球成为一个统一的整体。

我也遇见过那些敢于向未知领域进军的冒险家们，七下西洋的郑和、发现新大陆的哥伦布、越过海峡的麦哲伦……我以我小小的身躯见证着人类的勇气。

不论有无太阳与繁星，只要我在你手中，世界便在你手中。

档案名称《 听说爷脾气不好 》

记录人：火药

【爷为什么叫火药】

大家都知道，我杀伤力很大，应用于热武器，不过为什么威力如此巨大的我会叫药呢？这就涉及我的起源了。

古代帝王为了长生不老，都喜欢炼仙丹。从方士向荆王献不死药，到秦始皇服用重金属含量超标的小药丸，再到汉武帝招纳方士并亲自炼丹，这些"绝命毒师"们不知道

1　1985年5月，江西临川南宋朱济南墓出土风水先生"张仙人"俑，左手所抱罗盘为旱罗盘，证实其起源并非欧洲。

毒死了多少千古帝王。

可即便是这样，炼丹家们依旧孜孜不倦地研究炼丹术，而且也不知道为什么，他们对于硫黄、砒霜等具有猛毒的金石药情有独钟，兴许是想以毒攻毒，负负得正。毒死了一片人后，炼丹家们没那么莽了，决定使用之前还是要进行一下"伏火"，即用烧灼的办法减低毒性。

说他们傻吧，他们知道祛毒了，说他们聪明吧，他们就算费劲祛毒都不换换原料，不过就在他们这番无用的执着中，我阴差阳错地诞生了。

硫二两，硝二两，马兜铃三钱半。右为末，拌匀。掘坑，入药于罐内与地平。将熟火一块，弹子大，下放里内，烟渐起。[1]

这时当时一个非常常见的伏火方子，其中硫、硝、碳混合点火，会发生相当激烈的反应。在我不断"紫烟穿屋上"，即点燃了一众炼丹术士的家后，他们给我起了一个通俗易懂的名字——"着火的药"。

我被称为药，除了和丹药有关，还因为我的确具有药用价值。我属热，所以对阴毒类病症有奇效，《本草纲目》中就有记载，我能治疮癣、杀虫，辟湿除疫等。

【当爷成为武器】

起初士兵攻城，都是用抛石机扔石头和油脂火球。有了我以后，攻城就变成了扔火药，郑王番烧毁豫章龙沙门[2]便是火药攻城的最早记载。不过这时大家对我的利用还只局限于燃烧性能，等到了两宋时期，才逐渐过渡到了爆炸性能。

那时人们发现若把硝酸钾、硫黄、木炭粉末混合封在密闭容器内燃烧，会产生大量气体和热量，我的体积能突然膨至几千倍，容器也会随之爆炸。人们利用我的这种特性，制成了威力较小的蒺藜火球和毒药烟球。到了北宋末年，军队出现了爆炸威力较大的火器，如"霹雳炮""震天雷"等。

南宋时，陈规发明了火枪，不久后又有人制成了突火枪。突火枪以粗竹筒制成，内装有"子窠"，将我点燃后，强大的气压会把"子窠"射出去，像子弹一样。等到了元明

---

1 出自赵耐庵的《铝录甲庚至宝集成》。

2 出自《九国志》。

之际，竹筒升级为铜或铁，称为"火铳"，它已经十分接近现在的枪炮。

1260 年，阿拉伯人在与元世祖的战役中收获了火炮、震天雷等火药武器，后来在阿拉伯与欧洲国家的战争中，火器又由西班牙传入欧罗巴大陆。从此，市民的火药与铅弹穿透了骑士阶层的盔甲 [1]，西欧的封建统治被动摇，政治关系也随之变革。

【爷的副业】

明代时期，军队有一种名为"火龙出水"的火器，形为竹龙，外缚四支大"起火"，内藏数支小火箭，"起火"推进箭体飞行，燃尽后小火箭再从龙口射出，这是全世界最早的二级火箭。而另外一种名为"神火飞鸦"的飞弹，则是世界上最早的多火药筒并联火箭。

万户 [2] 身后的火箭最终化为了齑粉，可在我的燃烧下，一千年后，杨利伟乘坐神舟五号进入了太空，在几年后的将来，我推动了长征十号，完成了载人登月的重任。

所以我不只是毁天灭地的武器。我可以是医治病人的药物，可以是漫天璀璨的烟花，可以是人类文明的助推器。

愿世界在我耀眼的火焰中，永远绽放文明之花。

档案名称《 文化的印记》

记录人：印刷术

【由固到活】

如果要深究我发明的源头，那应该可以追溯到战国时期。

那时我还是印章，上面刻有姓名、机构或官职，北齐时有人将我做得很大，令我颇

---

1 出自《堂吉诃德》："可是一想到火药和铅弹可能会夺走我……"
2 万户，明朝官员，原名陶成道，世界航天第一人。

有后来雕刻版的风范。

等到了东汉，我意外变成了拓印。因为汉灵帝曾在太学门前竖立刻有《诗经》《礼记》《春秋》等七部儒家经典的石碑，四十六块碑的正反面皆刻字，有人抄累了，便会趁着守卫不在，偷偷用纸将经文拓印下来。

而当拓印、印章与民间的布料印染技术碰撞到一起时，我摇身一变，成了唐朝的雕版印刷，即将书稿写样有字的一面贴于木板，再以阳文刻字，随后涂墨覆纸印刷。敦煌千佛洞里精美的《金刚经》，市井中广为流传的《阴阳杂记》《占梦相宅》一类杂书，都是我的杰作。

不过这种板雕十分呆板，一旦一册书不再印刷，这套板雕就沦为了废品。为此，北宋的毕昇使用胶泥制字，发明了活字印刷。虽然他的发明提高了印刷效率，但2.0版的我在当时没有得到推广，胶泥活字也没存留下来。幸好，沈括将这一切都记录到了《梦溪笔谈》中，后人能够了解这项技术，我也得以在明朝时进化为3.0版本的木活字，清朝时再次进化成4.0版本的铜活字。

【团结就是力量】

清代是我最活跃的时期，例如这时图书印刷界最大的工程《古今图书集成》，使用了上百万枚铜活字，印成图书万卷。

我经由波斯传到埃及，再传到欧洲后，这些国家也都制作了无数书籍。可以说我的大范围推广，为文艺复兴的出现提供了必要条件。不过我知道，这一切都并非我自己的功劳，就像火药和辨认方向的指南针是并肩作战的好伙伴，我也永远离不开作为传播载体的纸。因着我们四个老家伙相辅相成，通力合作，我们才能为世界进程的加速提供动力。

英国科学家弗兰西斯·培根曾评价我们——"它们改变了世界上事物的全部面貌和状态，又从而产生了无数的变化；看来没有一个帝国，没有一个宗教，没有一个显赫人物，对人类事业曾经比这些机械的发明施展过更大的威力和影响。"

我们身披历史烟尘，沿着人类文明的海岸线走过，留下不可磨灭的闪耀的足迹。

时光川流不息，但在世界史册里，我们是古老东方永恒的荣耀。

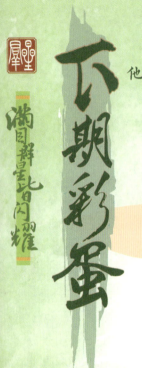

少年提剑出发，不问成败，不信命数，
只信滚烫的心能劈开天地。
他们不是天生的英雄，只是在风雨中站直了身，
拼尽一腔孤勇，去点燃一段历史。

下期彩蛋

他们成为英雄之前，是什么模样？

你信世上，真有神否？

此时他还不知，宋瑞二字是自己后半生的图腾。

如果看见我出现，请反复提醒我的名字——

长安？那可是世界上最好玩儿的地方。

图书在版编目（CIP）数据

满目群星皆闪耀 / 古人很潮编著. -- 武汉：长江
出版社，2025. 4. -- ISBN 978-7-5804-0042-0

Ⅰ. I247.81

中国国家版本馆CIP数据核字第202510584F号

满目群星皆闪耀 / 古人很潮 编著
MANMUQUNXINGJIESHANYAO

出　　　版	长江出版社	
	（武汉市解放大道1863号　邮政编码：430010）	
市场发行	长江出版社发行部	
网　　　址	http://www.cjpress.cn	
选题策划	陈　辉　刘静薇	
责任编辑	钟一丹	
特约编辑	郭　昕　龚伊勤　刘思贤	
总策划	ZOO工作室	开　　　本　710mm×1000mm 1/16
装帧设计	殷　悦　熊婧怡	印　　　张　14
印　　　刷	深圳市精彩印联合印务有限公司	字　　　数　220千字
版　　　次	2025年4月第1版	书　　　号　ISBN 978-7-5804-0042-0
印　　　次	2025年4月第1次印刷	定　　　价　45.00元